JASON FRY
AUTOR BEST-SELLER DO *THE NEW YORK TIMES*

STAR WARS
OS ÚLTIMOS JEDI

São Paulo
2018

Os últimos Jedi é uma obra de ficção. Todos os nomes, lugares e situações são resultantes da imaginação dos autores ou empregados em prol da ficção.

Copyright © 2018 by Lucasfilm Ltd. & ® or ™ where indicated.
All Rights Reserved. Used under authorization.

Del Rey and The House colophon are registered trademarks of Penguin Random House LLC.

© 2018 by Universo dos Livros
Todos os direitos reservados e protegidos pela Lei 9.610 de 19/02/1998. Nenhuma parte deste livro, sem autorização prévia por escrito da editora, poderá ser reproduzida ou transmitida sejam quais forem os meios empregados: eletrônicos, mecânicos, fotográficos, gravação ou quaisquer outros.

Diretor editorial
Luis Matos

Editora-chefe
Marcia Batista

Assistentes editoriais
Aline Graça
Letícia Nakamura

Tradução
Felipe CF Vieira

Preparação
Alexander Barutti

Revisão
Juliana Gregolin
Jonathan Busato

Arte original do livro
Elizabeth A. D. Eno

Arte
Aline Maria
Valdinei Gomes

Adaptação de capa e de projeto gráfico
Valdinei Gomes

Dados Internacionais de Catalogação na Publicação (CIP)
Angélica Ilacqua CRB-8/7057

F065s

    Fry, Jason

    Os últimos Jedi / Jason Fry ; baseado em uma história de Rian Johnson; tradução de Felipe C. F. Vieira. – São Paulo : Universo dos Livros, 2018.

    368 p.

    ISBN: 978-85-503-0284-3

    Título original: *The last Jedi*

1. Literatura norte-americana 2. Ficção científica I. Título II. Johnson, Rian III. Vieira, Felipe C.F.

18-0182   CDD 813.6

UNIVERSO DOS LIVROS Editora Ltda.
Rua do Bosque, 1589 – Bloco 2 – Conj. 603/606
CEP 01136-001 – Barra Funda – São Paulo/SP
Telefone/Fax: (11) 3392-3336
www.universodoslivros.com.br
e-mail: editor@universodoslivros.com.br
Siga-nos no Twitter: @univdoslivros

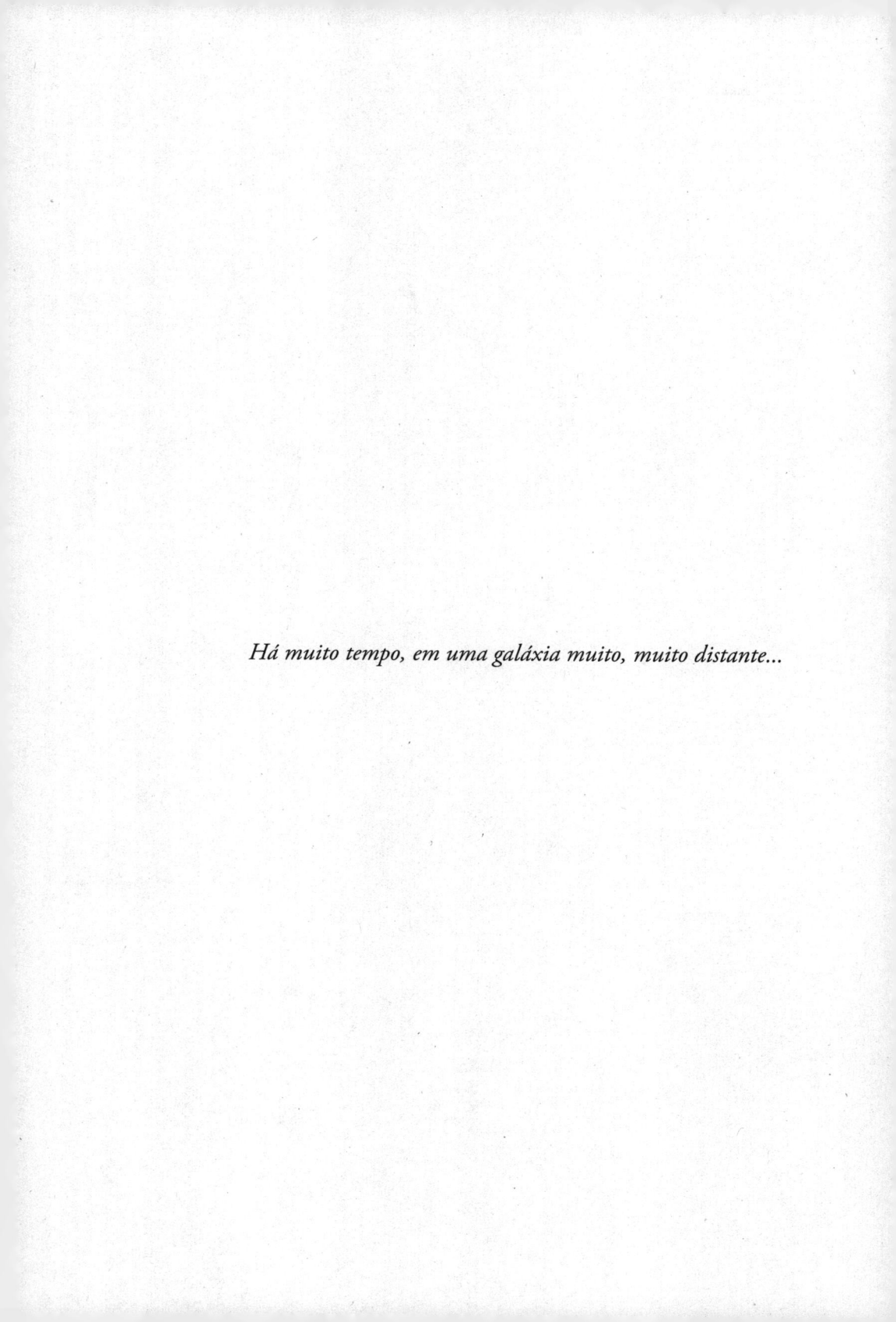

Há muito tempo, em uma galáxia muito, muito distante...

STAR WARS: OS ÚLTIMOS JEDI

A Primeira Ordem reina.
Após dizimar a pacífica República,
o Líder Supremo Snoke
agora envia suas implacáveis
legiões para tomar o controle
militar da galáxia.

Somente os guerreiros da Resistência
da General Leia Organa se colocam
contra a tirania crescente, certos de
que o Mestre Jedi Luke Skywalker
vai retornar e devolver uma
fagulha de esperança à luta.

Mas a Resistência foi exposta.
Com a Primeira Ordem aproximando-se
da base rebelde, os bravos heróis
preparam uma fuga desesperada...

PRÓLOGO

Sob a fresca areia de Tatooine, Luke Skywalker observava o horizonte ao lado de sua esposa.

O céu ainda exibia as cores alaranjadas do entardecer, mas as primeiras estrelas já se mostravam. Luke as observava, buscando por algo que sabia que já não estava mais lá.

— O que você acha que viu? — Camie perguntou.

Ele percebeu a entonação de sua voz — mas, prestando bastante atenção, também ouviu um toque de aborrecimento.

— Destróier Estelar. Eu acho.

— Então eu acredito em você — ela disse, pousando a mão em seu ombro. — Você sempre conseguiu identificar um. Até mesmo ao meio-dia.

Luke sorriu, lembrando-se daquele dia, num passado distante, quando chamou seus amigos na Estação Tosche para observarem duas naves em órbita logo acima de suas cabeças. Camie não acreditara nele — ela olhara através dos macrobinóculos antes de devolvê-los com desdém e buscar refúgio dos escaldantes sóis gêmeos. Fixer também não acreditara nele. Nem Biggs.

Mas ele estava certo.

Seu sorriso minguou diante da lembrança de Biggs Darklighter, que havia deixado Tatooine e morrido em algum lugar extraordina-

riamente longínquo. Biggs, que fora seu primeiro amigo. E, aparentemente, o único.

Sua mente recuou daquele pensamento, tão rápido quanto sua mão recuaria se tocasse o metal quente de um vaporizador ao meio-dia.

— Imagino o que o Império veio fazer por aqui — ele disse, vasculhando o céu novamente. Reabastecer a guarnição de Mos Eisley não era tarefa para uma nave de combate do tamanho de um Destróier Estelar. Hoje em dia, com a galáxia em paz, nem mesmo era preciso uma nave de combate.

— Seja o que for, não tem nada a ver com a gente — Camie disse. — Não é mesmo?

— É claro — Luke respondeu, seus olhos vasculhando por instinto o perímetro da fazenda. Uma cautela assim não era necessária — nenhum Nômade Tusken fora visto naqueles lados de Anchorhead em duas décadas —, mas velhos hábitos não morrem facilmente.

Os Tusken se foram — não restou nada deles, a não ser ossos na areia. Por alguma razão, isso o entristeceu.

— Nós cumprimos nossa meta com o Império nos últimos cinco anos — Camie disse. — E pagamos a taxa da água para Jabba. Não temos dívidas com ninguém. Não fizemos nada.

— Não fizemos nada — Luke concordou, embora soubesse que isso não era garantia de segurança. Muitas coisas aconteciam com pessoas que não faziam nada — coisas que nunca mais eram discutidas, pelo menos não por alguém com juízo.

Sua mente voltou para aqueles dias que tanto tentava esquecer. Os droides, a mensagem — um fragmento holográfico no qual uma jovem da nobreza implorava pela ajuda de Obi-Wan Kenobi.

Deixe o passado para trás. Era isso que Camie sempre dizia. Mas, ao contemplar a escuridão, Luke mais uma vez descobriu que não podia fazer isso.

O droide astromec havia fugido durante a noite enquanto Luke jantava com sua tia e seu tio. Temendo a fúria do Tio Owen, Luke decidira se arriscar e deixar a fazenda, apesar da ameaça dos Tusken.

Mas o Povo da Areia não estava à espreita naquela noite. Luke encontrara o astromec fugitivo e o trouxera de volta para a fazenda, empurrando o landspeeder nos últimos vinte metros para não acordar Owen e Beru.

Luke sorriu tristemente, pensando – como sempre – sobre tudo o que poderia ter dado errado. Ele poderia ter facilmente morrido, acabando como mais um tolo fazendeiro de umidade morto pela noite de Tatooine e suas criaturas.

Mas ele teve sorte – e depois ainda mais sorte no dia seguinte.

Os stormtroopers haviam chegado após Luke trabalhar com os teimosos condensadores dos morros ao sul – fonte de irritação de Owen e Beru naquela época, fonte de irritação de Luke e Camie agora. O sargento estava fazendo exigências antes mesmo de descer das costas de seu dewback.

Um bando de sucateiros vendeu dois droides para vocês. Traga-os aqui. Agora.

Luke quase precisou arrastar os droides para fora da garagem. O astromec assobiava sem parar, enquanto o droide de protocolo repetia que estava se entregando. Eles ficaram sob o calor implacável por mais de uma hora enquanto os Imperiais vasculhavam os bancos de memória dos droides, com os stormtroopers recusando secamente o pedido de Owen de ao menos deixar Beru se sentar debaixo da sombra.

Foi quando o velho Ben Kenobi aparecera, saindo do meio do deserto com sua empoeirada túnica marrom. Ele falara com os stormtroopers com um sorriso no rosto, como se fossem velhos amigos encontrando-se na feira de Anchorhead. Ele lhes dissera, com um discreto gesto da mão, que a identificação de Luke estava errada – o sobrenome do garoto não era Skywalker, mas Lars.

– É isso mesmo – Owen dissera, voltando os olhos para Beru. – Luke Lars.

Ben continuara, dizendo aos stormtroopers que não havia necessidade de levar Owen para interrogá-lo. Mas eles recusaram o pedido e forçaram o tio de Luke para dentro de um transporte de tropas junto com os droides, com o astromec soltando um último guincho desesperado antes de a escotilha fechar.

Eles libertaram Owen três dias depois, e ele permanecera pálido e silencioso durante a longa volta de Mos Eisley. Luke levara semanas para juntar coragem e perguntar se o Império ia indenizá-los. Owen respondeu irritado que esquecesse aquilo, depois prendeu as mãos sob os cotovelos – não antes de Luke perceber que tremiam.

Um meteoro queimou na atmosfera acima, tirando Luke de seu devaneio.

– Sobre o que está pensando? – Camie perguntou, e sua voz soou desconfiada.

– Que estou velho – ele respondeu, tocando a barba. – Velho e grisalho.

– Não é só você – ela disse, passando as mãos sobre os próprios cabelos. Ele ofereceu um sorriso, mas ela olhava para o céu noturno.

Depois daquele dia, ninguém nunca mais viu o velho Ben. Mas havia rumores – sussurros sobre uma nave de combate voando baixo sobre o Deserto de Jundland, e depois um fogo durante a noite. Em Anchorhead, diziam que eram apenas boatos de cantina, mas Luke não deixava de se perguntar. As tropas na fazenda foram reais. Assim como as tropas que invadiram a fazenda dos Darklighter para levar a família de Biggs. Os Darklighter nunca retornaram – a fazenda fora pilhada pelos Jawas e o Povo da Areia, depois deixada para ser consumida pela areia.

Semanas se transformaram em meses, meses em anos, anos em décadas. Luke se mostrou bom com máquinas, tinha um instinto para a insana complexidade da agricultura de Tatooine e talento para conseguir resultados, fosse na barganha com os Jawas, fosse escolhendo locais para os vaporizadores. Em Anchorhead, o garoto que um dia fora chamado de Minhoca ganhou um novo apelido: Luke Sortudo.

Camie também percebera isso – assim como percebera que Fixer falava muito e fazia pouco. Ela se casara com Luke e eles se tornaram sócios de Owen e Beru antes de herdarem a fazenda. Não tiveram filhos – uma dor que se transformara em uma tristeza que eles não mais admitiam sentir –, mas trabalharam duro e tiveram sucesso, construindo uma vida tão confortável quanto Tatooine permitia.

Mas Luke nunca deixara de sonhar sobre a garota que implorou pela ajuda de Obi-Wan. Mesmo há poucos dias ele acordara com um sobressalto, certo de que o astromec ainda esperava na garagem, finalmente disposto a transmitir toda a mensagem. Era importante que Luke ouvisse tudo – havia algo que ele precisava fazer. Algo que estava *destinado* a fazer.

Após os stormtroopers levarem os droides, Luke achou que nunca descobriria a identidade da misteriosa garota. Mas estava errado. A HoloNet passou semanas repercutindo a história, terminando com a notícia de que, antes de sua execução, a Princesa Leia Organa havia se desculpado por seu passado de traição e pedido unidade para a galáxia.

Curiosamente, o Império nunca mostrou imagens dessas declarações, deixando Luke apenas com o breve vislumbre que teve da princesa – e imaginando que tipo de missão desesperada foi capaz de fazê-la buscar um velho eremita em Tatooine.

Fosse o que fosse, a missão falhara. Alderaan agora era apenas um campo de destroços, junto com Mon Cala e Chandrila – planetas destruídos pela estação espacial que havia cauterizado as infecções do Separatismo e da rebelião, finalmente trazendo paz à galáxia.

Ou ao menos o fim dos conflitos. Era a mesma coisa, ou quase.

Luke percebeu que Camie o chamava, e mais de uma vez.

– Odeio quando você fica assim – ela disse.

– Assim como?

– Você sabe. Pensando que alguma coisa deu errado. Que você foi passado para trás e tudo isto é um grande erro. Que você deveria

ter seguido Tank e Biggs e se matriculado na Academia como tanto queria. Que você deveria estar muito longe daqui.

– Camie...

– Longe de mim – ela disse quase em um sussurro, desviando o rosto e cruzando os braços sobre o peito.

– Você sabe que não me sinto assim. – Luke pousou as mãos sobre os ombros de sua esposa e tentou ignorar a maneira como ela enrijeceu sob seu toque. – Nós criamos uma boa vida, e é aqui mesmo que eu deveria estar. Agora vamos. Está ficando frio.

Camie não disse nada, mas deixou Luke a conduzir para o domo que marcava a entrada da fazenda. Sob o portal, Luke hesitou e olhou uma última vez para dentro da noite. Mas o Destróier Estelar – se foi isso mesmo que viu – não retornara.

Após um momento, ele deu as costas ao céu vazio.

Luke acordou com um sobressalto, instintivamente erguendo o corpo. Sua mão mecânica rangeu em protesto, ecoando o zumbido dos insetos que viviam nos gramados de Ahch-To.

Ele tentou afastar o sonho enquanto vestia sua túnica e seu casaco impermeável. Luke abriu a porta de metal de sua cabana, depois a fechou silenciosamente. A aurora já ia nascendo, com a palidez do dia como uma pérola no horizonte, flutuando acima do escuro vazio do mar.

Os oceanos de Ahch-To ainda o impressionavam – uma infinidade de água que podia passar de calma e serena para um caos incontrolável a qualquer momento. Toda aquela água ainda parecia impossível de existir – ao menos sob aquela perspectiva, ele ainda se sentia um filho dos desertos de Tatooine.

Muito abaixo da encosta, ele sabia, as Cuidadoras logo se erguer-iam para começarem outro dia, como fizeram por gerações e gerações. Para elas, havia trabalho a fazer, mas também para Luke – para as Cuidadoras, por causa de uma barganha antiga; para Luke, por sua própria escolha.

Ele passara a juventude detestando as tarefas em Tatooine; agora essas tarefas davam estrutura aos seus dias em Ahch-To. Havia leite a ser ordenhado, peixes a pescar e uma pedra solta para se colocar no lugar.

Mas não agora.

Luke lentamente subiu os degraus até alcançar o gramado que permitia uma ampla visão do oceano. Ele estremeceu — o verão já estava quase no fim, e aquele sonho ainda o acompanhava.

Não foi um sonho qualquer, e você sabe disso.

Luke puxou o capuz da túnica com sua mão mecânica, passando a de carne e osso pela barba. Ele queria discutir consigo mesmo, mas sabia que era melhor não. Era a Força que agia ali — ela havia se disfarçado de sonho para vencer as defesas que ele havia erguido.

Mas seria o sonho uma promessa? Um alerta? Ou os dois?

Tudo está prestes a mudar. Algo está se aproximando.

PARTE I

CAPÍTULO 1

Leia Organa, que já fora princesa de Alderaan e agora era general da Resistência, estava em uma clareira no meio da selva de D'Qar, cercada por uma multidão de oficiais e auxiliares.

Estavam todos de cabeças baixas e mãos juntas. Mas Leia podia vê-los lançando olhares sobre ela e uns aos outros. Assim como via a inquietude em suas posturas.

A guerra estava chegando, eles sabiam. E estavam preocupados que, em seu luto, ela se esquecesse disso.

Essa ideia a ofendia. Leia conhecia muito bem a guerra e o luto – ela convivia com ambos desde antes de alguns daqueles oficiais nascerem. De fato, nas cinco décadas de sua vida, guerra e luto foram seus únicos companheiros verdadeiramente fiéis. Mas ela nunca deixou que isso a impedisse de fazer o que era preciso.

A raiva que sentiu foi quente e afiada e veio como um alívio após as horas de tristeza sem rumo que a deixaram sentindo-se vazia, como se tivesse perdido o chão.

Ela não queria estar ali no meio do calor da selva – não queria nem que aquela cerimônia acontecesse, em primeiro lugar. Leia lançara um olhar endurecido sobre o Almirante Ackbar quando o veterano oficial Mon Calamari a puxou de lado na sala de guerra de D'Qar para entregar sua mensagem.

Han está morto, e ele morreu pelas mãos de nosso filho — e você quer que eu faça um discurso?

Mas Ackbar já havia enfrentado coisas muito piores do que a irritação de Leia Organa. Seu velho amigo não cedeu, pedindo desculpas, mas insistindo, e ela entendeu o que ele estava pensando. A Resistência tinha tão poucos recursos, fosse em termos de soldados, fosse em termos de naves ou créditos. Eles haviam acabado de obter uma enorme vitória na Base Starkiller ao destruir a superarma da Primeira Ordem. Mas a euforia não durou muito. A Nova República foi quase totalmente destruída, e a Primeira Ordem agora estava livre para liberar sua fúria sobre a Resistência.

Gostando ou não, Leia sabia que a maior força da Resistência — seu recurso mais indispensável — era ela própria. Sua liderança, seu legado de sacrifício, sua *lenda* eram o que mantinha aquele frágil movimento unido. Sem isso, a Resistência se desintegraria diante das armas da Primeira Ordem.

Seu pessoal — e eles *eram* seu pessoal — encarava o maior teste de sua história. Para se manterem firmes, precisavam vê-la e ouvi-la. E precisavam que ela se mostrasse forte e determinada. Não poderiam suspeitar que se sentia despedaçada e solitária. Se suspeitassem, também desmoronariam.

Se isso parecia cruel, bom, a galáxia era um lugar cruel. Leia não precisava de ninguém para lhe ensinar isso.

Então ela retornara ao campo de aterrissagem de onde havia se despedido da *Millennium Falcon* — e o que era aquele velho cargueiro a não ser outra lembrança dolorida daquilo que ela havia perdido? Lenta e sobriamente, lera o nome dos pilotos que não retornaram da Base Starkiller. E então, seguida por sua comitiva, caminhara lentamente até o limiar da selva para a segunda parte da cerimônia pela qual Ackbar tanto insistira.

Um membro da comitiva — um esbelto droide de protocolo com um brilhante acabamento dourado — estava mais agitado do que os outros, ou talvez apenas não escondesse tão bem sua agitação. Leia se aproximou e acenou com a cabeça para C-3PO, que sinalizou por sua vez para um velho droide câmera.

O droide flutuante acompanhou Leia quando ela deu um passo adiante e olhou para os objetos que havia posicionado entre as raízes de uma das grandes árvores de D'Qar. Os sensores do droide acompanharam seu olhar, e as lentes focaram em uma rústica estatueta de madeira, talhada por uma mão inexperiente.

Han havia talhado a estatueta enquanto ela deitava sobre seu ombro em uma cabana Ewok, na noite anterior à Batalha de Endor. A estatueta era para ser uma representação de Leia, vestindo uma roupa primitiva e empunhando uma lança. Mas Han não disse isso a ela, e Leia perguntara inocentemente se era um de seus anfitriões Ewok. Han, constrangido, jogara a estatueta de lado, mas ela discretamente a apanhou e, na explosão da segunda Estrela da Morte, a estatueta estava em seu bolso.

A estatueta dava um ar bem pobre ao memorial. Mas assim era Han, sempre viajando como se estivesse determinado a não deixar rastros. A primeira vez que ela entrara em sua cabine na *Falcon* foi durante a jornada até Yavin 4, esperando que um vislumbre pudesse explicar como alguém podia ser tão charmoso e irritante ao mesmo tempo, e ela encontrou uma bagunça caótica: trajes espaciais usados, pilhas de manuais de pilotagem e pedaços de equipamentos que se soltavam da *Falcon* durante suas inúmeras falhas. O único toque pessoal que ela encontrara a bordo de toda a nave foi um par de dados dourados pendurados na cabine do piloto.

Leia se virou para os membros da Resistência, automaticamente esperando o zumbido do droide câmera que se reposicionou à sua frente. Ela encarou as lentes, com um olhar determinado.

— Han teria odiado esta cerimônia — ela disse, sabendo que sua voz estava firme e clara, como sempre esteve durante incontáveis sessões do Senado. — Ele não tinha paciência para discursos ou memoriais.

E isso já era de se esperar para um homem alérgico a política e que suspeitava de qualquer causa.

Ela viu um pequeno sorriso surgir no rosto do General Ematt. Isso foi inesperado. Ou nem tanto, já que Ematt combatera junto com Han durante os dias da Rebelião. Assim como o Almirante Ackbar e Nien Nunb. Outros, como a Comandante D'Acy e a Tenente Connix, conheciam Han apenas por meio de sua conexão com Leia, conexão que fora cortada já fazia vários anos. Eles estavam ali por ela e esperavam com expressões impassíveis no rosto.

— Uma vez eu disse a Han que era cansativo assisti-lo fazer a coisa certa apenas depois de esgotar todas as alternativas — ela disse. — Mas, cedo ou tarde, ele sempre chegava lá. Pois Han odiava valentões, injustiça e crueldade. E, quando encarava essas coisas, ele não abaixava a cabeça. Não em sua juventude em Corellia, não orbitando Yavin, não em Endor e não na Base Starkiller.

Ao longe podia ouvir o zumbido de speeders transportando equipamento pesado — ela concordara com o discurso se Ackbar, por sua vez, concordasse que sua fala não alteraria as preparações para a evacuação. Os dois sabiam que a Primeira Ordem havia de alguma maneira rastreado a Resistência até D'Qar — o que significava que suas naves de guerra estavam chegando.

— Han gostava de pensar que era um cafajeste — Leia continuou, sorrindo na última palavra. — Mas não era. Ele adorava a liberdade. Para si mesmo, é claro, mas também para todos na galáxia. E sempre, em todas as situações, estava disposto a lutar por essa liberdade. Ele nunca quis saber das chances nessas lutas, pois sua mente já havia decidido que ele venceria. E sempre, em todas as situações, de algum jeito ele acabava vencendo.

C-3PO voltou seu rosto dourado na direção dela, e por um momento Leia achou que o droide fosse compartilhar alguma anedota sobre o Capitão Solo sendo particularmente imprudente — apesar de ser programado para etiqueta e protocolo, C-3PO tinha um senso de diplomacia particularmente ruim. Então ela continuou antes que o droide pudesse ativar seu sintetizador de voz.

— Han não quis saber das chances que tinha quando ele e Chewbacca voltaram para a Estrela da Morte em tempo de salvar meu irmão Luke; e a última esperança para nossa Aliança. Ele não quis saber das chances quando aceitou a patente de general para o ataque terrestre em Endor. Não quis que ninguém calculasse as chances quando lutou pela liberdade em Kashyyyk. E se recusou a pensar sobre elas quando viu uma brecha para voar através dos escudos da Primeira Ordem e se infiltrar na Base Starkiller.

E quando concordou em tentar alcançar nosso filho, ela poderia ter acrescentado. *Alcançá-lo para tentar tirá-lo da escuridão.*

Mas ela não disse isso. Leia deu tudo de si para Alderaan, e depois para a Aliança, para a Nova República e agora para a Resistência. Mas *isso* era apenas dela.

Leia viu os olhos de Ematt sobre ela e percebeu que estava piscando com força, seus lábios tremendo. Ela forçou a si mesma a respirar fundo até ter certeza, com seus anos de experiência, de que mais uma vez se mostrava calma e firme.

Quase lá.

Um transporte se ergueu no céu sobre a base da Resistência, seu exaustor de íons agitando o topo das árvores e causando uma revoada de andorinhas sonares piando em protesto. Os rostos ao redor de Leia observaram a nave estelar encolher no horizonte antes de voltarem a sua direção, e ela sentiu a raiva voltar. Todos sabiam o quão pouco tempo possuíam e tudo o que precisava ser feito. Mas ela também sabia que nenhum deles ousaria impedi-la de falar o dia todo, levada pela tristeza e pela perda, até que finalmente uma saraivada de tiros da Primeira Ordem a silenciasse para sempre.

Leia se sentira horrorizada quando ouviu a Resistência ser chamada de culto à personalidade — essas eram as palavras usadas por seus críticos na Nova República quando queriam dispensá-la como uma senhora da

guerra e uma relíquia. Eles estavam errados sobre quase tudo, mas a crítica tinha um fundo de verdade: Leia e os outros líderes se esforçaram para encontrar tempo e recursos para fazer da Resistência algo diferente.

Bom, não há tempo para consertar isso agora. E, de qualquer maneira, todos os meus críticos estão mortos.

— Muitos de vocês me ofereceram condolências, e agradeço por sua bondade — Leia disse. — Mas agora peço que se concentrem mais uma vez na causa a que todos servimos.

Agora eles assentiam. Bom. Já havia passado da hora de acabar com aquilo e liberá-los. Quanto mais cedo fizesse isso, mais cedo ela poderia escapar da interminável sequência de perguntas e pedidos, mesmo que por pouco tempo, e ficar sozinha com sua tristeza privada.

— Nossas chances não são boas — Leia disse. — A Nova República não tem mais liderança e a Primeira Ordem está marchando sobre nós. Não posso dizer quais são essas chances; e não quero saber. Pois nada pode me fazer mudar de ideia sobre o que devemos fazer agora.

Ela não disse nada por um momento, deixando as palavras soltas no ar para sua plateia considerá-las.

— Precisamos voltar à luta — continuou. — Precisamos fazer isso porque, assim como Han, nós acreditamos na justiça e na liberdade. E porque não vamos aceitar uma galáxia dominada pela crueldade. Lutaremos por esses ideais. Lutaremos uns pelos outros, e pelos laços sagrados que forjamos servindo lado a lado. E lutaremos por todos os povos da galáxia que querem lutar, mas não podem. Por todos aqueles que precisam de um defensor. Eles estão nos chamando, em terror e tristeza. E é nosso dever responder a esse chamado.

Leia assentiu para os oficiais ao seu redor, depois para o droide câmera e para todos que assistiam.

— Todos nós temos nossas tristezas. E nunca nos esqueceremos delas, ou daqueles que perdemos. Com o tempo, vamos honrá-los de modo mais adequado. Mas precisamos deixar nossa tristeza para depois da luta. Pois, agora, temos trabalho a fazer.

CAPÍTULO 2

Em um gelado planeta da Orla Exterior da galáxia, duas irmãs se apertavam no espaço de apenas uma pessoa.

As docas de Refnu estavam repletas de membros da Resistência empurrando carretas de magnocargas esféricas, orientando lentos droides de energia até terminais de carregamento e rodando diagnósticos nos oito bombardeiros tipo Fortaleza Estelar que logo deixariam seus atracadouros.

Amontoadas dentro da artilharia esférica do bombardeiro *Cobalto Martelo*, Paige e Rose Tico tinham uma excelente visão da atividade ao redor. Mas a esfera transparente vedava todo o som, transformando as preparações da Resistência em uma pantomima. Ao menos naqueles últimos minutos preciosos, as irmãs podiam fingir que estavam sozinhas.

— Odeio pensar em você voando sem mim — Rose disse, olhando para Paige. — E se você esquecer como as armas funcionam?

Paige riu e tocou o gatilho do canhão como se fosse um velho amigo.

— Você já checou tudo — ela respondeu, depois bocejou e se espreguiçou até onde o espaço apertado permitia. — Eu aperto essas gracinhas e os caras malvados vão embora.

Os canhões gêmeos da artilharia estavam travados e não se moveram um centímetro. Mas um medalhão dourado em forma

de gota pendurado sobre a mira se moveu. Rose ouviu o barulho metálico do medalhão batendo contra a mira e levou sua mão até o medalhão semelhante que ela usava como pingente ao redor do pescoço. Eles representavam o emblema do sistema Otomok – o lar das irmãs.

Paige ergueu os olhos e empurrou levemente o ombro de sua irmã menor para acordá-la de seu devaneio.

– Além disso, você tem trabalho a fazer – Paige disse. – Se os seus defletores conseguirem manter as nossas outras naves sem serem detectadas, isso poderia nos dar uma grande vantagem contra a Primeira Ordem.

Rose baixou os olhos, constrangida.

– Tudo que os defletores fazem é esconder as emissões dos motores. Qualquer um poderia fazer isso. E, provavelmente, melhor.

– Não comece com isso de novo. Você sabe que não é verdade.

– Certo, talvez não. Mas queria ir com você.

– Você estará comigo – Paige disse com um sorriso, tocando seu medalhão.

Rose ergueu os olhos, a mão também tocando seu próprio medalhão.

– Não é a mesma coisa.

– Talvez não. Mas não vai demorar. Vou encontrar você a bordo da *Raddus* assim que a evacuação em D'Qar terminar.

– Certo – Rose disse, agarrando o medalhão com mais força agora. Ela sentia as lágrimas se acumulando no canto dos olhos e ameaçando transbordar sobre a face.

– Rose – Paige disse, tocando sua mão. – Eu vou ficar bem.

– Eu sei, Pae-Pae – Rose respondeu quase sem voz, usando o apelido de infância de sua irmã. – Afinal de contas, você é a melhor artilheira de toda a Resistência.

Paige apenas sorriu e Rose fechou os olhos, tentando se perder no calor e peso familiar do corpo de sua irmã, que a abraçava. Suas respirações encontraram o mesmo ritmo, os ombros gentilmente subindo e descendo juntos.

Em sua primeira missão juntas a bordo da *Cobalto Martelo*, Rose deixara sua estação de engenharia de voo assim que o bombardeiro entrara no hiperespaço, descendo a escada do convés principal e se esgueirando na artilharia esférica ao lado de Paige. Elas passaram horas observando a infinidade azul-esbranquiçada e conversando sobre tudo o que fariam assim que a paz voltasse à galáxia — os planetas que visitariam; os animais que criariam; a fazenda que construiriam em algum mundo com um bondoso sol quente, brisas frescas e boa grama.

Se o restante da tripulação da *Cobalto Martelo* achou aquilo estranho, logo aceitou que as irmãs Tico possuíam uma ligação que seria extraordinária mesmo entre gêmeas. Desde o nascimento de Rose, as irmãs raramente passaram mais do que alguns dias longe uma da outra — nem enquanto cresciam em Hays Minor, no sistema Otomok nem enquanto serviam na Resistência, após fugirem de seu mundo natal e da ocupação pela Primeira Ordem.

Mas isso estava prestes a mudar.

Refnu não tinha atracadouros grandes o bastante para a *Ninka*. A fragata esperava em órbita baixa, uma estrela cintilante no profundo violeta do perpétuo crepúsculo do planeta. Rose estava escalada para o próximo transporte depois daquele. Os bombardeiros decolariam pouco depois, abastecidos e armados, e coordenariam o salto ao hiperespaço junto com a *Ninka*. Paige passaria a jornada para D'Qar dentro da artilharia esférica, suspensa em sua pequena bolha e cercada por forças cósmicas inimagináveis. Rose queria muito fazer a jornada junto com sua irmã, mas era tarde demais — ela havia concordado em permanecer a bordo da *Ninka*, mostrando aos técnicos como sua tecnologia defletora funcionava, na esperança de que pudesse ser adaptada a outras naves.

— O que fez você aceitar? — Paige perguntou, sentindo a inquietude da irmã.

— Eu queria um traje espacial novo — Rose disse.

Isso provocou uma leve risada em sua irmã, como Rose esperava. Mas assim era Paige — ela estaria calma mesmo com um motor desativado, um leme quebrado e o espaço ao redor repleto de tiros de turbolaser, friamente avaliando a situação e decidindo o que precisava ser feito. A loteria genética que abençoou Paige com tanta compostura não foi tão generosa com Rose. Os combates a deixavam aterrorizada, e as horas de espera faziam seu estômago se embrulhar e a respiração acelerar.

É por isso que você é uma heroína da Resistência e eu sou uma técnica de manutenção, Rose pensou em dizer a Paige, mas isso não ajudaria em nada, e não havia tempo. Então ela preferiu conversar sobre coragem e responsabilidade — ao menos até ouvir a si mesma e admitir a verdadeira razão de ter concordado em assumir sua nova função.

— Achei que era isso que você queria que eu fizesse — Rose disse. — Pensei que você estava pronta para me deixar assumir a responsabilidade por *mim mesma*.

— Eu quero que você seja você mesma — Paige retrucou. — Mas é claro que isso também significa ser minha irmã.

Ela ergueu o braço, o movimento preciso e eficiente como sempre, e apanhou o medalhão de Otomok pendurado na mira do canhão, passando-o então por seu pescoço.

— Nada pode mudar isso — Paige disse. — Estamos conectadas uma com a outra, e também com o nosso lar. Não precisamos estar no mesmo lugar para isso ser verdade.

As irmãs se abraçaram — era hora de ir, e ambas sabiam.

— Vejo você depois da evacuação — Rose disse, implorando para qualquer força que governasse o universo que transformasse aquela breve previsão em uma garantia inabalável.

— A gente se vê então, Rose — Paige respondeu. Era o que ela sempre dizia antes de uma missão — uma despedida deliberadamente casual que Rose passou a acreditar que era um amuleto da sorte.

E então Rose começou a sair da artilharia esférica, tomando cuidado para não pisar em sua irmã ou desalinhar a mira do canhão. Ela emergiu no fundo da haste ventral do bombardeiro – o lugar que a tripulação chamava de Pinça. As comportas do compartimento de bombas aos seus pés estavam abertas, enquanto uma escada levava ao convés principal acima dela, passando por prateleiras de magnocargas. Havia mais de mil cargas ao todo, o suficiente para abrir a crosta de um planeta ou destruir os escudos e abrir um buraco na couraça de uma nau capitânia. Muitas das magnocargas estavam decoradas com desenhos ou palavras rascunhadas apressadamente – nobres invocações da causa da Resistência escritas ao lado de sugestões obscenas para os líderes da Primeira Ordem.

Rose contou seis prateleiras de baixo para cima, depois mais cinco magnocargas no começo da fila até encontrar a esfera negra que ela e Paige marcaram com uma caneta. A mensagem que escolheram era simples: JUSTIÇA PARA OTOMOK.

Rose ouviu o zumbido de um transporte decolando. Isso significava que sua nave seria a próxima. Ela se abaixou através das portas do compartimento de bombas até descer ao chão do atracadouro, depois olhou para cima, em direção à sua irmã, na artilharia esférica. Paige passava sua lista de pré-decolagem, a tela de seu datapad iluminando seu rosto com uma pálida luz branca. Enquanto estudava as informações, ela passou uma mecha de cabelo para dentro do capacete acolchoado.

O gesto – familiar e inconsciente – penetrou em Rose de um jeito que a conversa não fizera. Ela olhou freneticamente entre as docas, procurando pelo prateado da pele de Fossil, a imponente oficial comandante. Ela diria a Fossil que tudo não passava de um erro e voaria a bordo da *Cobalto Martelo* como engenheira de voo reserva, ou faria qualquer outra coisa necessária, mas não deixaria Paige para trás.

E se Fossil dissesse não? Então Rose esperaria até ela não estar olhando, subiria pela Pinça e se esconderia em um armário de ma-

nutenção até estarem no hiperespaço e ser tarde demais para se livrar dela.

Mas então Paige se virou, viu a irmã, sorriu e acenou. Como se não houvesse nada de errado. Como se não houvesse perigo algum.

Quando o transporte que a levaria desceu, Rose forçou a si mesma a acenar de volta.

A gente se vê então, Paige.

CAPÍTULO 3

Embora estivesse no campo de aterrissagem em frente à base da Resistência, Kaydel Ko Connix soube o momento exato em que as naves de guerra da Primeira Ordem emergiram do hiperespaço acima do planeta.

Todos os comlinks ao seu redor começaram a emitir bipes e sinais – um coro de chamadas urgentes que para ela soou estranhamente igual aos chamados dos lagartos coloridos que se penduravam nas árvores de D'Qar.

Ao seu lado, os olhos de PZ-4CO se iluminaram. A droide de protocolo de cor azul-clara mexeu os pés e olhou para Connix, seus servomotores zumbindo no pescoço alongado.

– O comm/scan relata dois Destróieres Estelares classe *Ressurgente* e uma grande nau capitânia – PZ-4CO disse, sua voz calma e agradável como sempre. – Classe desconhecida, tamanho de um Couraçado. Comprimento estimado em sete mil e quinhentos metros.

Connix estremeceu. A Resistência sabia que a Primeira Ordem estava construindo naves de guerra e um exército nas Regiões Desconhecidas, além da fronteira galáctica. A General Organa enviara uma série de gravações holográficas e informações da inteligência que forneciam evidências dessa conclusão para os senadores da Nova República, na esperança de derrubar a teimosia insistente do governo galáctico de que os relatos da preparação militar da Primeira Ordem eram, no mínimo, imaginação da general e, no máximo, um exagero. Mas uma nau capitânia daquele tamanho? Isso era pior do que a imaginação mais sombria dos analistas da Resistência.

Assim como a Base Starkiller. O que mais Snoke estava escondendo por aí?

— A aparente limitação do nosso banco de dados me preocupa — PZ-4CO disse.

Connix precisou rir.

— Muitas coisas me preocupam hoje em dia, PZ. Como o fato de que o lugar onde estamos logo vai se transformar em uma cratera quando a Primeira Ordem chegar até aqui. O que mais falta na nossa lista de preparações?

Os olhos de PZ-4CO brilharam novamente. Connix avistou o Oficial de Voo Jones atravessar apressadamente o campo de aterrissagem até elas.

— Aproximadamente trinta por cento do reservatório profundo de combustível ainda não foi retirado — a droide disse enquanto Jones recuperava o fôlego. — O procedimento de abandono dos computadores cruciais à missão estão incompletos. E suprimentos de manutenção ainda estão sendo transferidos de depósitos nos níveis inferiores.

— Ainda tem trinta caixas de cartuchos de canhão no bunker C — Jones disse.

Ótimo. Mais uma coisa na lista.

— Tempo até completar? — Connix perguntou, seus olhos passando pelos transportes ainda no campo de aterrissagem e os oficiais e droides saindo e entrando correndo dos portais da base subterrânea.

— Aproximadamente noventa minutos — PZ-4CO disse.

— Não temos noventa minutos. Acho que não temos nem nove.

Pare e pense. O pânico não resolve nenhum problema, apenas os cria.

Foi a General Organa quem lhe ensinara isso — entre tantas outras coisas.

— Esqueça os cartuchos de canhão e o resto dos suprimentos de manutenção — Connix ordenou. — Qualquer coisa que ainda estiver lá embaixo vai ficar.

— O Quartel-Mestre Prindel ficará extremamente agitado com essa decisão — PZ-4CO disse.

— Bollie vai precisar reclamar com Snoke. Dê a ordem, PZ.

A cabeça de PZ-4CO se endireitou e Connix soube que a droide estava transmitindo as novas instruções. Ela mordeu os lábios, incapaz de resistir a mais uma rápida olhada para cima, e então considerou as tarefas restantes.

As naves da Resistência que responderam ao apelo da General Organa estavam com pouco combustível — cada gota no reservatório seria crucial. Porém, a retirada dos tanques era um processo agonizantemente lento.

Não há uma resposta fácil.

E ainda havia os computadores, e as informações contidas neles que poderiam ser recuperadas se não fossem completamente destruídos. A Primeira Ordem poderia bombardear a base inteira, terminando o trabalho da Resistência. Mas eles também poderiam enviar slicers e droides de recuperação de dados para vasculhar os bancos de informação. O que encontrassem poderia colocar em perigo a todos, desde os aliados da Resistência através da galáxia até as famílias daqueles que se dedicaram à causa.

Também não há uma resposta fácil.

Então, o que a General Organa faria? Felizmente, Connix sabia.

Ela diria que uma informação perfeita é um luxo que raramente você tem. Tudo o que pode fazer é tomar a melhor decisão com a informação que tiver.

— Jones, diga à equipe de evacuação que pratique tiro ao alvo com os computadores — Connix disse. — PZ, dê prioridade para a transferência de combustível. Mas quero a nave-tanque e os outros transportes no ar em dez minutos.

— Dados os nossos níveis de combustível, dez minutos podem não ser... — PZ-4CO protestou.

— Precisamos que a frota salte logo ao hiperespaço — Connix a interrompeu. — Assim que saltarmos, a Primeira Ordem não poderá nos rastrear e terá de recomeçar a caça. Isso nos dará tempo para decidir como reabastecer as naves.

— Essa decisão...

— Já foi tomada — Connix disse com firmeza. — Dê a ordem, PZ.

Batizada em homenagem a um almirante rebelde morto há muito tempo, a *Raddus* era a nau capitânia da Resistência, um cruzador estelar Mon Calamari MC85 repleto de armamentos e projetores de escudo. Medindo quase trinta e cinco metros desde a ponta até o conjunto de motores da popa, a *Raddus* seria uma grandiosa nave de guerra mesmo durante os anos em que o Imperador Palpatine havia transformado o Império em um complexo industrial-militar sem paralelo.

Mas a *Raddus* era insignificante comparada ao enorme Couraçado da Primeira Ordem que cruzava lentamente o espaço na direção de D'Qar, acompanhado por três Destróieres Estelares. A bordo da ponte da nave de guerra da Resistência, o Almirante Ackbar passava as mãos em suas barbelas e olhava para uma mesa holográfica que mostrava a situação sobre D'Qar. Ao seu lado estavam Leia, o piloto Poe Dameron e C-3PO.

As três outras naves de guerra da Resistência — *Anodyne*, *Ninka* e *Vigília* — estavam deixando a órbita baixa, após receberem a maioria dos transportes que levavam as pessoas evacuadas da superfície de D'Qar. Mas as naves da Primeira Ordem se aproximavam rapidamente.

— Eles nos encontraram — disse um monitor da Resistência.

— Bom, sabíamos que isso aconteceria — Poe respondeu, seu olhar saindo da mesa holográfica e seguindo para uma tela ao lado. — Connix, a base já foi totalmente evacuada?

— Ainda estamos carregando o último grupo de transportes — disse ela. — Precisamos de mais tempo.

Poe olhou para Leia, mas a general antecipou o que ele estava prestes a dizer.

— Você teve uma ideia — ela disse, com uma simpatia cansada. — Mas eu não vou gostar dessa ideia.

Poe abriu a boca para defender seu argumento, esperando que algo eloquente saísse. Mas Leia também antecipou isso.

— Vá — ela disse.

O General Armitage Hux estava na ponte da *Finalizador*, um Destróier Estelar da Primeira Ordem, olhando para o planeta verde-azul pairando no espaço.

Havia quatro naves na órbita do planeta, abaixo dos cinturões de asteroides — um bulboso cruzador Mon Calamari, uma fragata angular, um cargueiro com uma frente arredondada e uma traseira irregular e uma nave menor com uma proa em forma de lua crescente.

Hux automaticamente avaliou e catalogou as naves de guerra da Resistência, usando seus anos de treinamento. Ele conhecia a nave Mon Calamari: era a *Raddus*, que servia como nau capitânia e centro de comando móvel para a ralé de Leia Organa. A segunda maior nave era uma fragata Nebulon-C, de uma linha construída para a Nova República após os acordos que encerraram o conflito com o Império. A nave com a frente arredondada era algum tipo de fragata de cargas, altamente modificada. A nave com a proa crescente era um modelo que Hux não reconhecia, mas claramente era uma nave de guerra, repleta de canhões de defesa e cápsulas de artilharia.

Dentro de alguns minutos o encontro se tornaria épico: as quatro naves virariam poeira espacial.

A imaculada ponte da *Finalizador* era um modelo de eficiência, com controladores e monitores rapidamente trocando suas informações dos computadores de cálculo de tiro e suítes de sensores. Hux sorriu ao pensar em si mesmo como o centro de toda aquela atividade – uma esbelta figura nobre vestindo um perfeito uniforme preto em posição militar de descanso.

– Nós os pegamos no meio da evacuação – disse Peavey, o capitão da *Finalizador*. – Toda a Resistência, em uma única cesta frágil.

Hux afastou uma onda de irritação. Edrison Peavey era velho – um veterano do tempo do Império que servira com o falecido pai de Hux. Ele e uma porção de oficiais leais ao Império haviam escapado dos caçadores da Nova República ao se aventurarem nas estrelas inexploradas das Regiões Desconhecidas.

Aqueles homens e mulheres foram úteis em seu tempo. Mas esse tempo estava chegando ao fim – a Primeira Ordem havia decapitado a liderança da Nova República com uma única demonstração de seu poderio tecnológico.

Sim, a Base Starkiller fora destruída, mas Hux disse a si mesmo que aquilo foi um mero contratempo – um revés que foi menos uma derrota militar do que produto de incompetência e traição dentro da Primeira Ordem. Essas falhas foram neutralizadas, ou quase. A maioria daqueles que falharam com Hux e o Líder Supremo Snoke foram vaporizados junto com a base; aqueles que escaparam à punição logo teriam aquilo que mereciam.

Hux sorriu levemente. Na verdade, não importava muito. O Senado da Nova República havia virado cinzas, o coração de sua frota fora incinerado e os vermes da Resistência que tiveram a audácia de atacar a Base Starkiller foram descuidados o bastante para deixar um rastro até seu ninho. Assim que aqueles poucos insurgentes fossem destruídos, ninguém na galáxia ousaria se opor ao domínio da Primeira Ordem. Hux estaria livre para construir uma dezena de novas Starkillers – ou uma centena.

E, nesse meio-tempo, a Primeira Ordem possuía muitas outras armas – incluindo armas que os comandantes do Império apenas sonhavam em usar.

Essa era a questão, Hux pensou. Peavey e sua geração enxergavam o iminente triunfo da Primeira Ordem como uma restauração do Império, sem perceber o quanto isso apenas provava sua obsolescência. Eles não conseguiam, ou não queriam, enxergar que o regime a que serviram não apenas havia acabado como fora também superado. A Primeira Ordem era a conquista daquilo que o Império lutara para ser. Havia destilado e aperfeiçoado suas forças, enquanto eliminava suas fraquezas.

Ou ao menos a maioria *das fraquezas,* Hux pensou, olhando para Peavey. Mas haveria tempo para mais um expurgo. Enquanto isso, um lembrete da posição de Peavey teria de bastar.

– Perfeito – ele disse. – Tenho minhas ordens do próprio Líder Supremo Snoke. Agora é o momento em que acabaremos com a Resistência de uma vez por todas. Diga ao Capitão Canady que prepare seu Couraçado. Queime a base deles, destrua aqueles transportes e elimine toda a frota.

A ordem foi transmitida e recebida por Moden Canady a bordo da ponte da *Fulminatrix*, o enorme Couraçado de Sítio classe *Mandator IV* no centro da formação da Primeira Ordem. Sob o comando de Canady, os dois enormes canhões posicionados sob a parte de baixo da nave começaram a se mover lentamente, reorientando sua mira para disparar sobre o ponto que concentrava as transmissões e emissões de energia que as equipes dos sensores haviam detectado na superfície do planeta.

O subtenente de Canady, Bascus, observava a tela holográfica e acompanhava o progresso do canhão com uma expressão de quase êxtase. Já Canady fechava o rosto. Sua tripulação tinha metade de sua

idade, com pouca experiência fora dos simuladores de batalha. Essa falta de prática não era culpa deles; a arrogância e a indisciplina eram.

— Reoriente as baterias dorsais na direção da frota da Resistência — Canady ordenou. — E prepare nossos esquadrões de caça para decolagem.

— O General Hux ordenou que nenhum caça deveria decolar — Bascus interveio. — Ele acha que uma demonstração de...

— Será que eu preciso explicar a diferença entre "preparar para decolagem" e "decolagem"? — Canady perguntou para Bascus.

— Capitão! — chamou um monitor de escopo no piso inferior da ponte, cercado de iluminação vermelha para uma visibilidade ideal durante condições de combate. — Temos um único caça X-wing da Resistência se aproximando. Está assumindo posição de ataque.

O codinome do X-wing era *Negro Um*, de acordo com a cor preta da fuselagem e os detalhes em laranja chamativo. Aquelas cores estavam mais gastas do que Poe gostaria — seu amado caça havia retornado da Base Starkiller coberto de marcas de carbono, com os controles de disparo quase em curto e uma série de outros problemas menores. Goss Toowers, o chefe de manutenção de caças que vivia em eterna consternação, fizera uma avaliação do caça e oferecera um conselho a Poe: seus técnicos sobrecarregados poderiam reparar os danos do combate ou poderiam instalar o equipamento experimental que Poe lhe pedira, aquele que ainda não estava pronto para o ataque contra a Base Starkiller.

Poe optara pelo equipamento experimental e insistira na escolha mesmo depois de Goss, com seus olhos cansados, lembrá-lo de que era possível, até mesmo muito provável, que o equipamento o matasse assim que fosse acionado.

Afinal de contas, todos sabiam que a única coisa que irritava Goss mais do que pilotos era quando esses pilotos se divertiam.

Não que Poe estivesse exatamente se divertindo – na verdade, voar sozinho pelo espaço na direção de três naus capitânias da Primeira Ordem lhe parecia uma péssima ideia.

Mesmo fazendo parte de um esquadrão, voar num caça estelar era exaustivo tanto física quanto mentalmente: o estresse, as forças-g e as mudanças de gravidade exigiam muito do corpo, enquanto a constante necessidade de atenção, multitarefas e improvisação exigiam muito do cérebro. Era ao mesmo tempo um eterno quebra-cabeça e um teste de resistência, com consequências fatais se você cometesse um erro.

Mas ao menos atrás do manche Poe tinha algo para fazer. E isso era preferível a ficar preso na ponte da *Raddus*, andando sem rumo e atrapalhando todo mundo. Poe nunca admitiria, nem mesmo a Leia, mas, dentro de um caça estelar, a galáxia fazia sentido de um jeito como muitas vezes não fazia fora.

Julgando pelo bipe soturno de BB-8 no encaixe droide atrás da cabine do X-wing, seu astromec pensava o contrário.

– Bipes felizes, companheiro – Poe disse. – Vamos lá, já fizemos loucuras maiores.

BB-8 não se dignou a responder.

– Bipes felizes – Poe repetiu, dessa vez mais para si mesmo.

– Só para registrar, nisso eu concordo com o droide – Leia disse no comunicador.

Poe quase riu.

– Obrigado pelo apoio, General.

– Um único caça leve? – perguntou um incrédulo Hux, observando o espaço profundo. – Como assim?

A tripulação na ponte não disse nada. Hux olhou de um lado a outro, exasperado com os rostos impassíveis ao seu redor.

– Ora... atirem nele!

Antes que os artilheiros pudessem obedecer a ordem, uma transmissão nave a nave surgiu nos alto-falantes da *Finalizador*.

— Atenção, aqui é o Comandante Poe Dameron da frota da República — a voz disse. — Tenho um comunicado urgente para o General Hugs.

Hux sentiu todos os olhos se voltando em sua direção, e um vermelho ameaçando tomar conta de seu rosto. Ele conhecia muito bem o nome daquele piloto — Dameron havia feito o disparo que destruíra a Base Starkiller e fora motivo de irritação muito antes disso. Hux havia jurado que ainda veria o piloto de volta a uma mesa de tortura da Primeira Ordem — e, dessa vez, ele conduziria o interrogatório pessoalmente. Onde Kylo Ren e sua feitiçaria falharam, Hux e sua capacidade tecnológica triunfariam.

— Abra a conexão — ele disse com irritação. — Aqui é o General Hux da Primeira Ordem. A República não existe mais. Sua frota é uma escória rebelde feita de criminosos de guerra. Diga à sua preciosa princesa que não haverá nenhum termo. Não aceitaremos rendição alguma.

Ele ficou orgulhoso dessa última parte e fez uma anotação mental para revisitá-la durante os julgamentos que seriam transmitidos ao vivo pela HoloNet para toda a galáxia. Mas Dameron, para sua perplexidade, não respondeu.

— Oi, estou esperando pelo General Hugs — o piloto perguntou após um momento.

— Aqui fala *Hux*. Você e seus amigos estão condenados! Nós vamos limpar a galáxia da sua sujeira!

Outro momento se passou, e então veio a resposta:

— Certo, eu espero.

— O quê? — Hux olhou ao redor sem entender. — Alô?

— Alô? Ainda estou aqui.

Hux olhou com uma expressão zangada para o oficial de comunicação.

— Ele está me ouvindo?

O oficial assentiu seriamente.

Peavey, Hux notou, parecia menos preocupado com o aparente defeito na comunicação de curto alcance de sua nave do que com as informações que mostravam a distância entre o solitário X-wing e a linha de combate da Primeira Ordem – um número que diminuía cada vez mais.

– Hugs... com *H?* – Dameron perguntou. – Um cara magro, meio branquelo?

– Eu estou ouvindo, você pode me ouvir? – Hux respondeu.

– Olha, não posso esperar para sempre – Dameron disse, soando impaciente. – Se você conseguir encontrá-lo, diga que Leia tem uma mensagem urgente para ele. Sobre sua mãe.

Hux ouviu algo mais na transmissão – algo que parecia uma risada eletrônica.

– Acho que ele está zombando de você, senhor – Peavey disse.

Hux lançou um olhar endurecido sobre o capitão da *Finalizador* e encontrou uma expressão cuidadosamente neutra em seu rosto – igual ao rosto de todos os oficiais na ponte.

– Abram fogo! – ele gritou, batendo com o punho sobre o console mais próximo. Doeu muito, mas felizmente todos os olhos na ponte estavam fixos à frente quando uma teia de disparos de turbolaser preencheu o vazio do espaço, buscando o X-wing e seu irritante piloto.

Quando seu contador de energia ficou completo, Poe gritou para BB-8 acionar o motor. Um instante depois, a *Negro Um* saltou à frente com um baque, impulsionada pelo motor auxiliar experimental acoplado à popa do caça estelar.

Por um momento Poe achou que fosse apagar, sobrecarregado por forças-g que ele nunca experimentara antes atrás do manche. Mas então os compensadores de aceleração foram acionados e sua visão se clareou. Diante dele se agigantava o enorme Couraçado de Sítio da Primeira Ordem, com disparos passando por cima dele vindos dos canhões de turbolaser que salpicavam o casco superior.

— Uau, essa coisa arranca mesmo! — Poe gritou quando seu caça passou velozmente sobre o nariz da nave de guerra, no ápice da cunha gigante.

Os canhões dorsais da *Fulminatrix* foram criados para mirar em caças estelares inimigos, mas a *Negro Um* estava se movendo em velocidades que nenhuma equipe de defesa já experimentara, mesmo nas simulações. Poe dançou de um lado a outro sobre o casco da nave de batalha, avaliando quanto tempo precisaria para atingir seus alvos. Assim que decidiu o tempo, uma única passada sobre a superfície reduziu vários canhões a pilhas de destroços fumegantes. Quando Poe começou a curva para outra corrida, ele ativou seu comunicador e selecionou o canal geral da Resistência.

— Estou cuidando dos canhões agora. Bombardeiros, iniciem sua aproximação!

A bordo da *Fulminatrix*, Canady observava sombriamente enquanto o solitário X-wing destruía canhão após canhão, eliminando as defesas dorsais de sua nave. Um holograma de Hux ganhou vida.

— Capitão Canady, por que você ainda não destruiu essa nave insignificante? — o general da Primeira Ordem exigiu saber.

Canady não havia acumulado um extenso currículo militar ignorando a cadeia de comando ou desconhecendo os danos que um superior vingativo poderia causar em sua carreira. Mas levar sermão de uma criança mimada — uma criança que favorecia grandes gestos em detrimento de táticas militares básicas — era demais para ele.

— Essa nave insignificante é pequena demais e está perto demais — ele disse a Hux com desdém. — Precisamos enviar nossos caças.

Enquanto Hux considerava a ideia, Canady deu as costas para o holograma.

— Cinco minutos atrás — ele murmurou.

— Ele nunca vai penetrar nossa armadura — Goneril disse, olhando com descaso para o X-wing que se aproximava deles.

Canady se permitiu uma breve fantasia na qual ejetava o oficial de uma conveniente escotilha de descompressão.

— Ele não está tentando penetrar nossa armadura. Está se livrando dos nossos canhões dorsais — ele disse friamente para Goneril.

Em uma situação diferente, a incredulidade ofendida no rosto de seu primeiro oficial seria motivo de piada. Mas não hoje — não quando Canady tinha uma boa ideia sobre o que aconteceria em seguida.

— Capitão! — chamou Bascus. — Bombardeiros da Resistência estão se aproximando!

— É claro que estão — Canady disse.

CAPÍTULO 4

As tripulações dos esquadrões Cobalto e Carmim passaram horas nas estações de combate, esperando uma ordem de lançamento que viria da ponte da *Raddus*. A ordem não veio – não quando as comunicações sobre transportes e suprimentos se tornaram frenéticas, ou quando caças tie da Primeira Ordem começaram a atormentar a frota da Resistência, ou quando os oficiais dos sensores começaram a gritar sobre naves de guerra chegando. A bordo dos oito bombardeiros, costas estavam doloridas, bexigas estavam cheias e pavios estavam curtos.

Tudo isso foi esquecido quando os sistemas de comunicação ganharam vida e Fossil gritou para eles: vão, vão, vão!

Suspensa na artilharia esférica na base do compartimento de bombas da *Cobalto Martelo*, Paige sentiu o leve tremor quando os cabos e tubos foram desconectados. Como sempre, sentiu um momentâneo frio na barriga diante da visão do chão do hangar, apenas um metro abaixo do aparentemente frágil globo de vidro que a envolvia. Se as gruas de repulsão fossem desativadas agora, ela seria esmagada sobre o convés pelo peso da nave acima dela.

Mas Finch Dallow era um piloto muito capaz. Ele faria seu trabalho, assim como Paige faria o dela.

A *Cobalto Martelo* deu um pequeno solavanco, e Paige não pôde evitar levar a mão para dentro do traje de voo e tocar o medalhão pendurado no pescoço.

E então não havia mais nada abaixo dela, apenas o espaço escuro e interminável. Cada músculo no corpo de Paige ficou tenso durante a fração de segundo antes de seu cérebro processar o fato de que ela não estava caindo. E então ela foi pressionada contra seu assento quando a *Cobalto Martelo* acelerou até a velocidade de ataque.

— Liberando a trava das armas — Finch disse no ouvido de Paige. — Spennie, Paige, fiquem espertas.

Paige girou seus canhões gêmeos — esquerda, direita, para cima e para baixo, assentindo junto com o zumbido do eixo motorizado de sua artilharia.

— Armas carregadas, sistema verde — Spennie disse friamente na artilharia traseira.

— Estou pronta — Paige disse. Seus olhos passaram pelos bombardeiros de cada lado da *Cobalto Martelo* até o globo verde de D'Qar, seguindo para os X-wing e A-wing diante deles. Os defletores de Rose não conseguiam esconder os bombardeiros durante o voo de ataque, então o equipamento fora retirado, deixando os bombardeiros contando apenas com a escolta de caças. Muito à frente, Paige podia ver três estrelas brilhantes que ela sabia serem as naves da Primeira Ordem.

— Minha tela não mostra nenhum oponente — Spennie disse. — Onde estão os caças inimigos?

— Está se sentindo solitária, Spen? — perguntou Nix Jerd, o bombardeiro da *Cobalto Martelo*.

— Nada de conversa — Finch disse. — A qualquer momento teremos companhia demais.

O fone de ouvido de Paige estalou e uma nova voz surgiu em seu ouvido — a voz de Tallie Lintra, a comandante do esquadrão.

— Bombardeiros, mantenham a formação fechada — ela alertou. — Caças, protejam os bombardeiros; não sejam atraídos para combate com os caças inimigos. Quero ouvir você falar *entendido*, Starck.

— Que sem graça. Entendido — respondeu Stomeroni Starck, o ala de Tallie.

— Certo. Vamos causar um estrago e ganhar um pouco de tempo para nossa frota.

A artilharia de Paige era pequena e ela mal cabia lá dentro, portanto um daqueles tanques holográficos encontrados nas pontes das naves de combate que mostravam toda a batalha e seus participantes estava fora de cogitação. Felizmente, ela não precisava disso. Conhecia a formação que o esquadrão assumiu para o voo de ataque — revisou-a repetidamente durante as instruções em Refnu e enquanto viajava através do hiperespaço até D'Qar.

Os pontos que eram as naves de guerra da Primeira Ordem agora estavam maiores e mais brilhantes. Paige forçou a si mesma a respirar fundo, lenta e profundamente. No momento, os bombardeiros e seus caças de escolta voavam direto para o inimigo, sua formação inabalada pelos disparos em sua direção.

O silêncio era enervante — pois Paige sabia que estava prestes a ser interrompido.

A bordo da *Raddus*, Ackbar estudava o holotanque que Paige Tico podia apenas visualizar em sua mente.

Já houve um tempo em que Ackbar rejeitava um holotanque na ponte de comando como uma muleta para comandantes desatentos. Mas sua vista já não era a mesma de antes, e em anos recentes ele notara que não conseguia mais processar informações com a mesma velocidade e precisão.

Ele não gostava de admitir, mas negar era uma tolice: estava velho. Em uma galáxia mais bondosa, Ackbar imaginava, isso significaria que era tempo de se aposentar e ir viver em alguma gruta de um lago quente em Mon Cala, cercado por cardumes de descendentes que se revezariam fingindo interesse em suas histórias de guerra. Mas ele não vivia nessa galáxia. Aquela em que vivia era cheia de surpresas, a maioria delas desagradáveis ultimamente, e as pessoas ainda precisavam dele, independente de sua vista cansada ou dos detalhes que já não eram tão simples de organizar.

Autopiedade é para humanos. Você pode flutuar na sua própria piscina natural depois. Agora é hora de barbatanas eriçadas e dentes afiados.

A *Raddus* e as outras três naus capitânias da Resistência haviam respondido ao chamado de socorro de D'Qar a toda velocidade após o ataque contra a Base Starkiller, fornecendo bombardeiros e caças estelares para defender a evacuação que Ackbar sabia que seria necessária. Agora a *Raddus* estava na retaguarda da formação da Resistência, onde poderia interpor seu envelope de escudos entre as naves menores e os agressores da Primeira Ordem.

Os bombardeiros e caças estavam além da proteção do envelope de escudos, movendo-se a toda velocidade na direção do Couraçado de Sítio – a mais perigosa nave inimiga no campo de batalha. Assim que a evacuação terminasse, aqueles bombardeiros e caças precisariam ser chamados de volta para que a frota pudesse saltar ao hiperespaço.

Com alguma sorte, isso aconteceria logo – aquelas oito Fortalezas Estelares eram os únicos bombardeiros que restavam para a Resistência. Eles não estavam disponíveis no ataque à Base Starkiller, o que forçou Ackbar e os outros líderes da Resistência a improvisar um ataque realizado por soldados de elite e caças estelares para penetrarem as defesas da Primeira Ordem. O plano funcionara, mas por pouco – e Ackbar não queria precisar de ventos favoráveis de novo no futuro.

Mesmo assim, a história galáctica estava repleta de comandantes que perderam as batalhas de hoje se preocupando com as de amanhã. Os transportes carregavam pessoal e equipamentos essenciais da Resistência, e eles precisavam dos bombardeiros para ganhar tempo enquanto tiravam todos de D'Qar. Era simples assim; não havia razão para complicar tudo com ansiedade sobre um futuro que podia nunca chegar.

Então, quanto tempo mais eles precisavam ganhar? Ackbar estendeu o braço e tocou os controles do holotanque, acessando o banco de dados de PZ-4CO. Ele puxou suas barbelas do queixo, tentando estimar o tempo restante com as informações da droide. Bollie Prindel poderia entender tudo aquilo muito mais rápido, mas o quartel-mestre estava ocupado orientando a estocagem dos suprimentos trazidos de D'Qar.

Enquanto ponderava as informações de PZ-4CO, Ackbar ouviu alguns dos oficiais mais jovens — ele os chamava de peixinhos, para a diversão da General Organa — especulando sobre por que a Primeira Ordem não havia lançado esquadrões de caças e parecia satisfeita em lentamente posicionar suas naves sobre D'Qar.

Era a pergunta certa a fazer, mas Ackbar sabia que os peixinhos chegariam à resposta errada. Como os jovens sempre faziam, eles discutiam sobre táticas, mas não consideravam personalidades. A principal preocupação de Hux não era ganhar o combate, mas demonstrar a capacidade e poderio da Primeira Ordem a uma plateia galáctica. Ele imaginava seu enorme Couraçado friamente incinerando a Resistência a partir da órbita do planeta, um espetáculo que ele achava que intimidaria aqueles mundos que ainda não haviam se submetido depois da destruição de Hosnian Prime.

Ackbar inflou sua bolsa gular em desaprovação, e o gorgolejo ganhou um olhar assustado de um dos jovens humanos. Hux era um pequenino squig perverso, mas ainda não havia ganhado dentes — tinha a crueldade de uma pessoa mais velha, mas não a sabedoria. Um comandante veterano se preocuparia em *vencer*, e não em jogar para a plateia. Narrativas eram muito mais fáceis de se moldar do que batalhas, e podiam ser escritas em segurança e em seu tempo livre.

Hux era um tolo — mas um tolo com forças vastamente superiores a seu dispor.

A janela de dados de D'Qar começou a piscar. Ackbar acessou as informações e ergueu os olhos do tanque, permitindo a si mesmo o orgulho de um peixinho ao ser o primeiro a trazer boas notícias.

— O último transporte já está no ar — ele disse.

Os olhos de Leia Organa — pequenos, pateticamente inadequados para serem usados sob pouca luz e ignorantes de outros comprimentos de onda mais ricos — saltaram sobre o almirante. Ela falou no comunicador:

— Poe, a evacuação está quase completa. Mantenha-os ocupados só mais um pouco.

Enquanto falava, pontos se acenderam ao redor das naves da Primeira Ordem.

— Só falta um canhão — Poe disse. — E aí vem o desfile.

O Couraçado havia finalmente lançado seus caças.

Dezenas de caças TIE surgiram como um enxame ao redor do Couraçado de Sítio, mas apenas três desviaram de seu vetor inicial para perseguir Poe através da superfície da nave de guerra. Seu alívio instintivo logo se tornou um alerta — os outros TIE visavam os bombardeiros que se aproximavam, que eram muito mais vulneráveis do que seu X-wing.

Mantenha seu alvo, Poe lembrou a si mesmo. A melhor maneira de dar apoio aos bombardeiros era destruir aquele canhão final, e não sair correndo atrás de caças TIE e deixar o canhão livre para causar estragos. E o canhão entraria em sua mira em questão de instantes.

Poe inclinou levemente a *Negro Um* para um ângulo melhor, mas o piloto do TIE líder antecipou seu movimento e os três caças voaram por baixo dele, disparando na parte de baixo do X-wing. Luzes vermelhas se acenderam em seu console.

— Maldição! BB-8, meu sistema de armas pifou. Precisamos eliminar aquele último canhão, ou os nossos bombardeiros vão virar churrasco. Faça a sua mágica!

Atrás de Poe, no encaixe droide do caça estelar, BB-8 já estava lidando com uma longa lista de alertas, em sua maioria irrelevantes, compilada pelo computador central. Isso não era nada novo: todos os astromecs da Resistência poderiam dizer a você que a *Negro Um* era uma máquina irritante e presunçosa.

O X-wing havia usado o primeiro ciclo do processador após BB-8 ser acoplado ao encaixe droide para marcar a decolagem sem completar a lista de pré-voo como um risco crucial para a missão. BB-8 apagara aquele alerta apenas para descobrir depois que a *Negro Um* havia elevado vinte e oito alertas de manutenção ao topo da lista de prioridades. BB-8 pacientemente reposicionou os alertas abaixo de itens de ação como a ignição do motor e a inicialização do gerador de escudos, apenas para ver os itens reaparecendo no topo da lista um por um. O astromec resolvera isso por meio da força bruta, travando a *Negro Um* para fora da sub-rotina de manutenção – o que gerou toda uma nova onda de reclamações.

Com um suspiro eletrônico, BB-8 estendeu vários apetrechos de seus seis discos permutáveis de baias de ferramentas, usando tudo, desde magnetômetros até rastreadores de pulsos de íons, para encontrar a fonte da falha enquanto afastava um novo alerta da *Negro Um*: o caça estelar achou importante alertar BB-8 sobre um possível perigo aos seus giroscópios por causa de erupções solares.

Erupções solares? *Sério?*

Os astromecs da Resistência classificavam a *Negro Um* como uma interface de alto volume de comunicações. BB-8 vasculhou sua memória em busca de um equivalente orgânico dessa classificação e encontrou uma resposta de alta probabilidade quase imediatamente.

A *Negro Um* era um pé no saco.

Poe, é claro, não estava ciente de nada disso – BB-8 seria um péssimo astromec se ele estivesse. O piloto estava lançando o X-wing em piruetas cada vez mais ousadas, tentando se livrar de seus perseguidores enquanto entrava em posição para girar e mirar no último canhão da Primeira Ordem.

— Tallie, fique esperta! — ele gritou.

Em seu A-wing, Tallie viu os caças TIE voando rapidamente em sua direção, em formação de ataque, e estremeceu.

— Lá vêm eles! — ela gritou. — Artilheiros! Acordem!

E então os caças de fuselagem negra se lançaram através da formação, como cães raivosos soltos entre os whellays em seu planeta natal, Pippip 3. Um X-wing na formação de Kaiden Scorbo foi atingido por disparos laser e cortado em dois, o grito do piloto misericordiosamente silenciado de repente. Os pilotos de Zanyo Arak deram meia-volta para disparar sobre os caças da Primeira Ordem, enquanto as artilharias traseira e ventral do bombardeiro abriram fogo, preenchendo o vazio ao redor deles com uma saraivada de tiros cruzados.

— Eles estão em toda parte! — gritou Jaycris Tubbs, com um pânico crescente em sua voz. — Eu não consigo...

A transmissão de Tubbs desapareceu na estática. Um TIE surgiu na cauda do X-wing de C'ai Threnalli, forçando o piloto Abednedo a sair da formação e deixar o flanco esquerdo do Esquadrão Cobalto desprotegido. Tallie virou naquela direção, notando que Starck acompanhara a manobra perfeitamente. Os canhões de seu A-wing destruíram o painel solar de um caça TIE, lançando-o para longe dos bombardeiros, sem controle e sem volta.

— Não vamos durar muito aqui, Poe! — ela alertou. — Me dê boas notícias!

— Negativo — Poe respondeu. — Segurem firme. BB-8, precisamos destruir aquele último canhão! Preciso das minhas armas!

Ele diminuiu a altitude, baixando o X-wing para apenas alguns metros acima do casco do Couraçado, ignorando um novo conjunto de alertas vermelhos piscando e torcendo para que os pilotos dos caças TIE não tivessem a coragem de segui-lo.

BB-8 piou frustrado, apagou seis novos alertas de proximidade da *Negro Um* e jogou sua cabeça para dentro de uma abertura do X-wing. *Ali* estava o problema – um disjuntor soltando fumaça no espaço apertado entre o reagente de fusão e a câmara de ionização. Felizmente, reparar o curto-circuito levaria apenas alguns segundos, no máximo. BB-8 estendeu um braço soldador, mas outros circuitos começaram a faiscar. BB-8 então estendeu vários outros braços de dentro de seu chassi, mas as falhas estavam aparecendo mais rápido do que ele podia repará-las.

O astromec piou frustrado.

Na ponte da *Fulminatrix*, Canady estava de pé com as mãos atrás das costas e os pés separados um metro um do outro, observando as pequenas figuras dos bombardeiros e caças estelares realizando piruetas no holotanque. Como sempre, ele não deixou de notar a beleza da batalha reduzida a um balé de ângulos e vetores. Àquela distância, parecia algo clínico, um exercício sempre em movimento de geometrias e probabilidades.

Comandantes podiam se hipnotizar por aquilo que Canady sabia ser uma ilusão. Pilotos estavam morrendo lá fora – pilotos sob seu comando. Quanto menos tempo passassem lá fora, mais pilotos voltariam para casa.

— Os autocanhões já estão posicionados? – ele perguntou.

— Posicionados e prontos, senhor – Goneril disse.

— Então o que você está esperando? Dispare na base.

A *Fulminatrix* tremeu sob os pés de Canady quando os enormes turbolasers rugiram. Aquelas armas eclipsavam qualquer coisa que ele tivera disponível na Frota Estelar Imperial e foram construídas para dizimar a vida de planetas. Um único tiro podia obliterar escudos planetários como se não fossem nada e transformar centenas de metros cúbicos de crosta em vapor e fuligem.

— Acione os sensores de imagens orbitais — Canady ordenou.

Um controlador jogou a imagem em uma tela. Uma nuvem de fogo se expandia sobre a superfície do planeta, um furacão de destruição em miniatura. Ao redor da tempestade, a selva estava em chamas, com novas detonações explodindo em série e se estendendo por quilômetros a partir do ponto inicial de impacto. A base da Resistência em D'Qar fora dizimada.

Goneril parecia congelado no lugar, observando a tela com veneração.

A bordo da *Raddus*, Ackbar ignorou as exclamações de preocupação dos peixinhos quando a Primeira Ordem disparou sobre D'Qar. A base servira bem à Resistência, mas já não importava mais — Ackbar tinha olhos apenas para os bulbosos transportes em sua aproximação final dos hangares principais da *Raddus*. Faltavam ainda quatro para pousar em segurança, depois dois, e então — finalmente — mais nenhum.

— O último transporte está a bordo — ele anunciou. — A evacuação está completa.

— Poe, você conseguiu — Leia disse no comunicador. — Agora traga o seu esquadrão de volta.

— Não! General, nós podemos conseguir! Temos uma chance para destruir um Couraçado!

Ackbar gorgolejou em desaprovação. Aquilo era típico de Dameron — por mais que tivesse talento como piloto e potencial para liderança, ele continuava um jovem impulsivo, com ainda muitos erros juvenis a serem cometidos. Por exemplo, pensar em si mesmo como um predador quando na verdade ele era a presa.

Por outro lado, a velha amiga de Ackbar, Leia Organa, perdera sua juventude por causa de fardos quase pesados demais para se aguentar.

— *Nós* precisamos tirar a frota daqui — Leia disse para o piloto rebelde.

— Essas coisas são destruidoras de frotas! Não podemos deixar escapar — Poe argumentou.

— Retorne agora. Isto é uma ordem.

Uma luz piscando indicou que Dameron havia desconectado a transmissão. No holotanque, seu pequeno X-wing iniciou uma curva para outra passagem sobre o último canhão do Couraçado de Sítio.

Ackbar virou um olho sobre Leia. Todos os oficiais na ponte pareciam transfixados pela fúria gelada em seu rosto.

Leia, repentinamente ciente da atenção que recebia, encarou o droide de protocolo dourado ao seu lado.

— 3PO, tire essa expressão nervosa do rosto — ela ordenou.

Ao menos essa ordem foi obedecida.

Poe e Tallie enxergaram ao mesmo tempo a segunda onda de caças TIE se aproximando. Outro X-wing foi destruído e disparos laser rasgaram um bombardeiro em dois. Havia um medo real na voz de Tallie — mesmo se os bombardeiros escapassem dos caças TIE, eles eram lentos e desajeitados demais para evitarem os disparos de defesa do Couraçado. Mesmo um só canhão seria suficiente para destruir um a um.

O que significava que aquele canhão precisava sumir. Poe mirou o nariz da *Negro Um* diretamente sobre ele.

— BB-8! É agora ou nunca!

Com uma criatividade nascida do desespero, BB-8 havia baixado o elevador que ele usava para assumir sua posição no encaixe droide até a metade, o que fez com que fosse preciso apagar três alertas de operação imprópria da *Negro Um*, e rolou até a cavidade na fuselagem, chegando o mais perto possível do disjuntor.

Ignorando um alerta de operação imprópria de seu próprio sistema, o astromec recolheu o braço soldador, despolarizou os eixos magnéticos que mantinham sua cabeça presa ao corpo esférico e usou o braço soldador para baixar a cabeça, como um homem tirando o chapéu. A cabeça bateu contra o disjuntor em curto, seu fotorreceptor primário rodando com a onda elétrica que recebeu de volta.

Poe viu as luzes das armas ganharem vida e apertou o gatilho, as asas de seu X-wing abrindo a toda força. A torre do canhão do Couraçado desapareceu em um pilar de fogo, e Poe puxou o manche do X-wing com força, os pés pisando até o fundo nos pedais, fazendo uma careta quando as forças-g o pressionaram contra o assento.

A manobra terminou com três caças TIE na frente do nariz da *Negro Um*. Um momento depois, os três se transformaram em nuvens brilhantes de poeira espacial.

— Sim! Caminho livre! Tragam os bombardeiros!

— Com prazer — Tallie disse em seu ouvido. — Aqui vamos nós!

Para o desgosto de Canady, Bascus ainda monitorava a destruição em D'Qar — realmente impressionante, mas completamente irrelevante no momento —, mesmo enquanto os bombardeiros da Resistência se aproximavam da *Fulminatrix* e seu casco agora desprotegido.

Canady ordenou que a segunda onda de caças TIE voltasse para proteger a nave, depois mandou que os autocanhões fossem recarregados — e que mirassem na nau capitânia da Resistência.

Se isso interferia com a demonstração cuidadosamente planejada por Hux, bom, Canady aceitaria as consequências.

Ele tinha uma nave para salvar.

Na artilharia ventral da *Cobalto Martelo*, Paige agarrava os gatilhos duplos e disparava tiro após tiro no espaço ao redor.

Cada disparo fazia tremer a esfera de vidro que a envolvia — entre isso e o impacto dos tiros de raspão dos caças TIE, ela mordeu a língua mais vezes do que podia contar. A temperatura estava subindo dentro da esfera, fazendo o suor da testa escorrer até os olhos. Ela queria desesperadamente limpá-los, mas não ousava soltar os gatilhos.

Uma Fortaleza Estelar MG-100 voava como um asteroide inerte, então cada bombardeiro contava com seus vizinhos para proteção, voando de forma que os artilheiros da traseira e da esfera pudessem sobrepor seus campos de tiro.

Mas, como Fossil havia lhe ensinado, um plano apenas durava até você ser atingido. Três bombardeiros já haviam sido destruídos, forçando os esquadrões Cobalto e Carmim a mudar de posição. Mas os caças TIE continuavam surgindo, duelando com os X-wing e A-Wing que circulavam ao redor dos bombardeiros, tentando protegê-los do fogo ininterrupto da Primeira Ordem.

Um TIE bateu contra a haste de um dos bombardeiros do Esquadrão Carmim, detonando sua carga e destruindo junto dois bombardeiros vizinhos em uma devastadora reação em cadeia.

No canal compartilhado do comunicador, C'ai Threnalli gritou em sua língua, abedndês, alertando Poe de que eles não conseguiriam segurar os agressores.

— Sim, nós podemos! — Poe gritou de volta, voando em direção ao combate com seu X-wing. — Continuem firme com os bombardeiros!

Paige disparou contra um TIE que passou à sua frente, a artilharia ventral girando suavemente para seguir a trajetória do caça inimigo. Tiros laser atravessaram a cabine do caça, lançando os painéis solares em espirais de cada lado.

Rose teria se divertido com essa — em suas primeiras missões no bombardeiro, Fossil havia alertado Rose para prestar atenção em suas tarefas como engenheira de voo e não nas proezas de sua irmã mais velha na artilharia. Mas Paige não tinha tempo para se vangloriar – outro TIE estava mergulhando em sua direção, seus disparos verde-esmeralda procurando atingir a *Cobalto Martelo*.

À frente, o nariz do Couraçado se aproximava como a margem de uma praia.

– Estamos quase lá! – Tallie disse. – Bombardeiros, iniciem a sequência de lançamento!

Acima dela, no convés de voo, Nix Jerd agora estaria digitando comandos no terminal do bombardeiro, iniciando a sequência de lançamento e ativando o gatilho remoto que ele carregava. Paige sabia que seu comando enviaria mais de mil magnocargas saindo do compartimento de bombas da *Cobalto Martelo*, atraídas pelo alvo abaixo. Ela poderia observá-las por todo o trajeto e sentiria o familiar impulso quando seu bombardeiro se livrasse da carga e iniciasse a subida, livre da massa das bombas de prótons.

Se eles alcançassem seu alvo.

Uma brilhante luz branca iluminou seu lado direito e a *Cobalto Martelo* se inclinou para um lado, a fuselagem da nave gemendo sob o estresse. Paige instintivamente jogou as mãos para cima para proteger o rosto, mas logo voltou a procurar desajeitadamente os gatilhos, tentando piscar para apagar os pontos de luz em sua visão.

Os pilotos da Primeira Ordem tiraram vantagem de seu lapso para mergulhar sobre a *Cobalto Martelo*, e tiros de raspão sacudiram o bombardeiro. Paige atirou de volta freneticamente, virando-se para checar a posição dos outros bombardeiros.

Não havia outros.

A *Cobalto Martelo* era a única Fortaleza Estelar que restava.

– Autocanhões posicionados – Bascus disse.
– Quarenta segundos até a carga completa – Goneril acrescentou.

Canady decidiu não ordenar que seus oficiais de sensores revisassem a planta da nave da Resistência para calcular seus pontos mais vulneráveis. Isso não importaria – os canhões da *Fulminatrix* destruiriam a nave inimiga em meros instantes.

Canady fez uma careta – estava pensando como Bascus, ou Hux. Ele observou seus instrumentos e fechou o rosto diante da solitária Fortaleza Estelar que ainda voava sobre o casco do Couraçado, no centro da formação de escolta quase destruída.

– Destrua o último bombardeiro – ele disse.

Um X-wing negro passou por baixo da artilharia de Paige, tão perto que ela conseguiu ver o astromec no encaixe droide.

– Bombardeiro Cobalto, por que suas comportas não estão abertas? – Poe exigiu saber. – Paige, responda!

Paige viu, para seu horror, que as comportas na parte inferior da *Cobalto Martelo* estavam fechadas. Ela chamou por Nix, depois chamou os outros membros da tripulação, mas não ouviu resposta.

Quando foi que recebera a última transmissão de outro membro da tripulação? E porque Spennie não estava atirando?

Abaixo dela, o casco do Couraçado já parecia uma vasta superfície.

Movendo-se rapidamente, Paige soltou a trava magnética da escotilha da artilharia esférica e subiu para o compartimento de bombas, manualmente abrindo as comportas abaixo dela. Através da fumaça, ela viu Nix caído na passarela acima, o gatilho remoto firme em uma das mãos.

– Nix! – ela gritou. – Nix!

– Lance a carga! – Poe gritou em seu ouvido. – Agora!

Paige subiu correndo a escada até o convés de voo. Nix, ela percebeu imediatamente, estava morto. Ela havia acabado de apanhar o gatilho remoto quando uma explosão sacudiu a *Cobalto Martelo*. Seu pé escorregou e o gatilho remoto caiu de sua mão quando ela tentou se agarrar na passarela, mas não conseguiu.

Paige caiu sobre o convés no fundo do compartimento de bombas, dez metros abaixo. Suas pálpebras piscaram e ela tentou mover as pernas, sem sucesso. Acima dela, através da vista embaçada, podia ver o gatilho pendurado na beira da passarela.

Tudo doía. Ela queria dormir e lutou desesperadamente contra essa sensação, forçando o pé a se erguer e chutar a escada. Muito acima dela, a passarela sacudiu e o gatilho tremeu.

— Carregamento dos autocanhões concluído — Bascus disse, inclinando-se sobre o console ansiosamente.

— Fogo! — Canady gritou.

Paige chutou a escada novamente, e uma dor disparou por sua perna. O gatilho se moveu? Ela não conseguia dizer. Suas pernas tremiam. Ela lutou contra a tremedeira e mirou um último chute na base da escada.

O gatilho pulou e caiu da passarela. Paige ergueu a mão trêmula, tentando seguir a trajetória do gatilho através do ar, que batia aqui e ali nas magnocargas ainda nas prateleiras.

De algum jeito, ele caiu na mão dela.

Clique.

Os suportes de segurança das prateleiras se abriram com um zumbido. A mão de Paige subiu até a gola do traje de voo, procurando pelo medalhão Otomok ao redor do pescoço. Ela o encontrou enquanto as bombas caíam como chuva negra das prateleiras, atraídas magneticamente na direção da paisagem distante da superfície do Couraçado. Encontraram-na e fixaram-se nela com força enquanto a *Cobalto Martelo* tremia, perdia potência e desabava para dentro do fogo e da fúria abaixo.

Com o Couraçado se despedaçando, os caças da Resistência debandaram e começaram a correr para a segurança da *Raddus*, perseguidos por caças TIE.

Poe gritou em triunfo, acelerando ao máximo na direção da distante frota da Resistência.

— Iniciem o salto à velocidade da luz, agora! — ele gritou.

Tiros foram disparados dos Destróieres Estelares atrás dele. Ignorando os guinchos de BB-8 e as luzes vermelhas por todo o seu console de voo, Poe voou para dentro do hangar da *Raddus* a toda velocidade.

Um momento depois, as naves da Resistência desapareceram, deixando os disparos laser das naves da Primeira Ordem atingirem o espaço vazio.

Na ponte da *Finalizador*, o júbilo foi trocado por um silêncio chocado. Hux encarou o espaço vazio onde a frota da Resistência estivera um instante atrás, depois virou a cabeça olhando para os restos fumegantes do Couraçado destruído de Canady.

— General, o Líder Supremo Snoke está entrando em contato de sua nave — chamou uma monitora de comunicações.

Hux forçou uma expressão impassível, sem ousar pensar se havia conseguido ou não.

— Excelente — respondeu a ela. — Vou receber em meus aposentos.

Mas um momento depois um enorme holograma da cabeça de Snoke havia aparecido na ponte. O rosto do líder da Primeira Ordem se agigantou sobre Hux, seu olhar azulado queimando de raiva.

— Ah, que bom, Líder Supremo... — Hux começou a dizer, mas um poder invisível o atirou com força contra o chão negro polido da ponte.

— General Hux — Snoke disse. — Minha decepção com o seu desempenho parece não ter limites.

Hux lutou para se erguer e restaurar um pouco de sua dignidade.

— Eles não podem fugir, Líder Supremo! — ele insistiu. — Nós os temos presos na ponta de uma coleira!

Finn acordou de repente, gritando o nome de Rey — e imediatamente bateu com a cabeça.

Ele olhou ao redor freneticamente, esperando encontrar as florestas nevadas do planeta que a Primeira Ordem havia transformado na Base Starkiller. Esta era a última coisa de que ele se lembrava: a figura esbelta de Rey em postura de combate com um Kylo Ren ensanguentado avançando sobre ela, seu sabre de luz vermelho chiando ameaçadoramente.

O mesmo sabre de luz havia atingido as costas de Finn, levando todos os nervos de seu corpo a se contraírem em agonia. O golpe o deixou caído sobre a neve, sentindo o cheiro de sua própria carne queimada, seu corpo tentando se dobrar ao meio sobre uma linha de fogo talhada em suas costas. Ele tentara forçar os braços e pernas a se moverem, para que pudesse se levantar.

Como era o dever de um soldado.

Não, como era o dever de um amigo.

Finn olhou ao redor, confuso. Aquela parte da floresta era estranhamente diferente. Ainda havia neve por toda parte, mas era mais quente, e a folhagem era curiosamente angular. Porque...

Porque não era uma floresta.

Ele estava cercado por branco, mas não era neve – eram as paredes e o teto de uma sala. Ele estava deitado em uma maca, com um casulo médico transparente sobre sua cabeça. Ao seu redor havia caixas e equipamentos, espalhados de qualquer jeito.

E não havia nem sinal de Rey.

Finn empurrou a bolha do casulo médico para o lado. Seu braço chiou de um jeito estranho quando fez isso e um estranho cheiro – salgado e oceânico – fez suas narinas dilatarem. Ele percebeu que estava vestindo um traje bacta de flexpoly transparente, cheio de bolsas de líquidos e conectado a vários tubos e injeções. Era um traje velho – a Primeira Ordem devia ter jogado em um compactador de lixo em favor de um modelo novo.

Mas ele havia escapado da Primeira Ordem e de sua vida como FN-2187 para seguir Rey de Jakku até Takodana e a Base Starkiller. Retornara ao coração da máquina de guerra da Primeira Ordem para resgatá-la das mãos de Kylo Ren, apenas para descobrir que ela já havia resgatado a si mesma.

Será que ela havia feito isso de novo, após Finn perder a consciência na neve? Será que ela o salvara? Era inteiramente possível – Rey era impulsiva, teimosa e de pavio curto, mas também era independente e capaz.

Se foi isso que aconteceu, então talvez ela estivesse por perto.

Finn tentou se levantar e imediatamente caiu. Quando se endireitou, fluido restaurador bacta estava vazando do traje e formando uma poça ao redor de seus pés. Suas costas doíam e sua mente estava lenta.

Ele cambaleou através da bagunça da sala até uma janela cheia de um resplendor azul – a inconfundível marca do hiperespaço. Isso respondia ao menos a uma pergunta – ele estava a bordo de uma nave estelar.

Tentando se concentrar, Finn deixou a janela para trás. Ele encontrou uma porta e acionou os controles desajeitadamente, emergindo em um corredor. Soldados passaram correndo, vestindo os vários uniformes da Resistência. Antes que pudesse forçar uma pergunta de sua mente confusa, eles desapareceram no corredor, ignorando-o completamente.

Finn os seguiu o mais rápido que pôde, chamando o nome de Rey.

No momento em que Poe aterrissou a *Negro Um* no hangar de caças da *Raddus*, o X-wing começou a bombardear BB-8 com itens de ação que a nave insistia que precisavam ser resolvidos imediatamente por técnicos competentes.

Dessa vez, o astromec simplesmente enviou todos os 106 itens de ação para o banco de dados de pedidos de manutenção de caças estelares da Resistência. Goss Toowers poderia lidar com o temperamental X-wing pelas próximas horas. Talvez ele até marcasse uma muito necessária formatação de memória.

A cobertura da cabine se ergueu e um cansado Poe retirou seu capacete.

— Bom trabalho, meu amigo — ele disse a BB-8.

Quando Poe desceu de seu X-wing, BB-8 começou a se desconectar da nave. Mas a *Negro Um* ainda não havia terminado com ele. Aquele motor auxiliar obviamente era um produto não autorizado e perigoso que nunca deveria ter sido instalado, mas, já que foi, será que BB-8 havia registrado a velocidade máxima do caça estelar durante o recém-acionamento do tal motor? E será que essa velocidade não seria a maior já registrada por um X-wing T-70?

BB-8 precisava admitir uma leve curiosidade sobre a pergunta. A resposta veio do banco de dados tático da *Raddus* instantaneamente — sim, era. Assim que BB-8 retransmitiu a informação, a *Negro Um*, sendo a *Negro Um*, já tinha outra pergunta: seria aquela velocidade a maior entre *todos* os caças estelares?

Essa era uma pergunta mais complicada, uma pergunta que BB-8 imediatamente decidiu que seria um desperdício de seus ciclos de processamento, e mais ainda dos ciclos da nau capitânia da Resistência. Então o astromec assegurou a *Negro Um* que, sim, também havia estabelecido esse recorde.

Se fosse verdade, seria ótimo para a *Negro Um*. E se não fosse? Bom, o X-wing precisava mesmo de uma lição de humildade.

Os sensores visuais de BB-8 avistaram algo estranho no corredor além da porta do hangar. O astromec revisou a informação e emitiu bipes confusos para Poe.

– Finn pelado vazando bolsa o quê? – Poe respondeu. – O seu processador fritou?

Mas um olhar com mais cuidado revelou que realmente havia um Finn Pelado Vazando Bolsa andando sem rumo pela porta do hangar, com jatos de líquido bacta jorrando de inúmeros cabos soltos de seu traje. Poe correu até o ex-stormtrooper da Primeira Ordem.

– Ei, amigo! – ele chamou. – Vamos achar uma roupa para você vestir. Você deve ter mil perguntas a fazer.

Mas, quando finalmente reconheceu Poe, Finn tinha apenas uma.

– Onde está Rey?

PARTE II

CAPÍTULO 5

A escadaria era feita de pedras ancestrais, cheias de rachaduras causadas pelo tempo e marcadas pelos passos de incontáveis pés. Os degraus se erguiam da beira do mar e se esgueiravam até o pico da montanha que se agigantava diante de Rey, uma linha negra contra o verde da grama, obscurecida aqui e ali pelas nuvens.

Rey apanhou seu bastão e ajustou a pequena bolsa pendurada em seu ombro. Ela imaginava que podia sentir o peso do sabre de luz ali dentro – a misteriosa arma anciã que havia lhe chamado no porão do castelo de Maz Kanata, e que ela havia levado junto àquele planeta tempestuoso de mares cinza salpicados de ilhas verdes.

Um planeta identificado no mapa de BB-8 com a legenda "Ahch-To".

Rey olhou para a primeira daquelas largas pedras – o começo do fim de sua longa jornada, que começara nas areias de Jakku –, depois olhou para trás, onde a maltratada *Millennium Falcon* descansava sobre seu trem de pouso. A corpulência da nave preenchia quase totalmente uma área plana logo acima do mar.

Chewbacca estava na ponta da rampa de embarque, com o astromec R2-D2 ao seu lado. O Wookiee soltou um grunhido de incentivo para Rey, enquanto R2-D2 assobiou e balançou em suas duas pernas curtas.

Então era isso. Ela não havia viajado milhares de anos-luz para ficar ali parada. Rey começou a subir as pedras, o vento lançando os cabelos negros sobre seu rosto.

Depois de Jakku, Ahch-To parecia algo saído de um sonho. O ar era úmido, com um aroma salgado, e as encostas tinham um verde vívido e viçoso. Alguns dias atrás, o verde era uma cor que Rey apenas sonhava em ver – agora estava cercada por variações de verde, desde tufos de grama esmeralda até musgos acinzentados que cresciam nos rochedos.

O oceano também era um estudo em cores aparentemente impossíveis, mas aquelas cores estavam sempre mudando: aqui a água parecia negra e cinza, enquanto lá era verde e azul, e em toda parte era manchada por espirais amarelas do sol refletido ou pelo branco das cristas de grandes ondas. Quando Rey saiu da *Falcon* pela primeira vez, seu cérebro insistira em interpretar a água como uma superfície e seu estômago se rebelara contra a recusa dessa superfície em se manter parada. Agora, cercada pelo mar, Rey percebeu que aquilo que estava vendo era apenas a camada superior de algo profundo, vasto e eternamente em movimento. Ela pensara na ilha como um pequeno ponto na água, mas isso também era um erro de percepção – a ilha era o pináculo de uma montanha que começava na escuridão, erguendo-se em meio aos ossos das profundezas do planeta.

Ela olhou para trás e se surpreendeu ao ver o quanto a *Falcon* já parecia pequena – e achou graça ao ver Chewbacca oferecer um aceno. O Wookiee havia rejeitado subir com ela, explicando que a *Falcon* tinha anos de falhas, quebras e modificações levianas que precisavam de conserto.

R2-D2 estava mais disposto, mas não passou da base do primeiro degrau antes de retornar com um suspiro eletrônico.

As encostas ao redor de Rey estavam repletas de vida. Insetos parecidos com gravetos a ignoravam ao se moverem pela grama, enquanto pássaros navegavam os ventos sobre sua cabeça. Muitos dos rochedos serviam de viveiro para pequenas aves roliças. Elas ficaram curiosas com aquela intrusa, observando-a com grandes olhos aquosos e desafiando-a com uma artilharia de grasnidos. Para Rey, o voo daquelas aves pareceu um triunfo da determinação sobre a habilidade — elas pareciam pedras voadoras, jogando-se dos penhascos e batendo suas curtas asas desesperadamente até, de algum jeito, alçarem voo centímetros antes de um desastre.

Rey parou para recuperar o fôlego — estava acostumada a escalar as enormes ruínas de Destróieres Estelares, mas mesmo assim aquela era uma longa subida. A *Falcon* agora era apenas um círculo cinza lá embaixo; acima dela, a escadaria continuava a subida sinuosa.

Ela disse a si mesma que continuasse subindo e não pensasse sobre o que a esperava no topo, mas isso era impossível. Realmente poderia ser uma cruel piada cósmica descobrir que o Mestre Jedi Luke Skywalker — o homem que ela pensava ser um mito — havia juntado suas coisas e deixado o lugar há algum tempo. Mas algo dizia a Rey que esse não era o caso. Por algum motivo, ela estava certa de sua presença — era como algo passando rapidamente na visão periférica, ou um arrepio nas costas que indicava a presença de alguém atrás de você.

Era seu *destino* ir até aquele planeta, aterrissar naquela ilha, subir aquela escada. Ela tinha certeza disso. Toda a sua vida — todos aqueles dias de desespero lutando contra o calor e a poeira de Jakku, todas aquelas noites sentindo-se perdida no frio e na solidão — foi um prelúdio para aquele momento.

Uma parede se erguia ao lado da escadaria, que passou por uma clareira abrigada contra o desfiladeiro. Várias modestas cabanas de pedra preenchiam o espaço, construções cônicas de rochas cuidadosamente encaixadas, com aberturas para portas estreitas. Eram muito antigas, mas bem preservadas. Algumas aberturas estavam abertas e vazias, outras tinham portas simples de madeira cinza envelhecida. E uma das cabanas tinha uma porta de metal gasto e enferrujado, adornada com listras vermelhas desbotadas.

Rey olhou para as cabanas, mas sabia que ali não era o seu destino final – ainda não.

Seguiu subindo a escadaria pelo gramado de um aclive até chegar a outra clareira entre torres de rochas. Uma figura coberta por uma simples túnica e manto com capuz estava de pé na beira de um desfiladeiro, de costas para ela, sobre um mar interminável.

Após um momento, a figura ergueu a cabeça e se virou lentamente, olhando por baixo do capuz. O rosto sob a barba acinzentada era enrugado e envelhecido, exibindo as marcas de climas extremos. Mas os olhos eram límpidos e azuis.

Rey andou na direção de Luke Skywalker enquanto ele puxava o capuz para trás. Sua mão esquerda era de carne e osso, a direita era feita de metal e fios. Ele a encarou; seu olhar era direto e intenso, sua expressão era estranha. Ela não sabia se era raiva, aflição ou melancolia em seu rosto.

Sem tirar os olhos do homem pelo qual ela viera de tão longe para ver, Rey jogou seu bastão sobre o ombro, abriu a bolsa e removeu o sabre de luz. Ela o segurou para ele.

Uma oferta. Uma súplica.

Emoções seguiram umas às outras sobre o rosto do Mestre Jedi. Após vários momentos ele deu um hesitante passo adiante, depois outro. Ele ergueu as mãos e tomou o sabre de luz da mão de Rey.

Rey recuou um passo, o ar preso na garganta, enquanto Luke observava a antiga arma. Então ele ergueu os olhos para ela. Rey se forçou a manter contato com aquele poderoso olhar e não ceder espaço.

E então Luke jogou o sabre de luz na direção do penhasco.

Os olhos de Rey seguiram o arco através do ar, depois se voltaram para Luke, arregalados com o choque.

Ele passou por ela sem dizer uma palavra, suas passadas longas e deliberadas.

– Hum, Mestre Skywalker? – conseguiu dizer, mas ele já havia desaparecido na escadaria.

Ela hesitou, depois correu até ele, até a clareira com as cabanas.

Chegou a tempo de ver a porta metálica enferrujada se fechar com força, deixando-a sozinha com os pássaros alvoroçados.

Rey se aproximou da porta e bateu hesitantemente sobre o metal.

— Mestre Skywalker, eu sou da Resistência — ela disse. — A sua irmã Leia me enviou. Precisamos da sua ajuda. Precisamos que você volte.

Não houve resposta.

— Mestre Skywalker? — ela tentou novamente. — Olá?

Isso não podia estar acontecendo, não após tudo o que ela passou para chegar até ali. Rey sentiu como se estivesse em um sonho ruim, no qual ela falava, mas as palavras não produziam sons. Após mais alguns momentos de silêncio, começou a bater na porta com mais força.

— *Olá?*

Rey encontrou o sabre de luz caído na beira do penhasco de onde Luke o havia jogado. Vários dos curiosos pássaros o inspecionavam, grasnando confusos uns aos outros. Ela os afastou e apanhou o sabre de luz, esfregando o punho machucado de tanto bater em vão na porta do Mestre Jedi.

Lá embaixo, ela avistou uma forma imersa nas águas de uma baía rasa — uma forma angular demais para ser natural. Ela percebeu que se tratava de um caça X-wing, corroído pela longa imersão em água salgada.

Ela inspecionou o sabre de luz e ficou aliviada por encontrá-lo sem danos. Rey o guardou gentilmente em sua bolsa, seus pensamentos retornando ao mal-humorado Mestre Jedi em sua cabana no topo da montanha. Será que ela fizera algo errado? O ofendera de alguma maneira? Será que não realizara algum ritual Jedi secreto que ninguém se dera ao trabalho de contar para ela?

Rey não sabia — e não fazia ideia de como consertar as coisas. E era um longo caminho de volta ao topo da montanha para ser ignorada por sabe-se lá quanto tempo.

Ela observou o X-wing submerso com um olhar perdido. Então era de lá que a porta havia saído – Skywalker havia usado uma das asas. Será que havia usado mais alguma coisa? Seu olhar experiente notou as bobinas de antena, repulsores de manobra, engate de descarga estática e outras peças que num passado não muito distante ela poderia ter usado para barganhar por rações.

Não dava para reciclar isso. Zero porções.

Ela sorriu levemente com a ideia de Unkar Plutt de queixo caído diante de um caça estelar que agora era mais recife do que veículo. O reator ainda estaria emitindo calor residual, mas isso não ajudaria ninguém, com exceção dos peixes e crustáceos ao redor. Talvez uma parte da fiação e dos cabos ainda estaria intacta, dentro de sua cobertura de proteção. Mas todo o resto já seria sucata.

Claro, isso não necessariamente significava que você não pudesse limpá-lo para tentar enganar alguém, dizendo que ainda estava operacional – muitos vendedores inescrupulosos no Entreposto Niima ganhavam a vida assim. Mas o resultado seria uma falha ou quebra esperando para acontecer.

Falhas e quebras, hum.

Se o Mestre Skywalker não falaria com ela, então Rey arranjaria uma conversa com alguém que ele não poderia ignorar.

Ela começou a andar na direção da *Falcon*.

Ao menos dessa vez a batida na porta recebeu uma resposta – uma ordem irritada para que fosse embora.

Um momento depois, a porta foi separada das dobradiças, voando até bater na parede oposta, e um zangado Wookiee invadiu a cabana, rosnando e rugindo.

Rey seguiu Chewbacca para dentro, olhando por trás do copiloto da *Falcon*. Luke havia trocado de roupa; agora vestia um casaco e calças de lã áspera. Ela precisou admitir uma satisfação diante do choque no rosto dele.

– Chewie? O que você está fazendo aqui?

Chewbacca, ainda zangado, lançou outra rodada de rosnados.

– Ele disse que você vai voltar com a gente – Rey disse.

Luke respondeu com um olhar irritado.

– Isso eu entendi – ele disse, antes de voltar a atenção para o Wookiee. – Você não deveria estar aqui.

Chewbacca rugiu com indignação.

– Como me encontrou? – perguntou Luke, ainda agindo como se Rey não estivesse ali.

– É uma longa história – Rey disse. – Contaremos na *Falcon*.

– A *Falcon?* Espere...

Rey reconheceu o momento em que ele percebeu o que estava errado.

– Onde está Han? – Luke perguntou a Chewbacca.

A irritação do Wookiee se esvaiu, deixando-o de ombros caídos com tristeza. Ele gemeu melancolicamente. Rey hesitou, depois se aproximou. O máximo que ela podia fazer era poupar Chewie daquela parte. Mas isso significava que era seu dever contar a Luke sobre a morte de Han Solo.

CAPÍTULO 6

Quando as portas do turboelevador se fecharam, o General Hux arrumou as abotoaduras de seu uniforme, embora soubesse que estavam perfeitas. Ele tentou não pensar em quanto tempo fazia desde a última vez que o Líder Supremo Snoke o havia convocado para sua sala do trono a bordo da enorme nave de guerra conhecida como *Supremacia*.

A *Supremacia* era uma enorme cunha voadora, medindo sessenta quilômetros de ponta a ponta. Seus criadores a classificaram como o primeiro Destróier Estelar classe *Mega*, mas tal classificação soava essencialmente sem sentido para Hux. Claro, a *Supremacia* podia entregar o poder destrutivo de uma frota completa. Mas essa era uma perspectiva definitivamente limitada para avaliar suas capacidades. Dentro de seu casco blindado havia linhas de produção montando tudo, desde armaduras para stormtroopers até Destróieres Estelares, forjas e fábricas, laboratórios de pesquisa e desenvolvimento e centros de treinamentos para cadetes. A capacidade industrial da *Supremacia* excedia a de sistemas estelares inteiros, enquanto seus estoques de tudo, desde comida até minérios, asseguravam que a nave poderia operar de forma independente por anos sem precisar pousar em planeta algum.

Tudo isso foi pensado desde sua criação. Snoke insistira em sua recusa de designar um mundo como capital da Primeira Ordem, explicando friamente que ele tinha muitos outros planos para seu regime além de apenas governar o punhado de setores que eles haviam dominado na Orla Exterior, ou colonizar grupos planetários além da fronteira.

Tais ambições não tornariam a Primeira Ordem diferente dos vários estados não alinhados que surgiram após a Guerra Civil Galáctica, ou dos reinados herméticos das Regiões Desconhecidas – muitos dos quais desmantelados ou destruídos pela Primeira Ordem durante sua ascensão secreta. Não, Snoke tinha um destino muito maior em mente – a Primeira Ordem ia restaurar tudo o que fora roubado do Império, e então construiria sobre aquela base reformada.

Mas, até essa promessa ser cumprida, a capital da Primeira Ordem seria móvel. Seria a *Supremacia*.

Era uma estratégia que Hux havia ajudado a formular. A *Supremacia* não podia ser isolada de suas linhas de suprimentos, já que as levava junto para onde fosse. Além disso, Hux conhecia os perigos de capitais fixas – elas tinham sua própria gravidade, atraindo tudo, frotas, economia e talento intelectual. Eram centros culturais, mas também eram um ralo de esgoto – e isso as deixava vulneráveis.

Hosnian Prime provara essa vulnerabilidade, Hux pensou, e um sorriso puxou o canto de seus lábios. A antiga capital da Nova República agora era um grande jazigo – os restos escaldantes de uma estrela, orbitada por núcleos planetários destruídos sendo lentamente atraídos para dentro de anéis de poeira e cinzas. Milênios no futuro, o sistema Hosnian permaneceria como um monumento ao dia em que a Primeira Ordem havia acabado com a fraqueza e desonestidade da República, restabelecendo o princípio do domínio pela força e disciplina.

E o nome de Armitage Hux também seria lembrado – disso ele tinha certeza. Seria exaltado como construtor dos exércitos da Primeira Ordem, arquiteto de sua revolução tecnológica e carrasco da Nova República.

E, muito em breve, destruidor da Resistência.

Feito que lhe renderia outra recompensa, Hux pensou.

Comandante da *Supremacia* seria um excelente título... superado apenas por Supremo Líder Hux.

Hux quase sussurrou essas três palavras para si mesmo, mas se segurou em tempo. Snoke tinha olhos por toda parte na Primeira Ordem – incluindo, muito possivelmente, olhos eletrônicos no turboelevador que levava a seus domínios privados no coração da *Supremacia*.

As portas se abriram e Hux entrou naquele domínio, um dos poucos seres abençoados com o privilégio de ver Snoke em carne e osso. O líder da Primeira Ordem sentava em seu trono, cercado por oito membros da Guarda Pretoriana em suas armaduras escarlates. Havia faixas com o emblema do regime penduradas acima, refletidas no chão polido de cor negra, e cortinas vermelhas cobriam as janelas da câmara. Sob as sombras da sala do trono, Hux avistou droides cuidando de suas tarefas e os alienígenas mudos de túnicas púrpura que haviam ajudado a Primeira Ordem a desbravar as vias do hiperespaço através das Regiões Desconhecidas.

Assim que Hux se ajoelhou, os olhos azuis de Snoke caíram sobre ele, cintilando em seu rosto arruinado.

– General, eu lhe entreguei um martelo de guerra e você o apontou sobre um nug-gnat insignificante – ele disse.

– Como já lhe assegurei, Líder Supremo, esse revés é meramente temporário – Hux respondeu.

Snoke o estudou atentamente. O Líder Supremo não era a figura enorme vista em suas transmissões holográficas, mas mesmo assim ele superava o tamanho de um humano. O rosto era assimétrico e o corpo era encurvado, mas Snoke irradiava poder. Uma energia maligna parecia emanar dele, uma energia que Hux quase sentia enviando filamentos inquisidores para dentro de seu cérebro.

Hux sabia que a Força era real – seu corpo ainda doía depois de ter sido lançado sobre o chão da *Finalizador*. Mas tal feitiçaria era um último eco moribundo da história antiga, instável e imprevisível, enquanto a capacidade tecnológica entregava certezas. Snoke não comandava legiões de guerreiros da Força, como os Jedi uma vez fizeram. Nenhuma criança era retirada das fileiras de stormtroopers da Primeira Ordem após exibir habilidades superiores aos seres normais. Havia apenas Snoke e sua desprezível criatura, Kylo Ren.

E Skywalker, a quem Snoke e Ren haviam caçado tão avidamente, à custa de tantas coisas ainda por fazer.

— Após o seu fracasso hoje, General, suas garantias não inspiram confiança – Snoke disse.

Os ombros de Hux ficaram tensos sob a raiva gélida na voz de Snoke. Ele se forçou a continuar impassível. Se Snoke quisesse matá-lo, teria feito isso a bordo da *Finalizador*, onde a morte de Hux teria servido como uma lição objetiva aos outros. Ele não teria perdido tempo convocando-o até ali para acabar com ele em segredo.

— Você diz que pode rastrear a frota da Resistência mesmo depois de sua fuga para o hiperespaço, algo que nenhuma força militar na história galáctica foi capaz de realizar – Snoke disse, e Hux relaxou. Agora o Líder Supremo estava na arena de Hux.

— Nenhuma força na história galáctica tinha acesso à tecnologia que nós criamos, Líder Supremo.

— A frota da Resistência está do outro lado da galáxia agora – Snoke disse. — Em qualquer um dos bilhões de sistemas estelares. A ideia de checar todos eles me deixa cansado, General.

— Não é preciso checar todos os sistemas, Líder Supremo. A rede de computadores de nosso sistema de rastreamento contém dados armazenados por milhares de anos: cada relatório pós-ação da história do Império, assim como muitos das Forças Judiciais da República e das Forças de Segurança Planetária. A rede contém relatórios de astronavegação, pareceres de patrulheiros e associações comerciais, inteligência Separatista...

— Uma lista completa seria entediante – cortou Snoke.

Hux baixou o queixo.

— É claro, Líder Supremo. Nossos sensores apontam a última trajetória conhecida do alvo, e o controle de rastreamento compara a informação com seu conjunto de dados. Trilhões de destinos potenciais são peneirados e reduzidos a centenas, depois dezenas e finalmente a um.

— Então, por que não estamos viajando até esse destino singular? — Snoke perguntou.

— Estamos cruzando os resultados de nossa análise inicial, Líder Supremo. Os cálculos finais devem estar completos dentro de alguns minutos.

Snoke se recostou em seu trono, considerando aquilo. Seus guardas se mantinham imóveis dentro das prisões de suas armaduras vermelhas. Atrás dele, os navegadores alienígenas continuavam seu trabalho inescrutável.

— Então, a sua solução para esse antigo problema não é nenhum avanço conceitual — Snoke disse. — Sua invenção não é produto de nenhuma genialidade, é apenas força bruta.

— A força bruta é subestimada, Líder Supremo — Hux respondeu com um sorriso. — A frota doméstica da Nova República foi destruída, e os senadores sobreviventes dissolveram as forças restantes para proteger seus planetas natais. Sua divisão os torna indefesos. Nenhum poder na galáxia pode se opor a nós, Líder Supremo.

Seu comunicador emitiu um alerta de alta prioridade.

— Com a sua permissão, Líder Supremo? — Hux perguntou, e recebeu um aceno de cabeça. A mensagem era aquela que ele esperava ouvir. — Temos as coordenadas da frota da Resistência, Líder Supremo. Nível de confiança de cinco noves.

— Então vá, General. Você explicou como sua invenção funciona. Agora, mostre-me que ela funciona. Faça a ralé de Organa ajoelhar-se.

Quando Hux se ergueu, o turboelevador se abriu atrás dele e Ren entrou na sala do trono, seu rosto oculto atrás de sua máscara prateada e negra. Hux não resistiu e mostrou um sorriso arrogante.

— O novo brinquedo de Hux parece funcionar — Snoke disse a Ren. — A Resistência logo estará ao nosso alcance.

— Obrigado, Líder Supremo — Hux disse, depois entrou no elevador.

Snoke o havia convocado para que respondesse por seu fracasso e o dispensou elogiando sua criatividade. Hux sabia que Kylo Ren havia chegado sem nenhum feito capaz de abrandar a fúria do Líder Supremo — ele precisou ser resgatado da Base Starkiller no meio de sua destruição e passou a maior parte do tempo desde então recebendo tratamento de droides médicos.

Snoke conduzira a Primeira Ordem em seus anos na periferia galáctica, transformando um bando de refugiados imperiais em uma arma forjada para reconquistar a galáxia. Assim ele seria para sempre lembrado. Mas Hux sabia que o futuro precisaria de um tipo diferente de líder — um líder capaz de direcionar as indústrias da galáxia e cultivar suas inovações, enquanto impunha respeito aos cidadãos.

Snoke não era esse líder. E Ren também não.

Kylo Ren se forçou a ignorar Hux quando o general vestido de preto praticamente marchou de forma orgulhosa para fora da sala do trono. Mas Snoke não teve dificuldade em sentir a raiva que ferveu dentro de Kylo diante do sorriso convencido de Hux.

— Você se pergunta por que mantenho um vira-lata raivoso em uma posição com tanto poder — Snoke disse quando ficaram sozinhos. — Ouça isto: a fraqueza de um vira-lata, propriamente manipulada, pode ser uma ferramenta muito útil.

Kylo ignorou aquilo — ele não estava com paciência para os ensinamentos de Snoke, não após tudo o que acontecera.

— Como está o seu ferimento? — Snoke perguntou, sem se dar ao trabalho de esconder o deboche em sua pergunta.

— Não foi nada — Kylo disse.

Isso não era verdade – o corte causado em seu rosto pelo sabre de luz fora fechado com microssuturas, mas Kylo ficaria com a cicatriz para o resto da vida. E seu abdome doía onde o tiro da balestra de Chewbacca havia acertado – um golpe que teria sido instantaneamente fatal se Kylo não tivesse instintivamente contido a energia com a Força.

— O poderoso Kylo Ren – Snoke disse, considerando seu estudante. – Quando o encontrei, enxerguei aquilo que todos os mestres vivem para ver: poder bruto e indomado. E, além disso, algo muito especial: o potencial de sua linhagem. Um novo Vader. Agora receio ter me enganado.

Atrás de sua máscara, Kylo encarava furiosamente a alta figura vestida com seu robe khalat dourado.

— Dei tudo o que eu possuía a você, ao lado sombrio – Kylo disse, sua voz distorcida por sua máscara. – *Tudo*.

— Tire essa coisa ridícula – disse Snoke, sua voz cheia de desgosto.

Um choque congelou Kylo momentaneamente. Ele lentamente ergueu as mãos e removeu a máscara, revelando a cicatriz em seu rosto. Snoke se levantou do trono, o lento movimento de seus pés indicando uma dor que castigava cada passo. Kylo continuou petrificado quando Snoke se aproximou, forçando-se a continuar impassível quando um dedo se esticou até seu rosto, subindo depois.

A ponta do dedo tracejou a pálpebra de Kylo, deixando uma linha úmida em seu encalço.

— Sim – Snoke disse. – Aí está. Você possui muito do coração de seu pai. Jovem Solo.

Os olhos de Kylo se lançaram sobre os de Snoke, queimando de raiva.

— Eu *matei* Han Solo. Eu matei o meu... Quando o momento chegou, eu o atravessei com minha lâmina. Eu não hesitei.

— Petulância, não força – Snoke debochou. – E olhe para você. O feito partiu a sua alma em duas. Você se tornou desequilibrado, superado por uma garota que nunca brandiu um sabre de luz. Você *fracassou*.

Kylo sentiu uma raiva se acender dentro dele – acender e se tornar um inferno exigindo libertação.

Mas Snoke também havia antecipado isso. Kylo dera o menor dos passos na direção de seu mestre quando um relâmpago surgiu dos dedos de Snoke, lançando Kylo para trás, e ele caiu contorcendo-se de dor. A Guarda Pretoriana imediatamente assumiu postura de combate, seus visores sem rosto fixados sobre Kylo.

Com um leve gesto da mão de Snoke, os guardas se endireitaram novamente, embora ainda encarassem desconfiados a figura de preto no chão.

– Skywalker vive! – Snoke gritou para Ren. – A semente da Ordem Jedi vive! Enquanto viver, a esperança vive na galáxia!

O Líder Supremo olhou para Kylo com uma expressão de desprezo.

– Achei que seria você aquele que apagaria essa esperança. Mas veja só. Você não é nenhum Vader, você é apenas uma criança com uma máscara.

Kylo deu as costas para Snoke, lutando para manter o fogo de sua raiva sob controle – portanto não viu o cruel sorriso que distorceu o rosto do Líder Supremo.

No turboelevador, com as portas fechadas, Kylo olhou para o capacete em suas mãos. Dessa vez, a raiva veio sem aviso, uma coisa viva que parecia queimar sua própria carne. Ele esmagou o capacete na parede. A Força uivava dentro dele, dando-lhe poder para martelar o capacete contra o metal até reduzi-lo a um pedaço retorcido de preto e prata.

As portas do turboelevador se abriram e dois oficiais assustados recuaram instintivamente quando viram o enraivecido homem de preto.

– Preparem minha nave – Kylo disse secamente.

CAPÍTULO 7

Os sóis do final da tarde já pairavam baixo sobre as ilhas de Ahch-To, esticando as sombras das velhas cabanas de pedra. Lá embaixo, as ondas suspiravam, um som rítmico como estática. Luke Skywalker sentava-se sobre um banco na frente de sua simples moradia, ao lado de um entristecido Chewbacca. Rey estava por perto, relutando em interromper os dois amigos em seu luto.

Mas não dava mais para adiar.

— Han Solo foi meu amigo — ela disse. — Não há mais luz dentro de Kylo Ren, e ele está apenas se fortalecendo.

A mera menção daquele nome pareceu penetrar Luke, sentado ao lado de Chewie. Por um momento, Rey o enxergou como um velho cansado e quebrado, drenado de qualquer poder que um dia possuíra, e ela se sentiu uma intrusa em sua dor.

Mas a galáxia precisava daquele homem — precisava que ele superasse qualquer desgraça e miséria que o levaram a seu exílio voluntário. Rey fora enviada para encontrá-lo, e ela o encontrou. Agora precisava alcançá-lo e fazê-lo entender a fragilidade sobre a qual tudo se equilibrava.

— Leia me mostrou estimativas do poderio militar da Primeira Ordem — Rey disse. — É *enorme*. E agora que a República foi destruída não há nada que possa impedi-los. Eles vão controlar todos os principais sistemas dentro de semanas. Vão destruir a Resistência, Finn, todos os que são importantes para mim. *Agora* você vai nos ajudar? Você *precisa* nos ajudar. Precisamos da volta da Ordem Jedi. Precisamos de Luke Skywalker.

Os olhos de Luke estavam frios e endurecidos.

— Não.

— O quê?

— Vocês não precisam de Luke Skywalker.

— Você ouviu alguma palavra do que eu disse? Nós *realmente* precisamos de você.

Luke fechou o rosto.

— Você acha... *o quê*? Que vou sair por aí com uma espada laser enfrentando toda a Primeira Ordem? Os Jedi, se você os trouxesse de volta, algumas dezenas de Cavaleiros Jedi vestindo túnicas, o que você acha que eles fariam de verdade?

Rey olhou para ele com incredulidade. Será que estava mesmo tentando entrar em algum tipo de debate estratégico? Será mesmo que não entendia o que os Jedi significavam para uma galáxia em risco?

— Restaurar o... equilíbrio da...

Havia um leve toque de pena no olhar de Luke enquanto ela lutava para responder — mas também havia raiva.

— O que você achou que aconteceria aqui? – ele perguntou. — Você acha que eu não sei que meus amigos estão sofrendo? Ou que vim para o lugar mais escondido da galáxia por nenhuma razão em especial?

Agora era Rey quem sentia raiva. O problema não era que ele não entendia — o problema era que ele não se importava.

— Então *por que* você veio até aqui? – ela exigiu saber.

Em vez de responder, Luke se levantou, olhando tristemente para Chewbacca.

— Sinto muito, velho amigo. Eu não voltarei.

Chewbacca não respondeu — sua fúria contra Luke havia se esgotado —, mas Rey se ergueu de repente do banco.

— Eu não vou embora daqui sem você — ela alertou.

— Então é melhor esperar sentada — Luke respondeu quando voltou para sua cabana, parando para apanhar a porta quebrada e apoiá-la contra a parede de pedra.

Rey parou na frente da abertura da porta, as mãos na cintura, e encarou Luke com um olhar desafiador. Se ele achava que ela ia desistir, então logo descobriria o exato oposto. Jakku a havia treinado para fazer duas coisas melhor do que ninguém.

A primeira era recuperar coisas quebradas.

A segunda era esperar.

Leia estava sozinha em sua cabine privada a bordo da *Raddus*, olhando para o túnel azul esbranquiçado do hiperespaço.

Os níveis de combustível da frota da Resistência estavam perigosamente baixos — não houve tempo para transferir mais do que uma fração da reserva estocada em D'Qar para as naves em órbita. Ackbar não estava muito preocupado — não com a frota tendo escapado para dentro do hiperespaço. Seu plano era realizar um curto salto para um ponto de encontro no espaço profundo que costumava ser utilizado pela Aliança, depois avaliar a situação.

Leia automaticamente começou a revisar a lista de coisas que precisavam ser feitas. A primeira tarefa era deixar as pessoas da galáxia saberem que a Resistência havia sobrevivido e que se oporia a Snoke e sua Primeira Ordem. Por meio de canais codificados eles precisavam contatar Snap Wexley, Jess Pava e os outros pilotos que Leia havia enviado para reunirem os comandantes sobreviventes da Nova República. Eles precisavam recrutar aliados na Orla Exterior, contatar senadores e líderes planetários que buscavam proteção contra a Primeira Ordem, encontrar forças militares isoladas que perderam seus líderes após a destruição de Hosnian Prime e reativar a rede C-3PO de droides espiões.

Era uma lista intimidadora, mas Leia se sentiu aliviada por não haver nada que pudesse fazer exatamente naquele momento. Pois, ao menos por um breve período, Ackbar e sua tripulação na ponte de comando podiam cuidar de tudo.

Mas, depois de finalmente conseguir um pouco de solidão, ela não encontrou conforto nisso, nem na luz amplificada por incontáveis estrelas revolvendo ao seu redor. A galáxia novamente estava em guerra, e cada estrela que iluminava seu caminho era um potencial campo de batalha, uma lavoura amarga de miséria e perda esperando para ser colhida.

Ela testemunhara perdas demais em mundos demais — família, amigos, companheiros de armas, aliados e inocentes —, e a ideia das perdas que ainda estavam por vir era um peso monstruoso. Não havia lugar na galáxia a que ela pudesse ir onde não estivesse cercada por fantasmas.

A esperança é muito mais brilhante do que a mais profunda escuridão, mas somente nós podemos mantê-la acesa.

Foi a sua mãe quem lhe dissera isso — Breha Organa, a rainha de Alderaan.

Breha, que fora assassinada pelo Império — junto com todas as pessoas do povo que ela havia jurado proteger.

Mas era assim que ela gostaria que eu lembrasse dela? Que lembrasse deles? Como meras vítimas do Império?

Após Endor, Leia aprendera a se abrir para a Força, a sentir o misterioso campo de energia que permeava o cosmos. Luke dissera que ela havia empregado a Força por toda a sua vida sem estar consciente disso — não apenas quando ouvira seu chamado desesperado na Cidade das Nuvens, mas também em sessões do Senado e em reuniões de estratégia da Aliança. A Força a havia ajudado a analisar os ambientes e sentir os ventos políticos. Havia emprestado autoridade para seus chamados à ação. Havia sustentado Leia quando os fardos do mandato ameaçavam esmagá-la. Ele quis ensiná-la como acessar a Força conscientemente; depois disso, caberia a ela.

A bordo da *Raddus*, Leia fechou os olhos e se lembrou.

Projete os seus sentidos para fora, Luke dissera.

Ele explicara que a vida criou a Força e a fez crescer. As lições de Obi-Wan Kenobi e Yoda o haviam ajudado a entender a Força como uma maré luminosa que transbordava os limites dos corpos que a geravam, conectando e unindo toda a vida em uma teia de energia que se estendia pela galáxia.

Ao aprender a se acalmar e ficar em paz, ele disse, um Jedi podia sentir essa energia ao seu redor, seguindo as correntes e ondas sempre em movimento criadas pela vida. Ao se abrir para a Força, ela poderia então guiar suas possibilidades e fazer coisas extraordinárias. Mas todos esses feitos dependiam daquele sólido entendimento da Força como algo criado pela própria vida — e dos Jedi como meros recipientes de sua vontade. Os seres vivos criavam a Força, mas não a continham — sua energia se derramava deles até impregnar a tudo, transformando a própria ideia de presenças individuais em uma coisa sem sentido.

Leia lembrou a si mesma que deveria inspirar e expirar. Ela visualizou a si mesma se libertando de seus medos e ansiedades, um por um.

O ritmo de sua respiração diminuiu, como se estivesse desconectada de seu corpo. Leia expandiu-se além dos limites de sua cabine privada, sua consciência se ampliando para envolver toda a *Raddus* enquanto a nave se lançava pelo hiperespaço.

Ela podia sentir a Força ao seu redor e os seres que a criavam, junto com a selvagem cacofonia de suas emoções.

Havia alegria pela fuga e uma excitação áspera diante da possibilidade de mais batalhas. Mas também havia medo da precariedade da situação e ansiedade pela chance de fracassarem. A Força pulsava com a raiva e a necessidade de vingança, e se agitava com a agonia de precisar seguir em frente sem amigos e entes queridos.

Leia deixou que tudo se derramasse sobre ela, permitindo que as correntezas a carregassem para este ou aquele lado. E então alcançou aqueles indivíduos com quem possuía uma conexão emocional.

Nesse ponto, Luke havia explicado que rejeitara os ensinamentos dos Jedi. A Ordem havia proibido o apego emocional, alertando que isso deixava os Jedi vulneráveis às tentações do lado sombrio. E, de fato, foi o amor transformado em ciúme possessivo que levara seu pai, Anakin Skywalker, para a escuridão e o desespero.

Mas Luke discordara de Yoda e Obi-Wan Kenobi sobre Anakin estar perdido para a luz. Ele insistia que as próprias ligações emocionais que levaram Anakin a se tornar Darth Vader podiam também trazê-lo de volta — ligações tais como o amor teimoso entre pai e filho, cada um pensando que o outro havia se perdido.

Luke estava certo — e ignorar seus professores salvou a ele, a Aliança e a galáxia.

Leia buscou e encontrou Ackbar — cansado, mas obstinado; sua mente analisando as preocupações à sua maneira metódica usual. Leia sentiu a exaustão, a incerteza e as dúvidas de Connix. E a tristeza de Fossil pela perda dos pilotos de seus bombardeiros era tão profunda e aberta que Leia instintivamente recuou.

Ficou surpresa ao sentir a presença de Finn, o desertor da Primeira Ordem que fora colocado em coma para se recuperar. Ele estava acordado, e um poço de ansiedade e confusão. Em harmonia com ele na percepção de Leia estava Poe Dameron, suas emoções oscilando entre orgulho e dúvida.

Orgulho demais, dúvida de menos, ela pensou, depois deixou isso para trás. Ela lidaria com Poe no momento certo.

Leia deixou sua mente se afastar ainda mais, para fora da *Raddus*, até raspar em outras mentes, seres em mundos passando no horizonte do hiperespaço — um constante zumbido de emoções, esperanças, sonhos e medos. Ela foi ainda mais longe, procurando por uma impressão em particular, uma marca que sabia que brilharia muito na Força.

Mas não estava lá.

No passado, ela fora capaz de sentir a mente de Luke do outro lado da galáxia, mesmo que fosse apenas uma leve ondulação na Força. Mas há anos não sentia essa presença.

Quando sua família foi despedaçada pela traição, a agonia e o sentimento de culpa de Luke haviam agitado a Força até transformá-la em um oceano tempestuoso. Ela foi capaz de sentir o turbilhão das emoções de seu irmão mesmo quando ele se exilou, abandonando-a em sua hora de maior desespero. Sobrecarregada por sua própria raiva e tristeza, ela o deixou partir e por um tempo desejou que ele ficasse longe.

E foi isso o que aconteceu. Sua percepção de seu irmão minguou até se tornar um eco, depois um sussurro, até finalmente se tornar um vazio.

Ela não sabia por quê, ou o que isso significava. Talvez Rey tivesse descoberto a causa – e talvez estivesse voltando para contar a resposta. E talvez Luke estivesse com ela.

Leia moveu o braço para tocar o dispositivo preso em seu pulso, mas impediu a si mesma, baixando a mão e confiando apenas em seus sentidos. Talvez se ela tentasse buscar mais uma vez...

Um momento depois seus olhos se abriram e ela sentiu tonturas. A Força repentinamente se agitou com um perigo iminente. Vindo atrás dela – dela e de toda a Resistência.

Do lado de fora da janela de sua cabine privada, o retorcer do hiperespaço cessou, substituído pela escuridão do espaço. Ela se levantou e se apressou para a ponte.

Poe levara Finn até sua cabine para que pudesse limpar toda a sujeira deixada pelo líquido bacta e vestir um de seus uniformes reserva – e para receber a resposta que tanto queria.

Mas a resposta de Poe o deixou ainda mais inquieto.

– Então vocês explodiram a Base Starkiller, Rey derrotou Kylo, a Resistência conseguiu o mapa – Finn disse a Poe. – Vocês venceram, certo? Por que isso não parece uma vitória?

Rolando pelo corredor atrás deles, BB-8 emitiu um bipe tristonho – aparentemente o astromec concordava com Finn.

– Nós saímos de nosso esconderijo para atacar a Base Starkiller – Poe disse, ajustando algo enrolado sob seu braço que ele retirara de um armário de sua cabine. – Não demorou para a Primeira Ordem encontrar nossa base.

Finn percebeu que a atenção de seu amigo estava muito longe dali. Ele fez uma pausa, tentando encontrar as palavras para aquilo que sabia que precisava dizer.

– Olha, Poe, acredito naquilo que vocês estão fazendo. Mas não me juntei a esse exército. Eu segui Rey até aqui. Apenas não quero você pensando em mim como algo que não sou.

– Tudo vai ficar bem, não se preocupe – Poe disse. – Você está conosco, aqui é o seu lugar.

A reação de seu amigo apenas deixou Finn se sentindo mais culpado ainda. Poe não entendeu que Finn não havia se juntado ao ataque na Base Starkiller para ajudar a Resistência, mas para resgatar Rey. Finn sonhara em convencê-la a se juntar a ele em algum lugar remoto na Orla Exterior, onde a Primeira Ordem nunca os encontraria. Aquilo parecera um plano razoável, e continuava parecendo. A Primeira Ordem não deixaria de caçar a Resistência até que a destruísse, mas dois fugitivos podiam ter uma chance de escapar e criar uma vida para si próprios em algum mundo distante e calmo.

Finn coçou a lateral de seu corpo – era um alívio tirar o traje bacta, mas ainda coçava muito –, sem perceber que Poe estava oferecendo a peça de roupa que havia retirado de seu armário.

Era sua velha jaqueta de piloto, ele agora via – a mesma que Finn resgatara em um TIE acidentado em Jakku, quando pensara que Poe estava morto, e a qual Kylo Ren havia rasgado no confronto na Base Starkiller. O corte nas costas foi remendado por uma mão obviamente inexperiente.

– Não sou um bom costureiro – Poe disse se desculpando. – Além disso, você sabe, eu estava salvando a frota.

O rosto de Finn perdeu a expressão. Foi um gesto bondoso, o que não era surpresa – Poe sempre foi muito gentil com ele. Maldição, foi ele quem deu a Finn um nome. Mas isso só significava que Poe ficaria ainda mais decepcionado quando descobrisse o quanto o julgara mal.

Finn olhou desconfortavelmente para seu amigo, tentando juntar coragem para se explicar. Mas, antes que pudesse falar, um droide de protocolo dourado apareceu apressado no canto, surpreendendo BB-8 e quase trombando com eles.

— Comandante Dameron, a Princesa Leia requer a sua presença na ponte imediatamente – disse C-3PO. – Tentei fazer isso soar o melhor possível.

CAPÍTULO 8

Poe não conseguia se lembrar de um tempo em que não conhecia Leia Organa. Ela foi mentora de seus pais, Kes Dameron e Shara Bey, que serviram ao seu lado na Aliança. Ela acompanhou sua carreira desde pequeno, enquanto aprendia a levar os caças estelares aos seus limites – e, às vezes, além. E foi ela quem o convencera a deixar a Nova República e se juntar à Resistência.

Ele a conhecia bem o bastante para reconhecer a fúria gélida em seu rosto quando entrou na ponte da *Raddus*, com Finn e BB-8 logo atrás.

A General Organa zangada era uma força que não podia ser ignorada – e pela qual Poe tinha grande respeito. Mas ele estava certo de que poderia conversar com ela. Afinal de contas, sempre conseguira isso. Eles entendiam um ao outro. Ela sabia que ele podia ser imprudente e tolo, mas ele também sabia que ela gostava dele por causa disso. Na verdade, quando o recrutou, Leia dissera que um pouco mais de imprudência poderia ser útil para a Resistência – e acrescentou que tolice e paixão eram coisas frequentemente confundidas.

Poe nunca se esqueceu dessas palavras, e sabia que Leia também não.

Então foi um choque quando ela deu um tapa em seu rosto.

– Você está rebaixado – ela disse, ignorando os rostos surpresos ao redor deles na ponte.

— Por quê? – ele protestou, o rosto ardendo. – Um ataque bem-sucedido? Nós destruímos um Couraçado!

— A que preço? Tire a cabeça de dentro do seu caça!

— Se você começa um ataque, você precisa ir até o fim! – Poe disse.

— Existem coisas que você não pode resolver pulando dentro de um X-wing e explodindo algo. Preciso que aprenda isso.

— Havia heróis naquela missão – Poe disse, não querendo ceder.

— Heróis mortos. Nenhum líder.

O silêncio que se seguiu foi desconfortável e interminável. Foi Finn quem o quebrou.

— Nós estamos no meio do nada, no espaço profundo – ele disse. – Como Rey vai nos encontrar agora?

A frota havia emergido do hiperespaço em um antigo ponto de encontro da Aliança que não era nada além de um conjunto arbitrário de coordenadas, e Finn observava uma carta holográfica que mostrava a posição em que estavam, com uma expressão de desalento.

Algo naquele tom triste da pergunta de Finn tocou Leia. O ex-stormtrooper era corajoso e capaz, mas havia uma qualidade infantil nele – um certo abandono, uma quase inocência. Em uma galáxia repleta de guerra, ela pensou, isso era algo a ser cultivado em vez de punido.

Leia sorriu e subiu a manga de seu casaco para revelar um apetrecho brilhante preso em seu pulso, pronta para explicar o que era para Finn.

Mas não foi preciso – ele reconheceu o aparelho.

— Um sinal binário camuflado.

Leia assentiu.

— Para mostrar a ela o caminho de casa.

— Certo – Finn disse. – Então, até ela voltar, qual é o plano?

— Precisamos encontrar uma nova base – Leia respondeu.

A Comandante D'Acy concordou.

— Uma base com energia suficiente para enviar um sinal para nossos aliados espalhados pela Orla Exterior.

— E, mais importante, precisamos chegar lá sem sermos detectados — Leia acrescentou.

Como que em resposta, uma sirene disparou.

— Alerta de proximidade! — disse Ackbar, surpreso.

— Isso não é possível — Poe disse.

Mas um olhar sobre as telas holográficas da *Raddus* dizia que era. Uma enorme nave de guerra havia emergido do hiperespaço, acompanhada por mais de duas dúzias de Destróieres Estelares.

Poe era um dos poucos oficiais da Resistência que reconhecia a gigantesca nave. Sua existência fora revelada por dados da inteligência levados a D'Qar antes da evacuação. Ele torcera para que a inteligência estivesse errada, mas agora via a prova definitiva do contrário.

— Essa é a nave do Snoke — ele disse. — Você tem que estar brincando. Podemos saltar para o hiperespaço?

— Temos combustível suficiente para um salto — Connix disse com um tom sério e o rosto pálido.

— Faça isso rápido. Precisamos dar o fora daqui!

Mas Leia ergueu a mão.

— Espere — ela disse quando compreendeu a gravidade da situação. — Eles nos rastrearam através do hiperespaço.

— Isso é impossível — Poe respondeu.

— Sim, é. Mas eles conseguiram.

Mais uma vez, foi Finn quem quebrou o silêncio atordoado na ponte:

— Então, se saltarmos ao hiperespaço, eles simplesmente nos encontrarão de novo e nós estaremos sem combustível. Estamos presos. Eles nos pegaram.

Isso tirou Poe de seu transe.

— Não, ainda não — ele insistiu, depois se virou para Leia, arriscando erguer uma sobrancelha insolente. — Permissão para pular em um X-wing e explodir alguma coisa?

— Concedida.

Poe correu para fora da ponte, sentindo um estranho alívio por retornar à batalha. Leia ficou genuinamente brava com ele, e Poe prometeu a si mesmo que encontraria tempo para pensar sobre o que ela dissera e por quê.

Mas ela também se lembrara de algo mais importante: realmente precisava que ele fosse imprudente às vezes.

Como agora, por exemplo.

O lamento da sirene tirou Tallie de seu cochilo na sala de prontidão no hangar de caças da *Raddus*.

Pilotos de caça aprendiam a necessidade de cochilar a qualquer hora, em qualquer lugar, desde que tivessem permissão, mas o sono de Tallie fora agitado e desconfortável. O mesmo sonho se repetia, um sonho no qual ela precisava proteger bombardeiros da Resistência que não apareciam em seu radar; ela apenas os localizava pelos gritos dos pilotos quando morriam.

Tallie olhou ao redor confusa e encontrou Starck sentado em uma cama perto dali, parecendo igualmente desorientado.

O holotanque da sala de prontidão se acendeu e os dois pilotos olharam para as imagens, depois um para o outro.

— Isso é praticamente uma frota inteira — Tallie disse.

— E duas dessas naves eram as mesmas que estavam nos perseguindo em D'Qar — Starck respondeu. — Isso não pode estar certo. Tem que ser um erro.

Pontos vermelhos começaram a aparecer no vazio diante da nau capitânia inimiga.

— O seu erro acabou de lançar um esquadrão de caças TIE — Tallie disse.

Ela puxou suas botas e o traje de voo, suas mãos experientes ajustando correias com firmeza, depois apanhou seu capacete. Starck estava pulando em um pé só, tentando calçar sua outra bota.

— Pratique seus passos de dança depois, nós precisamos voar agora — ela falou olhando para trás, ativando o comunicador e selecionando o canal do esquadrão. — Chefe, você está vendo isso? — Tallie gritou no comunicador enquanto corria pelo convés do hangar, desviando de unidades BB e técnicos apressados que trabalhavam em manutenção de rotina um momento antes.

— Eu sei. Já estou indo — Poe disse quase sem fôlego.

A *Raddus* tremeu sob os pés de Tallie quando ela alcançou seu A-wing, dispensando um técnico Sullustano todo atrapalhado com a escada; ela subiu pela fuselagem do caça, depois caiu dentro da cabine. Starck estava gritando para seu astromec embarcar logo e para que os técnicos desconectassem as mangueiras de combustível. Ela fez uma nota mental para lembrá-lo mais tarde de não fazer isso. Os técnicos conheciam muito bem suas tarefas e estavam trabalhando o mais rápido possível — gritar com eles não ajudava em nada.

A *Raddus* tremeu novamente. Tallie acionou os motores a frio e o pequeno caça rugiu um breve protesto, depois começou a trepidar ao redor dela, como se estivesse ansioso para ganhar o espaço e confrontar os inimigos da frota. A *Negro Um* ainda estava vazia, mas a equipe de solo estava desconectando mangueiras do X-wing e fechando painéis de acesso com uma velocidade frenética.

Quando os pilotos começaram a chamada, Tallie avistou o astromec alaranjado de Poe rolando para dentro do hangar, vindo do corredor. O líder do esquadrão corria logo atrás do droide, os olhos fixos em seu X-wing.

Então os sensores no A-wing de Tallie piscaram em vermelho, transmitindo um alerta urgente.

Míssil travado? Ainda estamos no hangar. Esse deve ser mesmo um erro.

Os dedos de Tallie se moveram até o interruptor. Antes que pudesse silenciar o alerta, tudo ao seu redor se tornou calor e luz.

Um bombardeio da força de ataque da Primeira Ordem atingiu a *Vigília*, destruindo as costas da fragata. Um momento depois, a nave explodiu em uma nuvem de fragmentos brilhantes enquanto uma formação de caças TIE passava voando. Os caças fizeram um rasante sobre o casco da *Raddus* disparando tiros laser de seus canhões, e o cruzador gemeu e tremeu.

— Torpedo! — gritou um oficial de sensor. — Impacto direto no hangar de caças!

Leia não tinha tempo para pensar nas perdas que sofreram em um dia que já vinha sendo tão insuportável, ou de pensar se Poe havia alcançado o hangar antes do impacto.

— Toda a velocidade à frente — ela ordenou, sua voz cortando sobre o tumulto na ponte de comando. — Saiam do alcance dos Destróieres Estelares e os caças recuarão.

— Todos os setores, motores a toda força — Ackbar disse. — Concentrem os escudos traseiros.

Leia assentiu. A *Raddus* estava na cauda da coluna da Resistência, seus escudos entre os perseguidores da Primeira Ordem e as outras três naves.

E então ela ficou petrificada. Encarando o vazio, procurou uma cadeira e se sentou; os rostos preocupados dos oficiais da Resistência estavam voltados para ela.

Sua mente havia tocado uma presença familiar na Força — uma sensação que ela conhecia intimamente. Uma presença que já foi muito brilhante, mas que havia se tornado negra como o espaço, transformando-se em um grito desalmado de raiva e angústia.

Ela soube imediatamente que era Ben Solo, seu filho.

Leia tentou não ser atraída para dentro de suas memórias, mesmo sabendo que não seria capaz de resistir.

Ben em seu ventre, mexendo-se e ajeitando-se em busca de conforto, um resplendor sempre em expansão na Força, porém marcado por traços sombrios. Luke lhe garantira que isso era normal — quanto mais brilhante a luz, mais escura é a sombra. Ela desesperadamente desejara que isso fosse verdade.

Ben quando bebê, o rosto avermelhado e rechonchudo. Seus cabelos eram negros desde o nascimento, impossivelmente finos e delicados – a coisa mais macia que Leia já imaginara.

Ben como um garoto, sempre atrás de Han. Carregando os dados da *Millennium Falcon* – aqueles que seu pai usara para ganhar o amado cargueiro maltratado – e prometendo para todo mundo que um dia ele seria piloto, assim como seu papai.

Ben na adolescência, seu rosto se tornando alongado sobre um queixo forte. Um garoto que sempre parecia solitário, uma tempestade tumultuosa na Força. E cuja raiva havia começado a se manifestar em falhas e quebras de objetos que caíam de prateleiras e se despedaçavam sem ninguém por perto.

Ben, seu filho. Que fora roubado de Leia e Han, roubado pelas maquinações de Snoke, pelos erros de Luke e por suas próprias fúrias. Que se transformara em Kylo Ren, o defensor da Primeira Ordem – e assassino de seu pai.

Ben liderava o esquadrão de caças TIE. Ele havia disparado o torpedo que matara seus pilotos, e agora se aproximava para matar Leia e todos os outros.

Kylo inclinou seu caça – um protótipo de um TIE Silenciador com o casco negro como a noite –, afastando-se do hangar destruído, seus alas acompanhando a manobra.

A frota da Resistência mal era digna desse nome – o ataque inicial de seus caças havia reduzido a frota a um cruzador pesado e duas naves menores. As naves menores eram de pouca importância. O cruzador pesado havia redirecionado seu envelope de escudos para se proteger dos turbolasers das naves da Primeira Ordem que atacavam sua popa. Era uma boa estratégia, mas deixava o cruzador vulnerável aos caças TIE — e Kylo havia acabado de garantir que a nave da Resistência não lançaria nenhum caça tão cedo.

— Mirem na ponte de comando — ele disse.

Sua mãe estava lá, ele sabia. Não era o estilo de Leia Organa liderar da retaguarda, ou colocar suas próprias preocupações acima da causa que ela estivesse defendendo no momento.

Por um momento, Kylo permitiu a si mesmo lembrar as conversas preocupadas de seus pais por trás de portas fechadas, aquelas em que eles se enganavam pensando que ele não descobriria. Conversas sobre a raiva e ressentimento que mais uma vez haviam entrado em ebulição dentro de seu filho. Conversas onde falavam sobre ele como se não fosse seu filho, mas algum tipo de monstro.

Eles o temiam, Ben percebera. E então se livraram dele, enviando-o para seu tio Luke — cuja traição se provaria muito pior.

Mas Ben Solo não mais existia — Kylo havia se livrado de sua identidade de infância, e a patética fraqueza que ela representava. Os dias de Han Solo de passar as pessoas para trás e desapontá-las haviam acabado. A Nova República estava destruída. E agora a Resistência — a última das causas de sua mãe — a seguiria até a extinção.

A ponte do cruzador estava posicionada na mira de Kylo. Ele olhou para seus instrumentos, verificando que seus torpedos estavam carregados e armados.

Sua mãe realmente estava lá. Ele podia sentir sua presença familiar na Força, bem como sua determinação e foco — junto com uma profunda exaustão. E arrependimento. E preocupação.

É tarde demais para se arrepender, mãe. Mas você está certa em se preocupar.

Seu polegar pairou sobre o gatilho enquanto seus sentidos bebiam as impressões da Força. O pânico na ponte de comando fluía e refluía ao redor da calma focada que era sua mãe. A ansiedade dela pulsava na Força, naquele último momento antes de sua morte... mas ela não sentia medo.

Ela estava preocupada com *ele*, Kylo percebeu. E não estava zangada. Ela ansiava por sua volta.

Kylo tocou o gatilho levemente, não o bastante para disparar.

E então tirou o polegar.

Não seria capaz.

Um instante depois, o ala de Kylo disparou.

O torpedo atravessou a ponte de comando da *Raddus* e explodiu. Em um nanossegundo, o torpedo se tornou o centro de um envelope crescente de pressão que lançou membros da tripulação e equipamentos em todas as direções, destruiu janelas e curvou as paredes de metal que separavam a ponte de comando do resto da nave. E então a carga de plasma superaquecido do torpedo vaporizou tudo o que a onda explosiva não havia lançado ao espaço, deixando para trás um caos de metal retorcido e enegrecido, já se resfriando no vácuo.

Kylo sentiu a explosão como um golpe dentro de sua cabine. Se soubesse, ele poderia ter parado o torpedo – congelando o projétil no espaço com um pensamento. Mas ele fora surpreendido. Agora não podia mais sentir sua mãe – o choque quebrou seu foco, deixando-o com a respiração acelerada atrás do manche de seu caça.

– As naves da Resistência saíram de nosso alcance – Hux disse em seu comlink. – Não podemos dar cobertura nessa distância. Retornem para a frota.

– Não!

Kylo voltou na direção da *Raddus*, determinado a apagar da existência o cruzador e o resto da frota da Resistência. Os canhões de defesa da nave Mon Calamari cuspiam energia sobre os caças TIE, e o ala da esquerda desapareceu em uma bola de fogo.

— É uma ordem de Snoke — Hux lhe disse. — Eles não podem durar muito, queimando combustível desse jeito. É apenas questão de tempo.

Hux soava paciente, como se falasse com uma criança. Kylo mostraria ao arrogante general que isso era um erro fatal.

Os canhões da *Raddus* incineraram outro TIE.

Cerrando os dentes, Kylo interrompeu o ataque, voltando seu caça para a distante linha das naves de guerra da Primeira Ordem.

Leia Organa flutuava no vazio, os braços erguidos como se em súplica.

Ela podia sentir a umidade em seus olhos e boca evaporando e seus pulmões lutando por um ar que não estava lá. Por todos os lados ela via destroços — e membros da tripulação da ponte. Aqueles que não estavam mortos logo estariam.

Ela podia ver os caças TIE da Primeira Ordem se encolhendo ao longe. Seu filho — perdido para ela, voando de volta para seu mestre, que estava a bordo dos pontos de luz brilhantes posicionados em linha além daqueles caças. Aquelas luzes eram Destróieres Estelares, caçando implacavelmente sua pequena e maltratada frota sitiada.

Ela poderia se render e tudo acabaria em um instante. Ficaria em paz.

E então notou outra luz próxima, flutuando através do espaço entre os destroços. Era o sinal de Rey — aquele de que a garota precisaria para encontrar seu caminho de volta. O sinal havia se desprendido do pulso de Leia.

Sua mão se fechou sobre o calor daquele brilho. Ela não podia se entregar, ainda não. Precisava continuar — por Rey e por todos dentro da *Raddus*. E por todos que a Primeira Ordem enviaria para a miséria e o desespero.

Os olhos de Leia se fecharam e ela baixou a cabeça, suas mãos estendidas se tencionando quando se concentrou.

Sinta a Força ao seu redor. A vida a cria, a faz crescer.

Leia expandiu seus sentidos. Ela estava cercada por destroços da batalha, mas frágeis traços de vida permaneciam ao seu redor, gerados pelos minúsculos microrganismos que viviam, escondidos, sobre e dentro de corpos e mesmo no ar. A energia da Força dessas criaturas estava retrocedendo, sumindo ou adormecendo, mas ela podia sentir que ainda formava uma tênue escada de volta para a nave atrás dela.

Leia pediu à Força que a ajudasse a subir aquela escada e retornar para a ponte de comando destruída. Onde, com a vista enevoada, ela podia ver membros da Resistência reunidos em uma escotilha de descompressão.

Ao mesmo tempo em que seus sentidos já se apagavam, seu corpo se moveu na direção do enorme buraco na ponte devastada. Seu corpo deslizou através dos destroços e para dentro da escotilha de descompressão. Os dedos de Leia rasparam sobre a janela, e a escotilha externa se fechou.

Depois foi a vez de a escotilha interna se abrir, inundando o espaço estreito com luz, ar e vida. Quase apagando, como se estivesse a uma grande distância, Leia ouviu comandos contraditórios e perguntas angustiadas ao seu redor. A Força brilhava intensamente e repleta de medo.

Leia queria dizer aos seus salvadores que tudo ficaria bem, que eles deveriam cuidar da frota. Mas mesmo imaginar o esforço necessário para isso era impossível. E então, finalmente, ela se rendeu, desprendendo-se de tudo e permitindo-se deslizar para dentro da escuridão.

PARTE III

CAPÍTULO 9

O Mestre Jedi emergiu de sua cabana ao amanhecer. O outono havia chegado à ilha e a manhã se mostrava cinzenta, indicando uma piora do tempo para mais tarde.

Ele encontrou Rey do lado de fora da porta restaurada, apoiando-se em seu bastão.

— Bom dia — ela disse.

Luke não respondeu, apenas jogou sua bolsa no ombro e começou a subir os degraus.

Rey não esperava que ele fosse ceder tão facilmente, então o seguiu. E continuou seguindo quando ele subiu até o topo irregular da ilha para assistir ao segundo sol de Ahch-To surgir no horizonte.

— Então foi aqui que eles construíram o templo Jedi original? — ela perguntou. — Há quanto tempo?

— Vá embora — Luke respondeu.

Ele falou! Rey decidiu contar isso como um progresso e sorriu quando começou a segui-lo de volta na descida do caminho gasto pelo tempo, refazendo seus passos até chegarem às rochas caídas e às praias estreitas que marcavam a orla. Aves marinhas grasnavam do alto e o ar salgado irritava o nariz de Rey. Na praia, mamíferos marinhos deitavam-se letárgicos em piscinas naturais, esperando pelo calor do sol.

Luke apanhou uma garrafa de sua bolsa e se abaixou na frente da barriga de um dos animais, ordenhando leite verde de sua teta inchada. Ele ergueu os olhos depois de tomar um gole, com um fio verde escorrendo pela barba. Rey não tirou os olhos, embora tenha ficado um pouco enjoada com aquele último gesto. O animal lançou um olhar preguiçoso sobre ela.

— Isso é tipo uma coisa em que você me ignora, mas na verdade está secretamente me ensinando uma lição? — Rey perguntou.

— Não — Luke respondeu.

Ela estava lá na manhã seguinte quando ele abriu a porta.

— Nunca vi tanta água em minha vida — ela disse.

— Não me importo — Luke resmungou, depois começou sua rotina.

Ela segurou um pequeno sorriso. Hoje ele falara imediatamente. Nesse ritmo, poderiam ter uma conversa de verdade dentro de alguns meses.

No lado sul, um estreito braço do mar penetrava a ilha, seus penhascos despencando sobre as espumas de uma baía. Um longo mastro se apoiava contra a beira do penhasco, sua ponta mergulhada nas águas rasas lá embaixo. Luke agarrou o mastro e o usou para se lançar sobre o abismo.

— Ei! Cuidado! — Rey gritou.

Luke aterrissou facilmente do outro lado, ficando de pé sobre uma borda impossivelmente estreita, e respondeu com um olhar severo sobre Rey. Ele se inclinou sobre a longa queda e ergueu o mastro, observando a água. Rey se aproximou e olhou para onde o mastro estava apontado, com sua ponta afiada acima das águas revoltas.

Luke esperou, ainda imóvel, até algum tipo de sinal lhe dizer que mergulhasse o mastro com força na água. Quando o puxou de volta, um peixe de um metro se debatia, perfurado pela ponta afiada.

— Como você fez isso? — Rey perguntou. — A Força?

— Não.

Chovia muito quando eles voltaram para a clareira no topo da ilha, o grande peixe levado nas costas de Luke. Rey seguia alguns passos atrás dele, olhando para suas costas através da ventania e da chuva e certificando-se de ficar perto o bastante para ouvi-lo, caso ele falasse.

Mas ele não falou.

Uma chuva fria continuou caindo por toda a noite. Quando a porta de Luke se abriu pela manhã, Rey estava lá – com frio e cansada, mas estava lá. Ele hesitou por um momento, mas então passou por ela, seguindo para a escadaria envolvida em névoa.

Rey foi atrás, os dedos embranquecidos agarrando o bastão. Ela começou a falar, a princípio apenas para se manter quente, depois para que houvesse algum som além dos murmúrios do mar e dos gritos das aves. Então ela deixou a história de sua vida fluir: todos aqueles anos caçando sucatas em Jakku, a chegada de BB-8, a pilotagem da *Falcon*, quando viu o verde milagroso de Takodana, quando acordou na Base Starkiller, a partida de D'Qar com um Wookiee como copiloto e um antigo mapa como guia.

Ela contou a história para as costas de Luke. Talvez se contasse tudo ele poderia entender a importância de sua busca e pararia de tratá-la como uma intrusa. E, se não parasse, bom, naquele ponto importuná-lo já era sua própria recompensa.

E então, no meio da fala, ela parou.

Algo a estava chamando – um som doce, sussurrando por ela no meio da névoa. Ela deu as costas para Luke e andou em silêncio na direção oposta, os olhos fixos à frente.

Luke parou e se virou. Ele a observou, a cabeça inclinada, curioso.

A árvore uneti já fora enorme, mas tudo o que restava agora era um antigo casco coberto de musgo. Em um dos lados havia uma grande abertura, esculpida pelo clima e pelo tempo.

O interior era aquecido e seco. A luz que entrava de uma rachadura caía sobre uma beirada na madeira – uma superfície que abrigava uma fileira de dez livros muito antigos. Rey se aproximou lentamente, os olhos vidrados sobre eles. Quando se aproximou dos livros, eles começaram a brilhar levemente, e ela sentiu como se o ar estivesse carregado de energia.

Sentiu-se quase hipnotizada. Os livros pareciam chamá-la. Mas, diferente do sabre de luz em Takodana, esse chamado não parecia uma ameaça. Parecia uma promessa feita há muito tempo e que agora estava pronta para ser cumprida.

Ela estendeu a mão na direção dos livros para tocá-los.

— Quem é você? — Luke perguntou. Ele a havia seguido e agora estava olhando para ela como se fosse a primeira vez que a via.

Rey estava tão fascinada pelos livros que mal notou que Luke havia finalmente falado com ela.

— Eu conheço este lugar — ela disse. — Isto é uma biblioteca.

Luke se posicionou na frente dela e apanhou um dos livros da prateleira. Ela não entendia as antigas runas naquelas páginas, mas podia sentir seu poder.

— Construída há mil gerações para guardar isto: os textos Jedi originais — Luke disse. — O Aionomica, o Rammahgon, uma dúzia de outros nomes inventados que soam místicos. A fundação da antiga fé. Foram os primeiros textos e agora, assim como eu, são a última coisa que restou da religião Jedi.

Ele tirou os olhos do livro, procurando o rosto de Rey. Após passar dias tentando ganhar sua confiança, sua atenção sobre ela agora parecia um pouco inquietante.

— Você conhece este lugar — Luke disse. — Você já viu estes livros. Você já viu esta ilha.

— Apenas em sonhos — Rey disse.

Ele olhou para ela novamente e repetiu a pergunta anterior.

— Quem é você?

— Você não estava ouvindo? Eu contei toda a história.

— Não prestei atenção.

Parecia errado revirar os olhos na presença dos textos Jedi originais. Ela então se segurou.

— A Resistência me enviou — Rey disse.

— Eles enviaram você? O que há de especial em você? Linhagem Jedi? Realeza?

Rey não era nenhuma daquelas coisas e, após considerar por um momento, Luke pareceu sentir isso.

— Uma órfã — ele disse com um tom cansado. — Esse é o meu pesadelo. Mil jovens pretensiosos batendo na minha porta, esperando descobrir se são os Escolhidos disso ou daquilo, querendo saber como levitar rochas. De onde você é?

— De lugar nenhum — Rey disse, lembrando-se de incontáveis dias de calor e areia.

— Ninguém é de lugar nenhum.

— Jakku.

Luke ergueu uma sobrancelha.

— Certo, isso é mesmo lugar nenhum. Por que você está aqui, Rey de Lugar Nenhum?

— A Resistência me enviou. Precisamos de ajuda. A Primeira Ordem...

Mas os olhos de Luke voltaram a se petrificar.

— Você tem sua juventude, você tem uma batalha para enfrentar, um universo inteiro lá fora para explorar — ele disse. — Por que vir até aqui me desenterrar? Desenterrar essas velhas lendas de ossos cansados? Deixe que morram, Rey de Lugar Nenhum. Encontre o seu próprio caminho.

— Não é isso... Este *é* o meu caminho.

— É mesmo? Por que você está aqui?

Não havia como se esconder de seu olhar. Ela respirou fundo e então ergueu os olhos em súplica.

— Algo dentro de mim sempre existiu, mas agora... isso acordou. E eu estou com medo. Não sei o que é ou o que fazer com isso. E preciso de ajuda.

— Você quer um professor. Eu não posso ensiná-la.

— Por que não? Eu vi a sua rotina diária... Você não é muito ocupado.

— Nunca ensinarei outra geração de Jedi — Luke disse. — Você perguntou por que eu vim até aqui? Eu vim até aqui para morrer. E para queimar a biblioteca, para que a Ordem Jedi morra comigo. Conheço apenas uma verdade: chegou a hora de tudo isso acabar.

As palavras pareciam reverberar dentro da cabeça de Rey, terríveis e finais.

— Por quê? — Rey perguntou.

— Você não pode entender — Luke respondeu, desdenhoso, mas também um pouco triste.

— Então me faça entender — Rey disse. — Leia me enviou aqui com esperança. Se ela estava errada, ela merece saber por quê. Todos merecemos.

Foi muita coisa, muito de repente. Ele testemunhara a conexão entre ela e os livros e parou de ignorá-la, apenas para rejeitá-la novamente. Rejeitar a ela, sua irmã e todos aqueles que estavam dependendo dele tão desesperadamente.

Rey silenciosamente implorou para que Luke dissesse alguma coisa. Mas ele apenas a encarou por um momento antes de se virar e sair da biblioteca a passos pesados, retomando a solidão que tanto defendia.

CAPÍTULO 10

Em um corredor nas entranhas da *Raddus*, Finn estava sentado sozinho em uma caixa de equipamentos, olhando para o sinal em sua mão.

A General Organa segurava o sinal quando a escotilha de descompressão se abriu. Quando a tripulação e os médicos começaram freneticamente a cuidar da líder da Resistência em estado crítico, o sinal caiu e rolou pelo convés, sem ser notado, e parou diante dos pés de Finn. Ele o apanhou e depois recuou, deixando os droides médicos cuidando da general e a levando em uma maca.

Ele agora rolava o dispositivo nas mãos. Rey estava lá fora em algum lugar – e, quando retornasse, seria para a localização daquele sinal.

Finn se levantou. Sabia o que precisava fazer, embora Poe e seus outros amigos na Resistência nunca fossem entender.

Apenas esperava não se arrepender daquilo pelo resto da vida.

Rose Tico também estava sentada sozinha em um dos corredores da *Raddus*, lágrimas rolando por seu rosto e caindo em seu colo. Ocasionalmente sua mão subia até a gola de seu traje, procurando pelo medalhão Otomok em forma de gota pendurado em seu pescoço.

Ela passara a jornada até D'Qar mostrando aos técnicos da *Ninka* o sistema improvisado que ela desenvolvera para mascarar as assinaturas de energia dos motores de íons dos bombardeiros. Quando aquele trabalho terminou, foi transferida para a *Raddus*. Depois disso, ela e Paige tiveram pouco contato – Rose observara na sala de prontidão a bordo da *Ninka* quando a *Cobalto Martelo* liberou sua carga sobre o Couraçado Siege da Primeira Ordem e depois desapareceu na pira funerária da poderosa nave.

Paige dissera a Rose que elas estavam conectadas uma à outra, e também a seu lar – e que não precisavam estar no mesmo lugar para isso ser verdade. Mas agora a conexão de Rose com sua irmã fora brutalmente encerrada. Após raramente passar mais do que alguns dias longe de Paige, Rose estava diante do interminável e entediante espaço de uma vida inteira sem ela.

Rose não fazia ideia de como sobreviveria a isso – ou mesmo se queria.

Os técnicos a bordo da *Raddus* não sabiam o que fazer com ela e estavam ocupados demais mantendo o cruzador voando para descobrir. Entregaram-lhe um macacão sobressalente da Divisão de Logística de Solo e a enviaram para fazer trabalho de droide – checar escotilhas e canais de dados nos níveis inferiores.

Rose achava que até deveria se sentir insultada – ela fora uma engenheira de voo a bordo de um bombardeiro, afinal de contas. Paige, ela sabia, teria feito um escarcéu em seu lugar – quando se juntaram à Resistência, ela se recusara a voar sem Rose como parte da tripulação de seu bombardeiro.

Mas a Resistência não possuía mais bombardeiros, e Paige estava morta.

O trabalho de droide acabou se mostrando uma bênção disfarçada, permitindo a ela passar a maior parte do tempo sozinha nas estranhas da *Raddus*. Ela brevemente reencontrara Fossil, que também acabou sem rumo como tripulante excedente, a comandante de um esquadrão que não mais existia. Fossil lhe entregara um anel com o símbolo da Aliança Rebelde – em memória, ela disse, do sacrifício de Paige pela Resistência.

A tristeza da imponente Martigrade apenas aprofundou a miséria de Rose; era melhor andar como um zumbi em seus turnos, sem companhia exceto o ruído dos circuladores de ar da *Raddus*.

E então o cruzador pesado fora atacado – Rose sentira o impacto do torpedo na ponte de comando como um tremor, seguido por um profundo gemido assustador que pareceu ecoar através do casco. Rumores começaram a voar, alcançando Rose quando ela parava na cantina ou retornava para o dormitório. A General Organa estava morta. A Resistência e a Primeira Ordem estavam negociando a rendição. A Primeira Ordem possuía outra superarma e mais planetas importantes da Nova República foram alvos.

E então, para seu turno matinal, Rose recebera um bastão de eletrochoque e ordens terríveis: atordoar qualquer um que tentasse acessar as cápsulas de escape da *Raddus*.

Ela concordara sem hesitação. Sua irmã havia morrido para salvar aquela nave – para salvar toda a frota da Resistência –, e desertores estariam desonrando aquele sacrifício.

Rose ouviu algo se movendo pelo corredor e ergueu os olhos do melancólico exame do anel que Fossil lhe dera. Um homem estava se aproximando, com uma bolsa de lona pendurada no ombro. Ele estava tão determinado que não percebeu Rose.

Curiosa, ela limpou o nariz na manga do traje e o seguiu. Ele era alto e de pele escura – bonito, pensou consigo mesma. Vestia uma jaqueta da Resistência com as costas rasgadas. O estrago fora reparado por um droide com defeito ou alguém cujo entendimento de como usar agulha e linha podia ser descrito como apenas teórico.

– O que você está fazendo aqui? – ela perguntou.

Ela estava apenas a alguns metros dele, e o som de sua voz assustou o homem, que bateu a cabeça na escotilha de uma cápsula de escape.

— Oi! — ele disse, depois começou a gaguejar. Rose não entendia o que ele queria dizer.

E então ela percebeu que era *ele*.

— Você é o Finn! *O* Finn! — ela disse.

Ele pareceu perplexo.

— *O* Finn?

Isso não estava indo bem. Ela forçou a si mesma a parar.

— Desculpe, eu trabalho atrás de canos o dia todo — ela disse, tentando se recompor. Mas aquilo apenas a fez parecer ainda mais desastrada.

— Fazer conversa com heróis da Resistência não é o meu forte — ela continuou, depois estremeceu pela maneira como aquilo saiu. — Fazer conversa. Eu sou a Rose.

— Respire — Finn disse a ela, e Rose respirou. Ajudou, um pouco.

— Não sou um herói da Resistência — Finn disse. — Mas foi muito legal conversar com você, Rose. Que a Força esteja com você.

— Uau — Rose conseguiu dizer. — Com você também.

Ela entendia — ele tinha coisas a fazer. Aparentemente, todos a bordo da *Raddus* tinham, exceto ela. O que eles não estavam falando para ela que era tão importante? Será que havia um vazamento de radiação? Sabotadores a bordo?

Rose já havia se afastado alguns passos no corredor quando decidiu que não podia ficar assim. Ela não conhecia Finn, mas, seja lá o que estivesse errado, talvez ela pudesse ajudar. E parecia que Finn realmente precisava de uma ajudinha.

— Certo, mas você é um herói — ela disse, encontrando-o de volta na escotilha aberta da cápsula de escape onde o havia deixado. — Você deixou a Primeira Ordem, e o que fez na Base Starkiller...

— Ouça... — Finn tentou dizer, mas Rose continuou falando, esperando que ele entendesse.

— Quando ouvimos sobre aquilo, a Paige, minha irmã, disse: "Rose, esse é um herói de verdade. Ele sabe a diferença entre certo e errado e não foge da luta quando as coisas ficam complicadas".

— Claro.

— Sabe, só nessa manhã eu tive que atordoar três pessoas tentando abandonar a nave nas cápsulas de escape. Tentando fugir.

Pensar sobre aquilo a deixou com raiva novamente.

— Isso é vergonhoso — Finn comentou.

— Eu sei. Fazer o quê.

— Bom, eu preciso voltar para o que estava fazendo — Finn disse, sorrindo abertamente.

— O que *mesmo* você estava fazendo? — Rose perguntou.

— Checando. Apenas checando o... hum, fazendo uma checagem.

Os olhos de Rose saltaram do rosto dele para a bolsa no chão da cápsula de escape.

Eu sou a maior idiota da história dos idiotas.

— Checando as cápsulas de escape — ela disse, quase sussurrando.

— É uma checagem de rotina.

— Embarcando em uma. Com uma bolsa cheia.

— Certo, ouça... — Finn começou a dizer, mas ela havia ouvido o bastante. Rose levou as mãos até a cintura em um movimento já bem praticado, retirou o bastão de eletrochoque do cinto e o atordoou.

O chamado veio quando Poe estava discutindo com Vober Dand sobre como melhor rearranjar os caças que restaram na frota para proteger a *Raddus*. Poe sabia que a discórdia seria menor se os nervos dos dois não estivessem à flor da pele, mas ele e Vober mesmo assim acabaram profundamente irritados um com o outro. Subiram no turboelevador em um silêncio furioso, ignorando os bipes impertinentes de BB-8, e encontraram posições em lugares diferentes na multidão de oficiais que havia se reunido na sala de reunião da ponte de emergência da *Raddus*.

Tomando o lugar ao lado de C'ai Threnalli, Poe avistou D'Acy e Connix – duas dos poucos oficiais que não estavam na ponte de comando durante o ataque da Primeira Ordem.

D'Acy deu um passo à frente e o burburinho das conversas cessou.

– A General Organa, Leia, está inconsciente, mas se recuperando – ela disse. – Essa é a única boa notícia que tenho. O Almirante Ackbar, toda a nossa liderança... Eles se foram. Leia foi a única sobrevivente na ponte.

Poe sabia disso, mas ainda assim foi como um golpe no estômago.

– Minha nossa, minha nossa – disse C-3PO.

D'Acy continuou:

– Se ela estivesse aqui, diria: "Guardem a sua tristeza para depois da luta". Para isso, deixou instruções claras sobre quem deveria tomar seu lugar. Alguém com quem ela sempre contou e que possui sua total confiança.

Poe considerou a provável linha sucessória. Certamente Ackbar seria o próximo na lista, mas o velho veterano da Aliança estava morto.

Então, quem...

Não, não podia ser.

Mas ele pensou que podia. Uma promoção saída da divisão de caças estelares seria pouco convencional, mas não era Leia quem sempre valorizava personalidades sobre hierarquias militares?

Por um momento, Poe teve certeza de que D'Acy olhava para ele. Mas foi a Vice-Almirante Amilyn Holdo quem deu um passo à frente para ficar ao lado de D'Acy, deixando Poe sem saber se sentia alívio ou decepção.

Se Holdo estava ciente do escrutínio, ela não deixou transparecer.

– Obrigada, Comandante – ela disse, com um fugaz meio sorriso no rosto. Seus cabelos exibiam um tom púrpura, e ela usava um vestido da mesma cor. – Olhem ao redor. Quatrocentos de nós em três naves. Somos tudo o que restou da Resistência, mas não estamos sozinhos. Em todos os cantos da galáxia, os fracos e oprimidos conhecem nosso símbolo e depositam suas esperanças em nós.

Enquanto ela falava, Poe estudou os outros oficiais. Pareciam céticos, ele pensou. Ou talvez estivessem todos em choque.

— Nós somos a fagulha que acenderá o fogo que restaurará a República — Holdo disse. — Essa fagulha, a Resistência, precisa sobreviver. Essa é nossa missão. Agora, para os seus postos, e que a Força esteja conosco.

— Essa é a Almirante Holdo? — Poe perguntou para C'ai. — Da Batalha do Cinturão Chyron?

O piloto Abednedo deu de ombros e murmurou algo em sua própria língua.

— Não é o que eu esperava — Poe disse.

Quando a multidão se dispersou, Poe se aproximou de Holdo. Seu discurso fora longo em retórica, mas curto em detalhes. E ela possuía a reputação de ser pouco convencional — uma excêntrica, alguns diriam. Mas ele sabia que ela era uma das confidentes mais antigas de Leia — e uma das coisas que a general possuía que mais se aproximava de uma amiga. Apenas isso era suficiente para Poe oferecer toda ajuda que pudesse dar.

— Vice-Almirante? — ele chamou, tentando lembrar se eles já haviam sido apresentados formalmente. — Comandante Dameron.

Holdo o estudou. Poe achou os olhos dela perspicazes.

— Almirante, com nosso consumo atual de combustível teremos um espaço de tempo muito limitado para continuarmos fora do alcance daqueles Destróieres Estelares — Poe disse.

— É muita bondade sua me deixar ciente — Holdo respondeu.

— E precisamos despistá-los antes de encontrarmos outra base. Qual é o nosso plano?

— Nosso plano... *Capitão?* Não *Comandante*, não é? Não foi o último ato oficial de Leia rebaixar você? Por causa do seu plano contra o Couraçado? Onde perdemos toda nossa frota de bombardeiros?

Poe, atônito, não encontrou palavras para se defender.

– Capitão, Comandante, que seja. Apenas quero saber o que vamos fazer.

Mas Holdo não havia terminado. Seus olhos penetraram os dele.

– É claro que quer. Eu entendo. Já lidei com muitos pilotos audaciosos como você. Você é impulsivo. Perigoso. E a última coisa de que precisamos agora. Então permaneça em seu posto e siga as minhas ordens.

E com isso a nova comandante da Resistência se retirou, deixando para trás um ás de caças estelares completamente atordoado.

CAPÍTULO 11

Chewbacca estava sentado diante da fogueira, a sombra escura da *Millennium Falcon* atrás dele.

Acender uma fogueira levou mais tempo do que ele esperava – a ilha tinha poucas árvores, apenas arbustos teimosos que o vento incessante impedia de crescerem. Ao menos as rechonchudas aves nativas – Luke dissera que se chamavam porgs – eram fáceis de caçar. Ansioso para comer algo diferente da ração da nave, Chewbacca havia caçado um porg para assar com um espeto na fogueira.

O Wookiee virou o espeto mais uma vez e cheirou.

Pronto. Bem passado, com um leve aroma da lenha queimada.

Isso era bom. Melhor ainda, não faltavam porgs para refeições futuras – a ilha estava cheia deles, e eles pareciam não temer bípedes.

Chewie estava prestes a dar a primeira mordida quando algo chamou sua atenção. Era um porg, olhando para a fogueira como se estivesse hipnotizado.

Um porg particularmente fofo e suculento, o Wookiee pensou, imaginando se valeria a pena adiar sua refeição por mais alguns minutos para apanhar aquele também.

O porg o olhou com seus grandes olhos vidrados. Chewie relutantemente decidiu que seria errado comer aquela ave. Sua barriga roncou e ele deu as costas para o porg, irritado com seu olhar aparentemente desolado.

Do outro lado da fogueira toda uma família de porgs havia se juntado, olhando para ele.

O Wookiee rugiu e os porgs voaram na escuridão. Checando para ter certeza de que nenhum havia ficado para trás, ele voltou para seu jantar – apenas para descobrir que havia perdido o apetite. Algo sobre a maneira como os porgs o olharam fez Chewie sentir que havia feito uma coisa ruim. Mas ele estava apenas com fome.

E ocupado demais se sentindo culpado para notar a figura encapuzada que passou sob a luz da lua e subiu a rampa do cargueiro atrás dele.

Luke atravessou lentamente os corredores da *Falcon*, sentindo-se um fantasma. O som de seus passos no convés era dolorosamente familiar. Assim como o cheiro – uma mistura distinta de combustível e refrigerador, com um leve toque de circuitos queimados de qualquer coisa que estivesse em curto no momento.

Desde quando Rey havia tagarelado animadamente sobre pilotar a *Falcon*, os pensamentos de Luke vinham se desviando para a nave de Han Solo, pousada na pedra antiga ao pé da ilha, até ele finalmente não resistir mais a uma visita. A *Falcon* havia tirado Luke de Tatooine décadas atrás – um garoto da fazenda lançado no meio de uma guerra civil galáctica que ele havia assumido erradamente que nunca chegaria a ele, seus pais adotivos ou seus amigos.

Ele imaginou o que aquele Luke Skywalker pensaria sobre o que ele havia se tornado.

Luke entrou na cabine, parando atrás do assento do piloto que fora a coisa mais próxima de um lar para Han. O luar cintilava no par de dados pendurados acima e ele gentilmente os removeu, virando-os para este e aquele lado com seus dedos mecânicos.

O compartimento principal estava escuro e quieto. Luke olhou para a mesa de holoxadrez, seus olhos se demorando sobre um familiar capacete com visor abaixado. Ele usara o capacete em sua primeira lição com um sabre de luz, atormentado pelo zumbido de um droide remoto de treinamento que ele não podia ver e tentando entender o que Ben Kenobi queria dizer quando o aconselhou a alcançar com seus sentidos.

Ele se sentou diante da mesa de jogo, sentindo-se sobrecarregado. Foi ali que também se sentara após Ben desaparecer, aparentemente cortado ao meio pelo sabre de luz de Darth Vader. Onde Leia tentara consolá-lo em seu choque. Ele simultaneamente enxergara Ben como o último elo com seu passado em Tatooine e como um professor que o ajudaria a navegar por seu futuro. Sem ele, Luke estava à deriva.

Uma série familiar de bipes interrogativos surgiu em meio às sombras.

— R2? — ele perguntou, alegrando-se, e um momento depois o astromec azul e branco apareceu, assobiando e piando sem parar. — Sim — Luke disse. Décadas de missões com R2-D2 o deixaram razoavelmente fluente na língua dos droides, mas a lista de acusações do astromec era ao mesmo tempo longa e altamente específica. — Não, eu... Sim, é verdade.

R2-D2 grasnou irritado.

— Ei, isso é uma ilha sagrada — Luke disse. — Veja como fala.

O droide respondeu com um gemido queixoso.

— Velho amigo, eu gostaria de poder fazê-lo entender. Eu não vou voltar. Nada pode me fazer mudar de ideia.

Luke pousou a mão sobre o domo de R2-D2, mas o droide respondeu ativando seu projetor holográfico.

Luke quase perdeu o fôlego diante da visão de sua irmã como a viu pela primeira vez — vestindo branco, implorando pela ajuda de Obi-Wan Kenobi.

— Isso foi um golpe baixo — ele censurou o droide, que emitiu um bipe presunçoso.

A gravação desapareceu, deixando Luke e R2-D2 sozinhos. O pequeno astromec permaneceu parado enquanto seu antigo mestre encarava o vazio. E continuou em silêncio quando Luke se levantou e seguiu pelo corredor até descer a rampa, seus passos lentos e deliberados.

Rey acordou com um sobressalto. Luke estava diante do banco de pedra que ela escolhera para dormir, o melhor para interceptá-lo antes de sua rotina matinal. Acima dela, seu rosto estava fechado e pálido sob a luz do luar.

— Amanhã, ao nascer do sol — ele disse. — Três lições. Vou ensiná-la os caminhos dos Jedi. E por que eles precisam acabar.

PARTE IV

CAPÍTULO 12

Aparentemente, Finn estava se especializando em acordar completamente confuso.

Dessa vez ele estava deitado de costas – mas por alguma razão o mundo estava deslizando ao seu redor.

Ele ergueu a cabeça, o que causou uma dor nas têmporas, e viu as costas do macacão de Rose. Ela havia encontrado um carrinho e agora estava levando Finn por um corredor da *Raddus*.

– Você só pode estar brincando – Finn disse, sua boca e língua lutando para formar as palavras. – Não consigo me mover! O que aconteceu?

E então ele entendeu.

– Você me atordoou! – ele gritou com um tom acusatório. – Com... uma *coisa de atordoar!* Meu Deus, você é totalmente maluca. Socorro!

Rose lançou um olhar que sugeria que a coisa de atordoar também poderia fazer parte de seu futuro novamente.

– Estou levando você para a prisão e vou entregá-lo por deserção – ela disse.

– Por quê?

– Porque você estava desertando.

– Não! – Finn protestou.

Ela parou de empurrar o carrinho e se aproximou dele. Eles ficaram cara a cara.

— Minha irmã acabou de morrer protegendo a frota — ela disse. — Ouvi a história sobre o que você fez na Base Starkiller. Todos estavam falando sobre você. Você foi um herói da Resistência! E estava fugindo?

— Desculpe. Mas fiz o que fiz para ajudar minha amiga, não para me alistar em outro exército.

Ele soube que aquilo foi um erro ainda enquanto falava. A decepção de Rose por ele era palpável, assim como sua raiva. Finn percebeu que precisava falar rápido — ou a próxima vez que acordasse confuso seria na prisão da *Raddus,* e seria tarde demais.

— Não sei o que você sabe, mas a frota está condenada — ele explicou. — Se minha amiga voltar até aqui, ela também estará condenada. Vou levar este sinal o mais longe possível. Então ela me encontrará e estará segura.

— Você é um traidor egoísta — Rose retrucou.

— Olha — Finn implorou —, se eu pudesse salvar a Rey salvando a frota da Resistência, eu faria isso, mas não posso. Ninguém pode.

— Sei — Rose disse com um tom desdenhoso.

— Não podemos fugir da frota da Primeira Ordem.

— Podemos saltar ao hiperespaço.

— Eles conseguem nos rastrear pelo hiperespaço.

Isso fez Rose parar.

— Eles conseguem nos rastrear pelo hiperespaço?

Ela não sabia disso. Claro que não. Finn sabia como era trabalhar turno após turno nos níveis inferiores de uma nave de guerra, fazendo trabalho de droide e sem saber de nada.

Ao menos Rose não precisava ficar suando dentro de uma armadura fechada.

— Eles apenas apareceriam trinta segundos depois e nós estaríamos sem combustível, que, aliás, está perigosamente em falta — Finn disse.

Rose ainda estava digerindo aquela última informação.

— Eles podem nos rastrear pelo hiperespaço — ela repetiu, sua mente já muito longe.

— Viu? Sim! Não consigo sentir meus dentes. Com o que você me acertou?

— Rastreamento ativo — Rose disse.

Finn ergueu os olhos depois de checar que todos os seus dentes estavam no lugar.

— Como é?

— Rastreamento do hiperespaço é uma tecnologia nova, mas o princípio deve ser o mesmo de qualquer rastreador ativo — Rose explicou. — Já fiz manutenção em rastreadores ativos. Eles possuem uma única origem para evitar interferência. Então...

Finn entendeu a implicação e completou a frase junto com ela:

— ... a nave líder é a única que está nos rastreando.

Rose confirmou, mas Finn percebeu que sua mente já estava longe outra vez, ponderando o problema.

— Mas rastreamento no hiperespaço precisa de *muita* capacidade de processamento — ela disse. — Toda a frota teria que ser feita de computadores, mas isso é loucura. A menos que...

— A menos que o quê? — Finn perguntou, desconfiado.

— Um gerador de campo estático do hiperespaço. É *assim* que eles conseguiram.

— Um o quê?

Rose mordeu os lábios. Parecia que ela havia esquecido que ele estava lá.

— Em vez de acrescentar vários computadores, você acrescenta muitos ciclos de processamento — ela disse. — Você faz isso envolvendo os computadores em um gerador de campo de hiperespaço. Você poderia acelerar os ciclos um bilhão de vezes... desde que nada derreta ou seja lançado através do casco da nave. É tudo teoria... Tecnologia muito avançada. Mas, se alguém pode fazer isso, é a Primeira Ordem.

— Então eles fizeram isso funcionar. Como a gente faz com que *não* funcione?

Rose olhou para ele como se o avaliasse. Ela começou a dizer algo, depois parou. Finn inclinou a cabeça de lado.

— Você vai dizer "mas". Eu já percebi. Você está com aquela expressão de quem vai dizer "mas".

— Mas — Rose disse, franzindo as sobrancelhas — nós podemos achar o rastreador. É um processo classe A, eles o controlam da ponte principal.

— Não — Finn disse, e Rose lançou mais um de seus olhares. — Quer dizer, sim, mas todos os processos classe A...

Dessa vez foi ela quem seguiu o pensamento até sua conclusão lógica e falou junto com ele:

— ... têm um disjuntor de energia exclusivo.

Eles olharam um para o outro. Agora os dentes de Finn *doíam*. Isso significava que as coisas estavam melhorando ou piorando?

— Mas quem sabe onde fica a sala do disjuntor em um Destróier Estelar? — Rose perguntou.

Finn bateu em seu peito.

— O cara que limpava essa sala. Fica dentro do complexo submotor. Se eu conseguisse levar a gente até lá...

Rose bateu em seu próprio peito.

— Eu poderia desativar o rastreador.

— Sim! Rose! Precisamos levar esse plano para alguém da nossa confiança!

— Ei, calma lá — ela disse. — Quando eu disse "nós", não quis dizer você e eu.

— Você só pode estar brincando. Nós podemos salvar a frota!

Rose sacudiu a cabeça.

— Você é um traidor esquisitão. Eu sou da manutenção. Vou repassar o seu plano para alguém.

— Poe! — Finn disse desesperadamente, achando que ela fosse atordoá-lo novamente.

— Eu sou a Rose, lembra? — ela disse, aborrecida.

— Não. Rose. *Poe*. Leve-me até Poe Dameron e nós contaremos a ele sobre o plano. Poe. Rose, *por favor*.

— Poe Dameron? Ele estará ocupado.

— Ele me receberá. Herói da Resistência, certo?

Isso foi outro erro. Rose fechou o rosto, sua mão se aproximando do bastão de eletrochoque, com sua ameaçadora ponta elétrica.

— Apenas deixe-o ouvir — Finn disse rapidamente. — Se ele disser não, você pode me atordoar. Com a coisa de atordoar.

— E vou mesmo, viu?

Finn não duvidou daquilo nem por um segundo. Ele observou enquanto Rose se decidia.

— Não sei por que estou confiando em você — ela disse com um tom aborrecido.

— É o meu rosto de bebê — Finn respondeu. — É uma bênção e uma maldição.

— Explique de novo — Poe disse. — Só que de um jeito mais simples.

Rose e Finn o encontraram na cabine da General Organa, que fora convertida em um centro médico improvisado. A líder da Resistência estava deitada imóvel em uma maca, cercada por instrumentos e sendo tratada por droides médicos MD-15. C-3PO andava ao redor nervosamente, enquanto BB-8 circulava o quarto, emitindo bipes tristonhos.

Rose observou Finn se preparar para explicar a Poe seu plano improvisado mais uma vez, o plano que ela estava relutantemente começando a achar que não era uma ideia tão ruim assim.

Ela desejou que Paige pudesse ver isto — sua irmã mais nova, a técnica de manutenção, falando com o melhor piloto de caça da Resistência e com o herói galáctico que Paige sonhava em conhecer um dia. Paige teria achado aquilo tão legal — bom, exceto a parte em que Rose encontrara seu herói fugindo em uma cápsula de escape.

Finn era muito bonito – Rose precisava admitir. Era uma pena toda aquela coisa de ser um traidor. E a paixonite por aquela amiga dele. Fosse lá quem fosse essa tal de Rey, ela tinha que ser algo muito excepcional para fazer você querer desertar as pessoas com quem lutou e a causa em que acreditava.

Mas então ela também se lembrou de que Finn havia crescido nas salas de treino da Primeira Ordem, um daqueles infelizes órfãos que recebiam números em vez de nomes. Talvez fosse por isso que ele gostava tanto dessa amiga. O número de pessoas que já foram bondosas com ele devia ser muito pequeno.

– A Primeira Ordem está nos rastreando a partir de um único Destróier. O líder – Finn disse.

– Então é só explodir esse? – Poe perguntou ansiosamente, e Rose se segurou para não revirar os olhos. Pilotos de caças, mesmo os ases, eram todos iguais.

– Eu gosto da sua ideia, mas não, eles apenas começariam a nos rastrear de outro Destróier.

Rose encontrou o holoprojetor da escrivaninha de Leia e o ativou, exibindo a planta do Megadestróier que Poe vinha estudando.

– Mas – Rose disse.

– Mas, se conseguirmos embarcar escondidos naquele Destróier líder e desativar o rastreador sem sermos flagrados... – Finn continuou.

– ... eles não perceberão que está desligado durante um ciclo do sistema – Rose o interrompeu. – Cerca de seis minutos.

– Isso daria uma rápida janela de tempo para a Resistência saltar ao hiperespaço sem ser rastreada – Finn disse.

– E escapar! – acrescentou C-3PO. – É brilhante!

Finn contou nos dedos os elementos do plano.

– Embarcar escondidos. Desligar os rastreadores. Nossa frota escapa antes que eles percebam.

Poe considerou cuidadosamente. Rose podia vê-lo tentando calcular as chances. Mas BB-8 estava emitindo bipes animados.

— Você não vota — Poe disse a ele, depois se virou para Rose. — O que você acha?

— Acho que o fato de que foi minha ideia acabou se perdendo — ela respondeu. — Mas, se ele conseguir nos levar até o rastreador, eu posso desativá-lo. Acho que pode funcionar.

Poe considerou aquilo, depois olhou para os dois.

— Como vocês se conheceram? — ele perguntou, curioso.

A expressão de pânico no rosto de Finn foi até bem engraçada.

— Foi apenas sorte — Rose disse.

— Sorte boa?

— Ainda não sei.

Poe pensou mais um pouco, seu olhar retornando para Leia inconsciente.

— Poe, isso vai salvar a frota e vai salvar Rey — Finn disse. — Precisamos fazer isso.

Rey, Rey, Rey. Rose realmente quis atordoá-lo de novo.

— Se eu devo ser a única voz racional aqui, a Almirante Holdo nunca aprovará esse plano — C-3PO disse. — De fato, é exatamente o tipo de heroísmo imprudente que a deixaria particularmente furiosa.

Poe sorriu abertamente.

— Você está certo, 3PO. O plano é só para quem precisa saber dele. E ela não precisa.

— Não foi exatamente isso que eu... — o droide de protocolo protestou ao mesmo tempo que BB-8 assobiava uma aprovação.

— Certo, vocês desativam o rastreador, eu estarei aqui para fazer o salto no hiperespaço — Poe disse. — Como podemos embarcar vocês dois escondidos no Destróier do Snoke?

— Nós roubamos um transporte da Primeira Ordem — Rose respondeu.

Finn fechou o rosto.

— Não, precisamos de códigos de autorização.

Rose não gostou de ouvir aquilo, pensando que era o tipo de problema que alguém familiar com os procedimentos de segurança da Primeira Ordem podia ter levantado antes.

— Então nós roubamos os códigos — ela disse, mas Finn já estava sacudindo a cabeça.

— Eles são bio-hexacriptografados e embaralhados a cada hora — ele replicou. — É impossível. Os escudos de segurança são impenetráveis. Não podemos passar despercebidos. *Ninguém* pode.

Poe e Rose olharam para ele desanimados. E então Finn pensou em alguém que poderia provar que ele estava errado.

Em sua vida mais do que milenar, Maz Kanata sofrera ferimentos sessenta e sete vezes, e vinte e dois desses ferimentos foram sérios o bastante para quase matá-la. Ela fora submersa em litros de bacta, enrolada em metros de ataduras, ligada a mais de uma dúzia de droides e passara semanas sem nenhuma assistência, contando apenas com sua teimosia e a vontade da Força para evitar se juntar a ela.

Com exceção de alguma extraordinária má sorte que a surpreendesse — o que, era verdade, era o tipo de má sorte que acontece apenas uma vez —, aquela disputa em que estava agora não acrescentaria nada para sua lista de ferimentos. Ela julgava o presente conflito como algo entre um desentendimento e uma choradeira, uma situação que saía dos trilhos o bastante para uma das partes precisar salvar seu orgulho atirando na outra.

Isso aconteceu. Ela conhecia todos os participantes e tinha certeza de que dentro de algumas semanas todos os sobreviventes estariam em uma cantina, divertindo-se entre bebidas, comparando marcas deixadas por tiros de blaster e brindando à memória dos infelizes que não estavam mais entre eles.

Mas essa hora ainda não havia chegado. Até que chegasse, não levar um tiro lhe parecia uma ótima política.

Maz se abaixou para evitar um tiro que passou um pouco perto demais, disparando sua pistola de volta naquela direção para deixar clara sua irritação, depois virou um de seus olhos para o transmissor holográfico. Quatro figuras brilhavam em tons azuis no campo de transmissão.

Uma delas era Finn, o jovem desertor da Primeira Ordem que havia chamado sua atenção em Takodana antes da chegada de seus ex-colegas e dos danos que eles causaram em sua operação. Na época ela teve curiosidade sobre o que vira em seus olhos e agora imaginava o que esses mesmos olhos lhe mostrariam. Seria possível que ele já tivesse aprendido a paciência que tanto lhe faltava?

Maz duvidava disso. Finn era apenas um humano, afinal de contas. O tempo de vida dos humanos, infelizmente, era uns dois séculos curto demais para a paciência parar de ser uma virtude e se tornar um hábito.

Maz reconhecia duas das outras figuras. Poe Dameron parecia ter saído de um dos pôsteres de alistamento de Leia Organa, mas heróis de guerra havia aos montes por aí. Ele precisava fracassar algumas vezes para se tornar intrigante. Quanto ao droide de protocolo de Leia, ele nunca teve permissão para acumular as excentricidades lógicas que poderiam lhe dar algo interessante para dizer em uma das sete milhões de línguas das quais ele sempre se gabava. Porém, diferente dos outros, ele não tinha data de validade. Mais alguns bilhões de ciclos de processamento sem formatar a memória poderiam fazer dele uma companhia interessante.

A quarta pessoa no holograma era uma jovem com um macacão dolorosamente enfadonho. Ela era nova para Maz e transmitia uma sensação de perda e confusão através da Força. Mas a tal Rose também tinha força e determinação. Maz fez uma anotação mental para se lembrar dela depois e olhar em seus olhos, se tivesse a oportunidade. Ficou curiosa para saber o que havia dentro deles e descobrir em que vida ela já os havia visto antes.

Mas não havia tempo para isso agora — não com a galáxia com tanta pressa novamente. E aqueles quatro queriam algo dela. O que era mesmo?

Ah, certo. Um pedido até simples — um pedido que ela teria concedido sem cerimônias em circunstâncias diferentes, mesmo que fosse apenas para ver quais correntezas fluiriam através das possibilidades de Finn e Rose. Mas, com as coisas como estavam agora, os dois teriam de mostrar alguma iniciativa, em vez de apenas contar com ela.

— Se eu poderia fazer? — Maz perguntou. — É claro que poderia. Mas não *posso* fazer. Estou um pouco ocupada no momento.

Finn parecia mais alarmado por todo o tiroteio ao redor dela do que um ex-stormtrooper deveria. Mas talvez fosse por isso que ele não era mais um stormtrooper.

— Maz, o que está acontecendo? — ele perguntou.

— Uma disputa sindical. Nem queira saber. Mas, sorte sua, existe uma pessoa em quem confio que pode fazer vocês passarem por esse tipo de segurança. Um decodificador mestre, um soldado, um guerreiro da liberdade e um ás da aviação. Um poeta com um blaster e o segundo melhor contrabandista que já conheci.

— Oh! — disse C-3PO. — Parece que esse sujeito pode fazer qualquer coisa!

— Oh, sim, ele pode — Maz disse, e começou a se lembrar de alguns dos golpes e assaltos que ela o ajudara a realizar. Ele realmente era um de seus seres favoritos, embora soubesse que um de seus arroubos de distração provavelmente seria sua morte antes que pudesse se tornar realmente interessante. Bom, isso ou seu ego inflado.

Mas esses dois males estavam entre os muitos perigos de se tratar com humanos. Maz aprendera havia muito tempo que ela precisava aproveitar suas aventuras enquanto podia.

O estalo e o cheiro de ar ionizado a tirou de seu devaneio.

— *E* ele é simpático à causa da Resistência — Maz disse. — Vocês o encontrarão em Canto Bight, em Cantônica.

— Cantônica? — perguntou Poe. — Mas isso... Maz, existe algum jeito de fazermos isso nós mesmos?

Tão impaciente, esse aí. Se não está voando com um caça estelar, ele se sente perdido. É uma pena — gosto do jeito como seu queixo fica tenso.

Maz avaliou o campo de batalha e percebeu que sua posição estava prestes a ser invadida. Isso seria um problema.

— Sinto muito, garoto — ela disse. — Isso é uma decodificação rara. Se quiser entrar naquele Destróier, você tem uma opção: encontre o Decodificador Mestre. Você vai reconhecê-lo pela flor vermelha em sua lapela.

Ela ativou sua mochila a jato, cortando a transmissão quando decolou. Voando pelo céu, Maz imaginou se seus amigos encontrariam o Decodificador Mestre. Ela não especulou, sabendo que seria inútil. Como tudo na galáxia, se eles tivessem ou não sucesso — ou se descobrissem que seu destino envolvia nenhuma das alternativas —, dependeria da vontade da Força.

Mesmo assim, podia desejar sorte a eles.

CAPÍTULO 13

O AMANHECER EM AHCH-TO encontrou a ilha coberta de névoa, manchada pela tonalidade rubra dos sóis nascentes.

Confiando na promessa de Luke de que treinariam ao amanhecer, Rey abandonara a vigília na frente de sua porta para dormir em uma cabana própria – embora o banco de pedra dentro da estrutura não oferecesse mais conforto do que o anterior.

Ela se levantou, piscando diante da luz do sol que invadia através da janela estreita – e então parou.

Por um momento pensou ter visto alguém na cabana junto com ela – uma figura alta e pálida, sentada em silêncio, com uma forma escura e arredondada acima, tocando seu rosto.

E foi quase como se ela sentisse algo tocando seu próprio rosto, traçando uma linha até o queixo.

Ela olhou novamente e seus olhos se arregalaram. Kylo Ren estava lá, seu rosto cortado por uma raivosa linha vermelha – o ferimento que ela causara nele em meio à neve da Base Starkiller. A parte superior ainda estava fechada com suturas.

Aterrorizada, Rey se atrapalhou para sacar o blaster que carregava no coldre, levantá-lo e disparar. Ela achou ter visto Kylo estremecer quando o blaster cuspiu energia em sua direção, o barulho muito alto dentro da cabana de pedra.

Mas ele não estava lá.

Rey baixou a arma, sua mão tremendo levemente, e olhou para o buraco fumegante que havia causado na parede.

Não havia sinal de seu inimigo mortal – a figura sombria e ameaçadora que a congelara em Takodana e a levara para a Base Starkiller, onde ele matara Han Solo e quase matara Finn. Mas ela sabia que aquilo não fora um sonho – ele esteve ali.

Rey saiu correndo da cabana, olhando em todas as direções. Nada. Apenas o frio da manhã e os gritos dos porgs, mergulhando dos penhascos em grupo para bombardear cardumes de peixes lá embaixo.

E então, instantaneamente, Kylo estava lá. Dessa vez ela sabia que ele também a via. Ele ergueu a mão, encarando Rey, e ela pôde ouvir sua voz.

— Você trará Luke Skywalker para mim – ele disse.

Mas, diferente da Base Starkiller, nenhum dedo invisível invadiu o cérebro de Rey para arrancar seus pensamentos e segredos. Diferente de Takodana, seu corpo respondia aos seus próprios comandos, não aos dele. Eram apenas palavras, e não tinham poder algum sobre ela.

Um leve sorriso surgiu no canto da boca de Rey, e Kylo baixou a mão, surpreso.

— Você não está fazendo isso. O esforço iria matá-la.

Ele olhou para ela, curioso.

— Você consegue ver onde estou?

Ele soava como um estudante contemplando um problema interessante – e esperando que ela trabalhasse como sua parceira para resolvê-lo. Isso a deixou furiosa.

— Você vai pagar pelo que fez – ela disse, mas ele a ignorou.

— Não consigo ver onde você está. Vejo apenas você. Então, não, isso é outra coisa.

Foi nesse momento que Luke emergiu de sua cabana, cerrando os olhos na luz da manhã. Rey se virou para o Mestre Jedi, um pânico acelerando seu coração. Será que Kylo veria Luke? Será que poderia descobrir onde o último Jedi estava? Será que ela havia feito algo errado, destravando algum portal que desesperadamente precisava ser mantido fechado?

Quando ela se virou de volta, a expressão de Kylo lhe disse instantaneamente que, embora não tenha enxergado Luke, ele *viu* a reação dela – e entendeu o que significava.

– Luke? – ele perguntou, seus olhos ansiosos e famintos, como um predador sentindo o cheiro da presa.

– O que aconteceu? – Luke perguntou.

Os olhos de Rey voltaram-se para o rosto do Mestre Jedi, esperando ver raiva e traição, mas Luke apenas parecia confuso – até, para seu horror, ele apontar na frente dela, diretamente para onde estava aquela estranha visita.

Ela se forçou a seguir seu olhar, mas Kylo já não estava mais lá.

Luke apontava para o buraco na parede da cabana.

Kylo se foi, mas ela e Luke não estavam sozinhos. Meia dúzia de alienígenas emergiram da névoa e estavam perambulando entre as cabanas, uma delas inspecionando em consternação a parede danificada.

Rey soube imediatamente quem eram aquelas novas presenças – e que não eram ameaça. Elas tinham rostos longos e pés com três dedos, e seus corpos rotundos se escondiam sob túnicas simples de tons bege e branco. Elas lembravam Rey dos eremitas de Jakku, que consideravam seus desertos ideais para uma vida simples de observação e adesão religiosa.

Ela percebeu que Luke ainda esperava uma resposta para sua pergunta. Assim como as alienígenas.

O primeiro instinto de Rey foi dizer a verdade, na esperança de que ele pudesse ajudá-la a fechar aquela conexão indesejada antes que se tornasse mais perigosa. Mas algo lhe disse que isso seria um erro. Luke havia parado de fingir que ela não existia, mas a relação entre eles ainda era frágil. O menor passo em falso, Rey sentia, poderia fazer Luke rejeitá-la antes mesmo da primeira lição que ele prometera.

Não, ela precisava contar outra coisa.

— Eu... estava limpando meu blaster — ela disse com um tom hesitante. — Disparou sem querer.

Luke não pareceu menos confuso por aquela explicação, mas as alienígenas pareceram aceitar, embora com má vontade. Dentro de instantes, elas estavam removendo peixes de cestas, afiando facas e, mal-humoradas, arrancando pedras soltas da parede danificada.

Luke indicou com o queixo a escadaria que levava ao topo da montanha. Quando Rey se virou para segui-lo, uma das alienígenas olhou feio para ela, depois se virou para Luke.

— *Choo-chigga chuga?* — ela perguntou, ou algo assim.

— *Croopy* — Luke respondeu.

A alienígena decididamente parecia desconfiada.

Certa de que causara uma má primeira impressão, Rey seguiu Luke pela escadaria sinuosa até achar que já estavam longe da atividade ao redor das cabanas.

— O que são essas coisas? — ela perguntou.

— Cuidadoras. Nativas da ilha. Elas cuidam das estruturas Jedi desde que foram construídas.

— O que você contou a elas sobre mim?

Luke respondeu com um leve sorriso.

— Minha sobrinha.

— Oh. Acho que elas não gostam de mim.

— Por que será?

Rey seguiu Luke pelo gramado acima das cabanas e depois subindo mais um conjunto de degraus de pedra. A escadaria seguia uma saliência rochosa que pairava sobre a ilha e o mar adiante.

Ela ainda estava abalada pela manifestação de Kylo Ren, em um lugar que passara a considerar como ao menos o santuário de Luke, mesmo não sendo o dela.

Após ter imobilizado Rey em Takodana, Kylo a levara para a Base Starkiller, para arrancar de sua cabeça a memória do mapa que levava a Luke. Ele havia vasculhado seus pensamentos, peneirando e catalogando, e viu muitas coisas que ela gostaria que não visse – ele ou qualquer pessoa.

A desesperada certeza de que seu abandono em Jakku fora um equívoco ou uma cruel necessidade que seria consertada por sua família perdida, se ao menos ela esperasse por tempo o bastante, com muita paciência. Seu terror e desespero de que estava enganando a si mesma e passaria o resto da vida em solidão, acabando como ossos anônimos enterrados na areia. Seus sonhos sobre uma ilha cercada de um oceano infinito – a exata ilha onde estava agora.

Kylo havia revirado essas esperanças e medos, coisas que não tinha direito de saber. Mas, enquanto vasculhava, algo mudara. Ao mesmo tempo que esmiuçava sua mente, ele de algum jeito revelara a sua própria. Rey se encontrou dentro da mente dele enquanto ele invadia a sua. Ela sentiu sua raiva, como uma tempestade arrasadora que preenchia sua cabeça, e seu ódio e desejo de dominar e humilhar aqueles que lhe causaram mal. Mas ela também sentiu sua dor e sua solidão. E seu medo – de que nunca fosse provar que era tão forte quanto Darth Vader, o fantasma que assombrava seus sonhos.

Kylo recuara quando encontrou Rey em sua própria mente – praticamente fugira dela. Mas aquilo não foi o final da estranha e súbita conexão. Ela viu mais – muito mais. De algum jeito, quase instintivamente, ela soube como ele acessava alguns dos poderes a seu comando – mesmo não entendendo esses poderes. Foi como se o treinamento dele se tornasse o dela, destravando e abrindo porta atrás de porta em sua mente.

Mas agora Rey não conseguia fechar essas portas – e ela temia aquilo que fora libertado.

Kylo havia insistido para que ela o deixasse ser seu professor – havia quase implorado. Ela o rejeitara – apenas para também ser rejeitada por Luke.

Até esta manhã.

Rey viajara através de metade da galáxia para que Luke ajudasse aqueles que precisavam dele tão desesperadamente – Leia, Finn, a Resistência, as pessoas na galáxia. Mas também esperava que ele pudesse ajudá-la.

Rose simultaneamente se irritou e achou divertido quando Poe insistiu em repassar o plano mais uma vez, puxando Finn e ela para uma sala de prontidão no hangar.

– Você podia simplesmente vir com a gente, sabe – ela disse, exasperada.

O rosto de Poe mostrou toda a sua frustração. Era exatamente o que ele queria fazer – queria tanto que isso o estava matando por dentro.

– Alguém precisa ficar aqui, de olho nas coisas – ele disse. – E na General Organa.

– 3PO pode fazer isso – Finn sugeriu.

– Bom, alguém precisa também ficar de olho na Holdo.

Considerando aquilo, Finn coçou o queixo. Quando fez isso, Rose avistou o brilho do sinal preso no pulso do ex-stormtrooper, o gêmeo do dispositivo que Rey havia levado com ela para as Regiões Desconhecidas.

Poe também viu o sinal.

– É melhor deixar isso comigo, meu amigo – ele disse, levando a mão até o pulso de Finn.

Finn recuou instintivamente, e Rose percebeu a indecisão em seu rosto. Seu objetivo original era levar o sinal para longe da frota e do perigo que representava, e agora Poe pedia para ele abandoná-lo.

– A general enviou a sua amiga para trazer Skywalker de volta para que ele nos ajude – Poe disse. – Não vai adiantar nada se ele aparecer em Canto Bight.

Rose soube imediatamente o que Finn estava pensando – o ex-stormtrooper seria um péssimo jogador de sabacc.

– Dê logo essa coisa para o Poe – ela disse. – Você quer salvar a Rey? Então salve a frota. Essa é a razão pela qual estamos fazendo isso, lembra?

Rose viu a expressão de surpresa cruzar o rosto de Poe, seguida por outra expressão de entendimento quando as peças se juntaram.

– Só quero que ela fique segura – Finn disse, contrariado.

– Eu também – Poe disse a Finn, sua voz surpreendentemente gentil. – Mas isso é muito maior do que a Rey. Ou qualquer um de nós. É sobre todas as pessoas na galáxia. Então, vamos lá. Entregue para mim. Prometo que não vai sair da minha vista.

Por um momento, Rose achou que Finn não fosse aceitar. Mas então ele relutantemente retirou o sinal do pulso e o entregou a Poe.

– Viu? – Rose disse. – Foi fácil.

Mas o rosto de Finn lhe dizia que isso não era verdade.

Enquanto seguia os passos de Luke, Rey viu que a escadaria terminava em uma caverna na lateral do cume.

Ela seguiu Luke para dentro, onde um antigo mosaico ainda era visível no meio do chão de pedra. Mas não era ali o destino deles – Luke a levou para fora, até um par de saliências na rocha, uma alta e outra baixa. Era um ponto de vista atordoante, de onde a ilha parecia despencar para dentro do infinito mar que os cercava.

Luke a observou por um momento, distraidamente torcendo um galho em sua mão, e Rey imaginou se ele estava achando que ela tinha medo de altura. Ela não tinha e nunca tivera – Rey ainda era uma criança quando escalou a torre de seu primeiro Destróier Estelar abandonado.

– Então? – ela perguntou.

— Então.

Rey tentou não mostrar sua frustração. Até agora, a manhã na qual ele lhe ensinaria os caminhos dos Jedi não era muito diferente das manhãs nas quais ele se recusara a falar com ela.

— Bom, então eu começo — ela disse. — Precisamos que você traga os Jedi de volta, porque Kylo Ren é poderoso com o lado sombrio da Força. Sem os Jedi, não teremos nenhuma chance contra ele.

Rey chegou a pensar que Luke voltaria para a caverna e desceria as escadas, deixando-a para pensar sobre em qual teste havia falhado dessa vez. Mas ele simplesmente continuou olhando para ela.

— O que você sabe sobre a Força? — ele perguntou.

— É um poder que os Jedi possuem. Que permite a eles controlar as pessoas e... fazer coisas flutuarem.

Por um momento, os únicos sons foram os grasnados das aves e o lamento do vento.

— Impressionante — Luke disse. — Todas as palavras dessa frase estão erradas. Primeira lição. Sente-se aqui, pernas cruzadas.

Rey se ajeitou na saliência mais alta, cruzando as pernas desajeitadamente.

— A Força não é um poder que você possui — Luke disse. — Não tem nada a ver com rochas flutuando. É a energia entre todas as coisas. Uma tensão, um equilíbrio que unifica todo o universo.

— Certo. Mas o que é?

— Feche os olhos — Luke disse a ela. — Respire. Agora, alcance.

Rey obedeceu e hesitantemente esticou o braço, os dedos tentando tocar algo.

Nada aconteceu. Será que algo deveria acontecer? Será que levava um tempo? Será que ele estava testando sua paciência? Em Jakku, os Teedos veneravam uma pessoa marcada pelo sol que se sentava imóvel sobre uma coluna de pedra o dia todo. Rey torcia para que os ensinamentos dos Jedi não precisassem de algo como aquilo. Mas, aparentemente, ela estava errada.

E então Rey sentiu algo estranho, como cócegas em sua mão.

— Ah! — disse a Luke. — Estou sentindo algo!

— Você está sentindo?

— Sim! Estou sentindo!

— Isso é a Força.

— Sério? — Rey perguntou. Ela não conseguiu evitar se sentir orgulhosa de si mesma — afinal, estava alcançando depois de apenas alguns segundos.

— Uau, deve ser muito poderosa com você.

Rey estava se perguntando por que seu progresso precoce divertia Luke quando uma dor atingiu sua mão esticada. Ela gritou, os olhos se abrindo de repente, e percebeu que Luke havia estapeado sua mão com o galho — o mesmo com que havia feito cócegas nela um pouco antes.

Torcendo para seu rosto não estar ruborizado, ela pousou a mão sobre o peito.

— Você quis dizer alcançar, tipo... Certo. Entendi. Vou tentar de novo.

Ela fechou os olhos e sentiu Luke apanhar suas mãos com seu toque áspero, direcionando-as para a rocha em cada lado de seu corpo.

— Respire — ele disse. — Apenas respire. Agora alcance com seus sentidos. O que você vê?

A imagem veio até ela quase imediatamente, e era familiar: a ilha, vista como se Rey fosse uma das aves marinhas lá no alto, do jeito que aparecia em seus sonhos ainda em Jakku.

Mas também, quase imediatamente, outra coisa apareceu. As imagens eram vívidas, quase alucinatórias, mas depois ela não sabia se via dentro de sua mente ou, de algum jeito, experimentava de verdade as imagens enquanto sua consciência se expandia de seu corpo para englobar toda a ilha e o mar ao redor.

Sua primeira impressão foi vida — vida por todos os lados. Ela podia sentir a si mesma e as Cuidadoras andando entre as cabanas, mas havia muito mais do que isso. Ela sentiu a presença das flores, da grama e dos arbustos. Aves, insetos, peixes e criaturas minúsculas demais para os olhos enxergarem. Sua consciência de tudo aquilo pareceu sobrecarregar seus sentidos, lançando-a para dentro de algo tão profundo e intenso que, por um momento, ela pensou que fosse se afogar, apenas para perceber que isso era impossível, pois ela fazia parte dessa vida.

Mas também havia morte e podridão. Carne morta e matéria vegetal, afundando no solo que escondia ossos e madeira seca de estações passadas da ilha. Ela recuou dessa nova consciência, mas sentiu quase imediatamente que não havia nada a temer. Da morte e da podridão nascia vida nova, nutrida por tudo o que veio antes.

Ela podia sentir o calor dos sóis – não apenas em seu rosto, mas nas rochas e na superfície eternamente em movimento da água. E frio também, que cercava os lugares sombrios onde as raízes da ilha e o chão do oceano se revelavam como sendo uma única coisa. Havia paz – mães porgs com seus ovos, abrigadas e seguras em refúgios aquecidos –, mas também violência, que deixava para trás ninhos destruídos e cascas espatifadas.

E tudo o que seus sentidos haviam mostrado a ela foi um mero momento. Aquele momento era apenas um de trilhões, parte de um ciclo interminável que começara muitas eras antes de ela nascer e que continuaria por eras após ela morrer. E o próprio momento era parte de algo muito maior, tão enorme que sua mente não conseguia compreender, uma imensidão onde até mesmo as estrelas eram apenas pequenas porções.

Rey, ainda de olhos fechados, tentou descrever a Luke aquilo que havia experimentado, frustrada por suas palavras serem tão pequenas e inadequadas.

— E entre tudo isso? – ela o ouviu perguntar.

— Um equilíbrio. Uma energia – ela disse, querendo rir. – *Uma Força*.

— E dentro de você?

— Dentro de mim, a mesma Força.

Ela abriu os olhos e ficou levemente surpresa por encontrar Luke inalterado — um homem de barbas cinzentas, marcado pelo tempo, vestindo roupas surradas feitas para o sol, o sal e o vento.

— E esta é a lição. Essa Força não pertence aos Jedi — Luke disse. — É muito maior. Dizer que, se os Jedi morrerem, a luz morreria é uma presunção. Você consegue sentir isso? Consegue entender?

Ela conseguia. Mas uma nova presença chamava por seus sentidos recém-despertos.

— Há algo aqui — ela disse. — *Exatamente* aqui. Uma luz poderosa, ofuscante.

— É o primeiro templo Jedi. Uma concentração de luz.

Rey imaginou como eles haviam encontrado o lugar, aqueles primeiros exploradores Jedi, e achou que sabia como. Eles seguiram um sussurro na Força, mergulhando na eterna agitação sem trilhas das estrelas da galáxia, e confiaram na Força para encontrar caminhos entre elas. Ela tentou imaginar a bravura e a fé que foi preciso para fazer isso.

— Mas tem outra coisa — ela disse quando percebeu. — Embaixo da ilha. Um lugar... um lugar *sombrio*.

Ela podia ver agora, dentro de sua mente. Uma superfície rochosa à beira-mar, sinistra e fria. Com um buraco escuro na rocha...

— Equilíbrio — Luke disse, e havia um tom preocupado em sua voz. — Poderosa luz, poderosa escuridão.

— É frio. Está me chamando.

A saliência tremeu debaixo dela, e poeira e pedras caíram dos penhascos ao redor deles.

— Resista — Luke urgiu. — Rey, *lute* contra isso!

Ao longe, Rey ouviu a voz dele chamando seu nome. Mas a voz diminuiu até desaparecer, até Rey ouvir apenas o rugir das águas. Ela estava de pé na costa rochosa e fora de sua visão, movendo-se como se hipnotizada na direção de um buraco escuro diante dela — a fonte daquele rugido. O som aumentou, seguindo em um crescendo até a água disparar para fora da rocha.

Subitamente, Rey acordou de volta na pedra de meditação. A mão de Luke estava no ar. Ele havia estapeado seu rosto. Rey puxou ar para os pulmões, sentindo como se tivesse sido tirada de dentro da água funda.

Seu rosto estava molhado. A princípio achou que fosse imaginação, mas seus cabelos pingavam e ela sentia um gosto salgado na língua.

Os olhos do Mestre Jedi estavam desconfiados — e fixos sobre ela.

— Aquele lugar pode me mostrar uma coisa — Rey conseguiu explicar. — Estava tentando fazer isso.

— Você foi direto para a escuridão — Luke disse. — Ela ofereceu algo a você e você nem tentou impedir a si mesma.

Ele deu as costas a Rey, mas ela esticou a mão trêmula para impedi-lo. Pois havia percebido outra coisa — algo que soube imediatamente que Luke gostaria que ela não soubesse.

— Eu vi *tudo* — ela disse. — A ilha, e além dela eu senti as estrelas cantando. Pensei que meu coração fosse explodir. *Mas não vi você.* Nada vindo de você. Nenhuma luz, nenhuma escuridão. Você se fechou para a Força.

Luke a encarou, seu rosto pálido e tenso.

— Eu vi esse poder bruto antes apenas uma vez, em Ben Solo — ele disse. — Não me assustou o suficiente então. Assusta agora.

Rey recuou daquilo que ela enxergou no olhar de Luke e ficou aliviada quando ele se afastou dela, seguindo para a escuridão do antigo templo.

CAPÍTULO 14

De seu lugar na periferia da ponte secundária da *Raddus*, Poe manteve um olho desconfiado sobre Holdo e segurou sua vontade de encontrar uma razão para correr de volta ao hangar onde havia deixado Rose e Finn.

Tudo estava pronto, ou deveria estar. Ele tinha amigos por toda a nave, muitos dos quais compartilhavam sua inquietação sobre a nova comandante. Foi fácil autorizar o voo de um transporte ligeiro, apagar o registro desse voo e a mensagem de erro resultante. Todos os técnicos de logística com algum senso de autopreservação tinham uma senha secundária para o caso de o sistema cair e travar as operações normais.

Poe nervosamente se apoiava em um pé e depois no outro. Ele se sentiria melhor se estivesse atrás de um manche, é claro, mas Rose e Finn sabiam pilotar. Bom, certo, Finn não sabia. Mas Rose tinha treinamento para um transporte ligeiro. Ora, até mesmo C-3PO podia lidar com um desses.

Além disso, se algo realmente saísse errado, BB-8 diria a ele. Mas, pensando agora, Poe não sabia onde BB-8 havia se enfiado.

Vamos lá, amigos. Tirem esse passarinho do hangar antes que a Senhora Rancor chame uma inspeção ou algo assim.

Porém, quando o alerta finalmente apareceu no console de um monitor de operações, Poe quase pulou pela janela.

— O que foi isso? — Holdo exigiu saber.

— Nada, Almirante — Connix disse. — Apenas alguns destroços.

Holdo, satisfeita, voltou ao trabalho. Connix ergueu os olhos e compartilhou um aceno de cabeça conspiratório com Poe. O transporte fora lançado.

— As naves menores ficarão sem combustível primeiro — Holdo disse. — Precisamos começar a evacuar suas tripulações para a nau capitânia. Começando com a fragata médica.

Poe analisou a ponte. Connix não era a única que tinha dúvidas. Ele viu costas rígidas e olhos fixos sobre monitores. Era o trabalho de um comandante sentir essas coisas e identificar o clima de sua ponte e tripulação. Holdo não conseguia ou não queria fazer isso.

E isso deixava Poe zangado. Leia havia construído a Resistência, apesar da apatia da Nova República, da sabotagem da Primeira Ordem e de uma falta crônica de créditos, equipamentos e pessoal. E agora Holdo — alguém em quem Leia havia *confiado* — parecia determinada a desfazer todo o seu trabalho.

— Então nós vamos abandonar a *Anodyne* — Poe disse. — O que muda depois disso, Almirante? O que vai acontecer quando não houver mais naves para abandonar?

Holdo fixou Poe com um olhar.

— Você quer um plano audacioso — ela disse. — Com um herói impetuoso corajosamente salvando o dia sozinho. É isso que você quer?

— Quero apenas saber qual é o plano — Poe respondeu com uma sensação de impotência. — Acho que todos nós queremos saber.

— E, no momento certo, vocês saberão. Mas só para deixar claro: não quero nenhum heroísmo idiota, nenhum plano ou bombardeio audacioso sob o *meu* comando.

A frustração de Poe entrou em ebulição.

— Você vai destruir tudo o que Leia construiu.

— Capitão Dameron. Se você está aqui para servir uma princesa, posso lhe transferir para fazer a higiene da maca de Leia — Holdo respondeu. – Se estiver aqui para servir a Resistência, siga as minhas ordens. Alguém precisa salvar esta frota de seus heróis.

E com isso ela voltou para seu monitor, dispensando-o. Poe, atordoado, olhou ao redor da ponte auxiliar e descobriu que nenhum outro oficial olhava em seus olhos.

O transporte de Rose e Finn emergiu do hiperespaço acima do planeta desértico de Cantônica, um globo quase indistinto marcado por um único oceano azul, que para Rose parecia um olho perturbador, fitando o vazio.

– Então esse é um lugar chique? – Finn perguntou. – Não me parece chique. Parece bege.

– A parte bege não importa, ninguém vive lá – disse Rose, querendo se concentrar na pilotagem e não na conversa. – A cidade fica perto da parte azul.

– Você conhece essa cidade, Canto Bight?

– Só ouvi falar. É um lugar terrível, cheio das pessoas mais desprezíveis da galáxia.

Paige provavelmente diria que isso era injusto – que Rose não deveria invejar a diversão das pessoas. Mas a ideia de vestir roupas elegantes e apostar alto enquanto a galáxia pegava fogo lhe parecia uma obscenidade.

– Por que ninguém nunca se esconde em um lugar legal para variar? – Finn perguntou. – O combustível da frota já está acabando: é melhor nos apressarmos.

Rose abriu a correia de segurança de seu assento.

– Vou olhar o trem de pouso – ela disse. – Não toque em nada.

Finn pareceu um pouco ofendido.

– Não vou tocar em nada.

Mas, assim que Rose saiu da cabine, ele apoiou o braço em um painel — um painel que, sendo justo, parecia que não tinha nada a ver com manches ou direções ou seja lá o que fosse aquela coisa que Rose usava para voar — e o transporte se inclinou violentamente para a esquerda.

Ele ergueu o braço e o transporte voltou ao curso normal, mas ouviu uma batida na cabine atrás dele.

— Eu toquei em algo — Finn confessou. — Fui eu.

Rose jogou sua cabeça para dentro da cabine do piloto, parecendo exasperada.

— Sem um pouco de prática, você vai acabar nos matando. Vou ensinar a você como aterrissar um transporte.

— Eu não sou piloto — Finn retrucou.

— Bom, é hora de aprender. Aliás, o droide bola está no banheiro.

Finn, surpreso, passou por ela e olhou dentro do pequeno espaço. BB-8 realmente havia se enfiado lá dentro, e o droide saudou Finn com uma série de bipes alegres. Era sua imaginação ou o astromec parecia um pouco presunçoso?

— Pare de enrolar e volte aqui — Rose chamou da cabine.

Finn retornou, com BB-8 rolando logo atrás, e observou quando Rose apontou para várias coisas.

— Manche de controle, acelerador, freio.

— Por que tudo tem que ser tão complicado? — Finn resmungou.

— Não é mais complicado do que uma cápsula de escape normal — Rose disse, com um sorriso no canto da boca. — E você estava pronto para voar em uma dessas.

— Isso doeu — Finn disse, sentindo um rubor no rosto.

Rose ergueu uma sobrancelha, e ele suspirou, lançando as mãos para o alto.

— Certo. Coisa de controlar, acelerador, freio. Entendi. Agora me mostre o resto.

Sirenes e gritos encheram os corredores da *Anodyne*.

Poe ajudava dois jovens médicos a empurrar um tanque bacta portátil contendo um soldado ferido da Resistência, que tentava se segurar dentro do tanque enquanto o líquido ondulava de um lado a outro.

Eles estavam quase chegando ao hangar da fragata, mas a evacuação estava demorando demais.

A *Anodyne* já estava utilizando suas últimas reservas de combustível, se é que já não as havia exaurido. A nave havia ficado para trás das outras na frota da Resistência, sem a proteção do poderoso envelope de escudos da *Raddus*. Quando o combustível da fragata médica acabasse, ela perderia aceleração – e quase imediatamente entraria no alcance das armas de seus perseguidores da Primeira Ordem.

Poe se virou para trás, acenando para que o próximo grupo de médicos se apressasse.

A *Anodyne* tremeu e uma explosão preencheu o corredor atrás de Poe com fogo.

Não havia nada a ser feito. Ele tentou ir mais rápido sem derrubar o tanque.

À frente, no hangar, o piloto de caças C'ai Threnalli estava na ponta da rampa de um transporte. Assim como muitos dos pilotos da frota – incluindo o próprio Poe –, o Abednedo fora transferido para voar transportes e mover os membros da Resistência para longe do perigo.

A *Anodyne* tremeu novamente quando os turbolasers da Primeira Ordem continuaram corroendo seus escudos.

C'ai acenou para Poe se apressar.

Na ponte da *Supremacia*, Hux observava o holotanque com uma expressão extasiada no rosto. A força de ataque da Primeira Ordem preenchia o lado esquerdo da imagem; no direito, a *Raddus* liderava as duas naves menores da Resistência.

— O cruzador principal ainda está fora de alcance, mas a fragata médica está sem combustível e ficando para trás — o Capitão Peavey relatou.

— O começo do fim — Hux disse. — Destrua a nave.

A ordem foi repassada e os turbolasers da proa da *Supremacia* se abriram. Peavey observou quando os escudos da *Anodyne*, já enfraquecidos, brilharam, depois sumiram. Uma saraivada de disparos laser destruiu as costas da fragata, que se rompeu em dois pedaços; um momento depois, a nave da Resistência foi reduzida a gás e glóbulos de metal superaquecidos.

— Alvo destruído — disse o Capitão Yago, com um tom um pouco rígido demais.

— Entendido — disse Peavey, curvando a cabeça na direção de Yago em sinal de desculpas. A *Supremacia* esteve sob o comando de Yago até Hux receber inesperadamente permissão para transferir seu comando da *Finalizador* para essa nave também, e bruscamente informar Peavey que ele seria transferido junto.

Peavey precisava dar crédito a Hux: o inexperiente general sabia que ficaria exposto sem poder contar com um capitão experiente, e Yago — tendo seu comando roubado — o ajudaria, no máximo, de má vontade.

Assim como Peavey, Yago era um veterano da Frota Imperial. Ele recebera o intruso em sua ponte com uma formalidade endurecida e uma postura gélida, mas impossível de ser criticada, e seu contato com Peavey vinha sendo metódico e correto. Isso era produto de anos de treinamento e décadas de serviço, o tipo de coisa que o pai de Hux — por mais louco que fosse — teria entendido, ao passo que seu filho desdenhava.

Yago precisava tolerar Hux como Peavey fazia — pois ambos sabiam que o general não duraria. Ele certamente conseguiria destruir o que restou da Resistência e se vangloriaria desse feito por um tempo. Mas então os verdadeiros desafios começariam. A Primeira Ordem teria uma galáxia inquieta para domar, uma galáxia mergulhada no caos. E, mais cedo ou mais tarde, Hux cairia em ruína, desmascarado como um oficial incompetente e um líder destemperado.

Peavey sorriu para si mesmo. Hux era um revolucionário, cheio de fogo e fervor, mas o tempo dos revolucionários sempre era passageiro.

Peavey olhava pelas janelas, as mãos atrás das costas. As naves sobreviventes da Resistência permaneciam fora do alcance das armas da Primeira Ordem. Se houvesse alguma chance de aquelas naves fugitivas receberem reforços, Peavey recomendaria tentar aleijar a frota com ondas de ataque de caças estelares, mas toda a inteligência da Primeira Ordem indicava que nenhum reforço apareceria.

Isso significava que não havia razão para enviar pilotos ao perigo – não com a frota da Resistência incapaz de fugir e totalmente indefesa. Hux estava certo sobre uma coisa – era o começo do fim.

O que significava que o fim do próprio Hux também estava cada vez mais perto.

Muito abaixo da ponte da *Supremacia*, a Capitã Phasma estava no meio de um vasto hangar. Embora impossivelmente cavernoso, maior do que algumas naves de batalha, o hangar era apenas mais uma das muitas áreas de preparação da enorme nau capitânia da Primeira Ordem.

Phasma olhou para as fileiras de caças TIE e naves de ataque, os walkers sendo acoplados em suas naves de aterrissagem, as legiões de stormtroopers, os pilotos de uniforme negro esperando em formação. Eles estavam prontos – prontos para serem lançados contra os restos da Resistência quando seus líderes aceitassem seu estado crítico e buscassem o solo, esperando encontrar alguma segurança.

Mas não encontrariam. Suas tropas se certificariam disso.

A maioria dos seres na galáxia era mole – eles cresciam abrigados e passavam o resto da vida se certificando de que permaneciam ignorantes e indolentes. De mole Phasma não tinha nada – e, assim que aprendeu a andar, ela entendeu que essa coisa de segurança não existia. Havia apenas a sobrevivência, que era o produto de uma luta incessante.

Ela inclinou seu capacete cromado para falar com seu imediato.

– Alerta máximo, Comandante – ela disse. – As naves deles estão caindo como moscas. Nossa hora se aproxima.

O transporte de Poe havia escapado da *Anodyne* pouco antes de dedos de fogo serem lançados da nau capitânia da Primeira Ordem, erradicando a indefesa fragata em segundos.

A explosão sacudiu o transporte e iluminou os rostos dos soldados que ele havia ajudado a evacuar. Alguns foram retirados de instalações médicas, movidos apenas porque morreriam de outra forma. Eles se sentavam em silêncio, homens e mulheres entorpecidos pelos sedativos administrados por droides ou estoicamente ignorando aquilo que só poderia ser uma terrível dor.

Mas os tripulantes e soldados saudáveis também mal erguiam os olhos. Eles olhavam para suas botas, tristes e miseráveis.

Eles não enxergam nenhuma razão para terem esperança. Porque Holdo não lhes dá uma.

As naves da Resistência continuaram seguindo em frente, mas Poe se perguntou se o espírito do movimento já havia se perdido.

CAPÍTULO 15

Rey desceu a velha escadaria na chuva, escolhendo seus passos com cuidado – após tudo que passara, seria mais do que ridículo escorregar e morrer ali nos degraus molhados.

Ela encontrou Chewbacca na cabine da *Falcon*, trabalhando no hipertransceptor do cargueiro.

– Ainda não conseguiu contatar a Resistência? – ela perguntou.

O Wookiee rugiu em frustração.

– Continue tentando – Rey o incentivou. – Se conseguir, pergunte qual é a situação deles e... pergunte sobre Finn.

Chewbacca prometeu que perguntaria e Rey voltou para a rampa de embarque, tirando a água da chuva de sua testa.

Ela pensou se deveria perguntar sobre a dúzia de porgs empoleirados no painel de controle observando o Wookiee trabalhar – ou sobre o porg que estava sentado amigavelmente em seu ombro peludo.

Ela achou que os porgs logo se transformariam em jantar, e o Wookiee agora usava a *Falcon* como uma despensa. Tratar a refeição de amanhã como o bicho de estimação de hoje parecia meio estranho para Rey, mas ela estava em uma grande galáxia, e cada espécie tinha direito a suas próprias excentricidades.

Chovia mais forte agora, e Rey esperava sob a *Falcon*, olhando maravilhada para o céu e ocasionalmente estendendo o braço para sentir a chuva pingando na palma da mão. A água era um bem precioso em Jakku, negociada, acumulada e disputada, e sua alegre abundância aqui ainda parecia um milagre. Ela sabia que as Cuidadoras estariam juntando a água em barris, enquanto as raízes rasteiras da grama e dos arbustos da ilha ansiosamente bebiam dela tanto quanto podiam.

Algo raspou em sua consciência e ela se virou para encarar o mar cinzento, sua felicidade dando lugar a um medo daquilo que sabia que veria.

Kylo estava encarando-a de volta.

— Cobra assassina — Rey disse quando seus olhos se encontraram.

Ele se aproximou e ela quase recuou, mas não cedeu espaço.

— Você não está aqui de verdade. Você não pode me tocar — ela disse. — Eu estou segura.

— Para alguém que está seguro, você sente um medo muito grande — Kylo respondeu. Ele olhava para ela, os olhos escuros em seu rosto pálido, e Rey percebeu que ele podia ver a espuma da onda quebrando na rocha e atingindo-a.

— É tarde demais — ela disse, determinada a quebrar seu ar de curiosidade distante. — Você perdeu. Eu encontrei Skywalker.

— E como isso está indo? — Kylo perguntou, achando graça. Mas então seus olhos ganharam vida. — Ele já contou o que aconteceu, na noite em que destruí o templo? Ele contou a razão?

— Eu sei tudo que preciso saber sobre você — ela retrucou, surpreendida.

— Sabe mesmo? — ele perguntou, e então a encarou, o olhar intenso. — Sim, sabe. Você está com aquele olhar da floresta, quando me chamou de monstro.

Ele chegou a um metro ou dois de Rey, e ela imaginou o que aconteceria se não se movesse. Será que mergulharia em sua mente outra vez, e teria de aguentar sua presença na mente dela? Será que poderiam se tocar, mesmo estando em lados opostos da galáxia?

— Você *é* um monstro — Rey disse, lembrando do terror de sua paralisia em Takodana.

Ela o encarou de volta — e encontrou seus olhos cheios de mágoa. Mágoa — e conflito.

— Sim, eu sou — Kylo disse, mas não havia ameaça em sua voz. Apenas miséria.

E então ele sumiu, deixando Rey olhando para as ondas que quebravam sobre as rochas. Ela observou o mar revolto, sem saber o que procurava, então sentiu outro raspão na consciência. Ela se virou, olhando para o alto da ilha, em meio à chuva, e viu Luke esperando por ela.

Dentro do coração metálico da *Supremacia*, Kylo olhava para onde Rey estivera. Ele sentiu algo estranho e olhou para sua mão enluvada.

Havia água na palma da mão.

Ele a observou, depois fechou o punho para escondê-la de sua vista.

CAPÍTULO 16

Finn se apaixonou por Canto Bight no momento em que sobrevoou a cidade.

Ele olhou com uma expressão incrédula para o mar, salpicado de iates modernos, e a graciosa curva da baía crescente, repleta de lindos hotéis. Para além dos hotéis, a cidade parecia uma joia brilhante. Suas largas avenidas cercavam um moderno complexo feito de vidro e azulejos escuros, banhado por luzes cintilantes de todas as cores. E depois do complexo havia um emaranhado de construções baixas de pedra, entrecruzadas por ruas estreitas muito iluminadas.

Rose preferiu não aterrissar no espaçoporto, com medo de que o transporte fosse reconhecido como uma nave da Resistência, então eles fizeram a aproximação voando baixo sobre a orla. Abaixo deles, casais passeavam sobre o tablado, admirando o pôr do sol, enquanto crianças corriam até a beira das ondas gentis, desafiando a água a atacar seus pés antes de correrem de volta para a praia onde estavam seus pais.

Finn estava tão ocupado olhando ao redor que se esqueceu de olhar para baixo. A ponta do transporte atingiu a praia, jogando BB-8 do outro lado da cabine e inclinando Rose e Finn em seus cintos de segurança antes de parar com um tremor. Finn ergueu um olhar culpado enquanto Rose se livrava do assento do copiloto, estremecendo. Ela mordeu os lábios e teve certeza de que o cinto de segurança deixaria marcas em seus ombros.

– O que foi? – Finn perguntou. – Estamos inteiros, não é mesmo?

BB-8 piou ironicamente. Rose apenas sacudiu a cabeça.

– Ainda acho que não é uma boa ideia deixar a nave aqui – Finn disse.

– Não podemos pagar por um atracadouro no espaçoporto, lembra? Nem podemos deixar registro das nossas identidades. Além disso, se você fizesse essa aterrissagem no espaçoporto, nós agora estaríamos no hospital... ou em uma cratera.

– Mas...

– Mas nada. Agora, vamos. A frota precisa de nós.

Eles correram pela praia até o tablado, depois se dirigiram para as luzes do cassino.

Quando cruzaram a praça cercada de árvores na frente do Canto Cassino e Hipódromo, Finn quase foi atingido por dois speeders de luxo – máquinas de rua poderosas com motores roncando. Um após o outro, motoristas orgânicos se apoiaram nas janelas para gritar sugestões anatômicas improváveis.

Rose respondeu ao segundo motorista com uma contraoferta que exigiria muita privacidade, e BB-8 assobiou em admiração.

– Eles não têm speeders-droides nesta cidade? – Finn perguntou, sabendo muito bem que estava ruborizado.

Rose olhou para ele com surpresa.

– Qualquer turista pode pagar para andar com um droide – ela explicou pacientemente. – Se você realmente possui créditos, você contrata ajudantes de carne e osso.

– Não pensei nisso – disse um constrangido Finn enquanto subiam pela entrada do cassino, desviando dos sinais de alerta dos campos antirroubo de speeders estacionados.

Finn desviou de um manobrista apressado e olhou para os elaborados jardins perfumados, seguindo para os letreiros holográficos que recebiam os visitantes.

— Eles têm um hotel de luxo e um pátio de compras — ele disse, maravilhado. — E vinte e dois restaurantes. Como vamos encontrar o Decodificador Mestre?

— Talvez ele nos encontre — Rose disse, correndo quando atendentes uniformizadas abriram as portas duplas com um gesto grandioso. — Tudo o que ele precisa fazer é procurar pelos dois indigentes vestidos como jóqueis de speeders cheios de graxa.

Finn entendeu imediatamente o que ela quis dizer. Eles estavam cercados por humanos e alienígenas de todas as espécies possíveis, desde os diminutos Chadra-Fan até os enormes Dor Namethianos e seus longos braços. Mas todos eles se vestiam imaculadamente: os olhos de Finn saltaram de elegantes xadores e vestidos ondulantes até finos smokings e extravagantes coletes. Cabeças usavam pequenas coroas; olhos observavam através de binóculos de teatro mantidos em posição por repulsores; orelhas, narizes e apêndices que Finn não reconhecia eram cobertos de joias de todas as cores; braços e dedos eram envolvidos por braceletes e anéis que brilhavam sob a luz; e pés e tentáculos ventrais eram mantidos no ar por calçados de salto que Finn considerava perigosamente altos, largos ou as duas coisas.

O bombardeio de cores e riqueza era tão intenso que a mais extraordinária roupa se camuflava no meio da multidão, mas todos os olhos pareciam atraídos para a jaqueta suja de Finn e o macacão de manutenção de Rose. Finn queria encontrar um buraco para se enfiar, mas Rose simplesmente olhava ao redor com desdém, dispensando uma oferta de ajuda de um funcionário. Então endireitou os ombros e marchou pelo saguão, com Finn se apressando atrás dela.

Mas, para sua surpresa, a equipe do cassino os tratou com a mesma dedicação extravagante com que tratava os outros convidados, que vestiam roupas que custavam tanto quanto uma pequena lua. Braços se abriam em acolhida e saudações eram oferecidas em línguas exóticas da Orla Exterior enquanto ele e Rose atravessavam o andar principal do cassino, com BB-8 rolando logo atrás deles.

— Este lugar é incrível! — Finn exclamou.

— Não, não é — Rose murmurou.

— Você está brincando? *É, sim.* Olha aquilo... e aquilo! E aquilo ali!

Rose olhou feio para a fileira de mesas de jogo, nas quais grupos risonhos apostavam pilhas de Cantomoedas em tudo, desde uíste Savareeano e zinbiddle Kuari até rodadas de roleta jubileu e lances de dados hazard. Em outras partes, apostadores carregando baldes dourados cercavam carrosséis de máquinas caça-níqueis flutuantes, douradas e negras com cilindros girando em suas faces. Garçons faziam malabarismo com coqueteleiras, crupiês usando chapéus tarbuche verdes e coletes da mesma cor ofereciam congratulações ou simpatia, e droides-criados andavam cuidadosamente entre a multidão, educadamente baixando a cabeça enquanto tiravam com agilidade bandejas de drinques do caminho dos já servidos e distraídos.

— Vamos encontrar o Decodificador Mestre e dar o fora daqui — Rose disse.

Enquanto vasculhavam a multidão, um pequeno alienígena de olhos negros vestido formalmente cambaleou até BB-8 e enfiou uma moeda em uma das entradas de manutenção da baia de ferramentas do droide. Confuso e um pouco ofendido, BB-8 recuou e reclamou para o apostador bêbado — que cerrou os olhos para o droide e inseriu outra moeda.

— Eu queria que a Rey pudesse ver isso — Finn disse enquanto Rose se esgueirava entre a multidão, caçando em todas as mesas a mancha escarlate de uma flor vermelha. Frustrada, ela finalmente saltou sobre uma mesa para olhar todo o salão.

— O que você está fazendo? — Finn perguntou, percebendo com nervosismo uma dupla de alienígenas vestidos de preto que ele tinha certeza que eram da segurança, já que seus olhos estavam sempre em movimento e eles nunca sorriam.

— Nossa missão, lembra? Pare de ficar babando com tudo isso, pare de ficar suspirando pela Rey e comece a procurar.

— Eu não estava suspirando pela Rey — Finn protestou.

Rose pareceu não engolir aquilo.

— Suspirando muito. *Muito*. Você estava pronto para abandonar a Resistência para ir ajudá-la. Como pode uma única pessoa significar mais para você do que toda a causa?

Finn tirou os olhos de um trio de joviais Suertons — nenhuma flor vermelha com eles — para olhar feio para Rose.

— Eu fui criado em um exército para lutar por uma causa — ele disse. — E então conheci a Rey. E pela primeira vez tive alguém de quem eu gostava, alguém por quem eu lutaria. Essa é a pessoa que eu quero ser.

Ele se preparou para mais um comentário cáustico, mas o rosto de Rose se suavizou.

— Quando ela voltar, ela será uma Jedi, como nas histórias? — ela perguntou. — Túnica marrom, uma trança caindo no ombro?

Finn riu.

— Não. Rey, uma Jedi? Não.

Ele tentou descobrir onde uma Xi'Dec prenha com ovos prenderia uma flor vermelha, mas desistiu.

— Mas ela voltará diferente — Rose disse.

— Não — ele insistiu. Rey sempre seria Rey. Ele tinha certeza disso, e ficou um pouco irritado por Rose não enxergar seu ponto de vista.

Rose olhou com uma expressão cética para ele antes de voltar a procurar entre os ricos apostadores ao redor.

— Ela está seguindo seu próprio caminho. Você precisa encontrar o seu.

— Obrigado, sábia mestra Rose.

— De nada, meu jovem.

— Quando eu a encontrar de novo, ela será apenas a Rey.

Ele sorriu para Rose, que sacudiu a cabeça e continuou procurando novos ricaços para odiar.

BB-8 permaneceu parado no chão do cassino, emitindo bipes encorajadores. O alienígena inebriado inseriu outra moeda em sua baia de ferramentas e BB-8 assobiou alegremente, piscando as luzes de diagnóstico em sua cabeça, depois ofereceu um pio tristonho. Frustrado, o apostador apanhou outra moeda de seu balde.

Rose havia encontrado um bar aberto à brisa do entardecer, ao lado do saguão do cassino. Um garçom com um longo bigode e uniforme verde e branco preparava coquetéis enquanto apostadores se sentavam sob a sombra, estudando baralhos.

Rose não gostou quando um par de clientes zombou de seu macacão de um jeito muito óbvio.

— Acho que já olhamos o cassino inteiro — Finn disse. — Onde está esse cara?

De repente, um borrão de movimento e um galopar retumbante encheram o espaço atrás do bar, fazendo copos e garrafas tremerem.

— Aquilo é o que eu acho que é? — Rose perguntou, pensando alto.

Ela correu para a porta, Finn logo atrás.

— Ei, o que aconteceu com a ideia de não se distrair? — ele perguntou.

Eles seguiram para um balcão com vista para uma pista de corrida oval adjacente ao cassino. Espectadores torciam, sua atenção direcionada para baixo, onde doze jóqueis de uniformes cintilantes montavam animais de pele amarronzada, longas orelhas e caudas compridas.

— O que são essas coisas? — Finn perguntou, admirando a maneira como suas orelhas, pernas e caudas cortavam o ar. Eles pareciam uma versão em carne e osso de modelos exóticos de caças estelares.

— Fathiers — Rose disse, hipnotizada. — O animal preferido da minha irmã quando nós éramos crianças. Ela nunca viu um de verdade. São tão lindos...

— Olha, todo esse lugar é lindo — Finn disse. — Quer dizer, vamos lá. Por que você o odeia tanto?

— Olhe mais de perto — Rose sugeriu.

Finn avistou um par de eletrobinóculos em um pedestal no balcão e olhou através deles. Os fathiers estavam na curva final. Ele podia ver as fagulhas quando os eletrochicotes dos jóqueis subiam e desciam, atingindo sem piedade e extraindo mais velocidade de suas montarias exaustas.

Sem tirar os olhos dos fathiers que corriam, Rose levou a mão até o topo de seu macacão e extraiu um medalhão que usava ao redor do pescoço.

— Minha irmã e eu crescemos em um sistema de mineração empobrecido. A Primeira Ordem extraiu nosso minério para financiar sua força militar, depois nos bombardeou para testar suas armas. Eles levaram tudo o que tínhamos.

Finn ergueu os olhos e encontrou Rose apertando o medalhão, pálida de raiva. Ela fez um gesto acusador com o braço na direção dos apostadores que torciam nas arquibancadas abaixo.

— E quem você acha que são essas pessoas? — ela perguntou a ele. — Existe apenas um negócio na galáxia que pode deixar você rico assim.

— Guerra — Finn disse.

— Vender armas para a Primeira Ordem. Eu queria poder socar toda essa linda cidade horrível.

Finn não sabia o que dizer. Enquanto buscava uma resposta, BB-8 rolou até eles, seu corpo esférico tilintando de um jeito estranho. O astromec emitiu bipes frenéticos.

— Flor vermelha? — Rose exclamou. — Onde?

CAPÍTULO 17

Rey estava diante de uma formação rochosa, praticando golpes com seu bastão.

Em Jakku, raramente negligenciava tais exercícios – ela precisava se defender contra ameaças que iam desde os bandidos Teedos até colegas sucateiros dispostos a matar por alguma peça valiosa. Mas deixara as coisas desandarem desde que chegara à ilha, e agora se arrependia.

A verdade era que ela estava enferrujada. Mas o exercício também ajudou a afastar a incerteza e a frustração que a haviam envolvido. Ali não havia conselhos gnômicos de Jedi ou visitas malévolas para enfrentar – apenas a necessidade de manter seu bastão girando e atacando.

Rey não permitiu a si mesma um descanso até estar suando muito e seus braços e ombros estarem doendo. Apoiando-se no bastão, ignorando os curiosos porgs que circulavam acima, ela avistou o sabre de luz de Luke em sua bolsa entreaberta.

Será que ela deveria?

É claro que sim.

O sabre de luz parecia diferente em suas mãos – mais pesado e sem o impulso adicional que o contrapeso do bastão fornecia. Mas os princípios não eram tão diferentes. E o sabre de luz, por algum motivo, parecia *vivo* em suas mãos — como se algo dentro dele estivesse ao mesmo tempo focalizando sua força e guiando seus golpes e defesas. Sua percepção da energia ao redor parecia mais afiada, e a música da lâmina parecia estar em sintonia com as correntes da Força que a cercavam, amplificando-as.

Ela já não notava o suor escorrendo pelo rosto ou a fadiga pesando seus braços e pernas. Havia apenas o movimento de seu corpo e o sabre de luz, movendo-se como uma coisa só. Golpeando e defendendo, girando e saltando, até a distinção entre arma e pessoa desaparecer.

— Impressionante — Luke disse.

O som de sua voz a tirou de seu transe. Virando-se para olhar para ele, Rey cambaleou levemente, seu golpe continuando a trajetória até cortar a rocha em vez do ar.

O sabre de luz dividiu a formação rochosa que servia como companheiro de treinamento e o topo deslizou para o lado, desaparecendo além da borda do penhasco. Terra e rochas voaram no ar, junto com tufos de grama e porgs indignados.

Com Luke observando quase como se estivesse se divertindo, Rey desativou a arma e olhou para o desfiladeiro. A enorme pedra havia destruído um carrinho de uma Cuidadora e deixado uma longa cicatriz descendo por toda a encosta até o mar. Lá embaixo, duas Cuidadoras conversaram indignadas, depois ergueram os olhos e olharam para Rey com desaprovação.

Os sóis desciam na direção do horizonte quando Rey e Luke entraram no templo Jedi, encarando um ao outro de cada lado da fonte no centro do antigo espaço.

— Então — Rey disse.

— Então.

Ela sacudiu a cabeça.

— Não, você começa dessa vez.

— Eu lhe mostrei que você não precisa dos Jedi para usar a Força — Luke disse. — Então, por que precisa da Ordem Jedi?

Rey olhou para ele. Certamente era mais um de seus testes. Ela conhecia as histórias sobre as coisas que ele conseguia fazer com a Força. Ela viu com seus próprios olhos o que Kylo conseguira fazer com aquela energia. E ela sentiu — com uma mistura de medo e expectativa — o que seus próprios poderes nascentes poderiam algum dia permitir que ela fizesse.

Mas uma pessoa não poderia enfrentar sozinha um exército como o da Primeira Ordem. Por mais poderosa que fosse.

— Para lutar contra a escuridão crescente — Rey disse. — Eles mantiveram a paz e protegeram a luz na galáxia por mil gerações... e posso ver no seu rosto que todas as palavras que acabei de dizer estão erradas.

Luke sorriu e estudou o mosaico no chão. Ela imaginou há quanto tempo aquele desenho foi criado, e por quais mãos.

— Você acertou as "mil gerações" — ele disse. — Segunda lição. Agora que estão extintos, os Jedi foram romantizados, endeusados. Mas, se você tirar o mito e olhar para seus feitos, desde o nascimento dos Sith até a queda da República, o legado dos Jedi é de fracasso. Hipocrisia. Soberba.

— Isso não é verdade! — ela protestou, encarando seu rosto, chocada. Se ele era o último da Ordem, a galáxia precisava que ele fosse seu guardião, seu preservacionista. Ela já estava cheia daqueles que queriam ver os Jedi desacreditados, enterrados e esquecidos.

Mas aquilo não era um teste.

— No auge de seu poder, os Jedi permitiram a ascensão de Darth Sidious, a criação do Império e sua própria destruição — Luke disse. — Foi um Mestre Jedi o responsável pelo treinamento e pela criação de Darth Vader.

— E foi um Jedi quem o salvou! — Rey retrucou. — Sim, o homem mais odiado da galáxia, mas *você* enxergou o conflito dentro dele.

Você acreditou que ele não havia partido para sempre, que ele ainda poderia voltar.

Ela não entendia. Já era perturbador o bastante Luke ter rejeitado o legado dos Jedi. Mas, seja lá o que havia acontecido com ele, também o levou a rejeitar seu próprio legado. Não pela primeira vez, ela se perguntou se ele havia enlouquecido durante os anos no exílio.

Mas o homem barbado vestindo lãs rústicas não parecia insano. Apenas profundamente triste.

— E eu me tornei uma lenda — Luke disse. — Por muitos anos houve equilíbrio. Não tomei nenhum Padawan, e nenhuma escuridão surgiu. Mas então vi Ben, meu sobrinho, com aquele poderoso sangue dos Skywalker. Em minha soberba, pensei que poderia treiná-lo, que poderia repassar minhas forças. Que poderia não ser o último Jedi.

Seus olhos agora estavam distantes, interrogando o passado. Rey imaginou se ele revivia aquela época sombria todos os dias, torturando-se no topo da ilha como quando ela o encontrara pela primeira vez, ou se nunca fazia isso — se foi sua chegada que o forçou a confrontar os eventos que o fizeram se afastar de sua família e amigos e desaparecer.

— Han... agiu como o Han sobre isso. — Luke disse. — Mas Leia confiou seu filho a mim. Eu o levei junto com uma dúzia de outros estudantes e fundei um templo de treinamento. E, quando finalmente reconheci que eu não era páreo para a escuridão que crescia dentro dele, já era tarde demais.

— O que aconteceu? — Rey perguntou gentilmente.

Ben Solo — não mais um garoto, mas não ainda um homem — abre os olhos, surpreso e alarmado. Seu tio Luke veio até seu aposento, à noite, e agora para diante dele. Não há sinal de problemas — Luke está desarmado —, mas o rosto de seu Mestre está marcado pela preocupação. E a Força ferve com um perigo iminente.

A mão de Ben se ergue, não em direção a Luke, mas para além dele, para as pedras no teto. Incitando as pedras a obedecerem seu comando e desabarem sobre a cabeça de Luke. Para esmagá-lo e enterrá-lo.

— Ele deve ter pensado que eu estava morto — Luke disse. — Quando acordei, o templo estava queimando. Ele havia partido com um punhado dos meus estudantes e massacrado o resto. Leia culpou Snoke, mas fui eu quem destruiu aquela família. Eu fracassei. Porque era Luke Skywalker, Mestre Jedi. Uma lenda.

Ele disse essa última palavra como se fosse algo terrível — um fardo e uma maldição. Mas Rey não tirou os olhos dele.

— A galáxia pode precisar de uma lenda. Eu preciso de alguém para mostrar o meu lugar em tudo isso. E você não fracassou com Kylo. *Ele* fracassou com *você*. Eu não fracassarei.

Luke olhou para ela com uma expressão séria e, quando falou, foi quase um sussurro.

— Não sei quem é mais perigoso: o pupilo que quer me destruir, ou aquele que quer se tornar igual a mim.

Por um longo momento não houve outro som além do vento. E então Rey sentiu: algo estava chegando. Ela saiu até a pedra de meditação, alta sobre o mar, e olhou para o horizonte. Seis embarcações — construções rústicas de madeira — estavam se aproximando na direção da ilha.

Rey ficou tensa. Eles tinham sido descobertos.

— É uma tribo de uma ilha vizinha — Luke disse atrás dela.

Aliviada, os ombros de Rey relaxaram.

— Eles vêm uma vez por mês para atacar e pilhar a vila das Cuidadoras — ele acrescentou.

Rey correu para a ponta da pedra, tentando calcular o curso das embarcações. Seu coração começou a martelar. Os barcos realmente estavam se movendo um pouco ao norte, perfeitamente posicionados para contornar a orla e desembarcar na baía onde as cabanas das Cuidadoras ficavam.

— Então vamos lá! — ela apressou Luke. — Precisamos impedi-los!

Mas ele apenas continuou parado na pedra, contemplando os barcos e o mar. Ela o encarou, incrédula.

— Vamos! — ela disse.

— Você sabe o que um verdadeiro Jedi faria agora? — Luke perguntou, como se tivessem todo o tempo do mundo. — Nada.

— *O quê?* Isso não é uma lição, elas vão se machucar! Precisamos ajudá-las!

— Se você receber os bandidos com força, eles voltarão no mês seguinte: em maior número e com mais violência. E *você* estará aqui no mês que vem?

Frustrada, Rey observou os barcos cortando através da água, cada momento trazendo-os mais perto da vila indefesa. Seus sentidos pegavam fogo, bombardeando-a com imagens: ovos despedaçados, ondas quebrando, ossos partidos e fogo na noite.

— Esse fogo dentro de você, essa raiva ao pensar sobre o que os bandidos farão? — Luke perguntou. — Os livros na biblioteca Jedi dizem para ignorar isso. Apena aja quando você puder manter o equilíbrio. Mesmo se as pessoas se machucarem.

Ah, é mesmo? Bom, então dane-se o que esses livros velhos falam.

Rey passou por Luke, se esgueirou pela entrada do templo e partiu correndo na direção da escadaria.

— Espere! — ela ouviu o Mestre Jedi chamar. — Rey!

Mas Rey havia esperado tempo demais.

O Decodificador Mestre era exatamente como Finn havia imaginado: um jovem humano, com uma generosa faixa branca em seus cabelos e um fino bigode perfeitamente aparado. Ele vestia um imaculado smoking de gaberlá com uma faixa de couro, um anel de platina – e, sim, um broche na lapela que se parecia com uma flor vermelha.

Ele participava de uma mesa de jogo, cercado por uma plateia fascinada, segurando um par de dados em uma das mãos. Ao seu lado, havia uma mulher alta e ruiva cujo cabelo geométrico parecia levitar sobre um vestido oriental decorado com uma intrincada renda entrelaçada.

O Decodificador Mestre piscou para a mulher ruiva, depois lançou os dados. Eles correram a mesa aos saltos e a plateia rugiu com excitação.

O tempo parecia andar mais devagar enquanto Finn atravessava a multidão, seguido por Rose e BB-8, ainda tilintando. Por algum motivo, ele sabia que tudo daria certo. Seria em cima da hora, é verdade – a frota estaria rodando no limite do combustível quando eles voltassem –, mas tudo ficaria bem.

Um Abednedo de cara enfezada entrou na sua frente, invadindo seu espaço pessoal. Mais confuso do que irritado, Finn se virou para passar por ele.

– Sim, esses são os caras – o Abednedo disse.

Antes que Finn pudesse protestar ou mesmo entender o que estava acontecendo, dois policiais se aproximaram, dizendo algo sobre estacionar. Ou talvez sobre jogar lixo na rua. Finn não sabia com certeza – ele perdeu o fio da meada quando viu os policiais sacarem seus bastões de atordoamento e erguê-los.

Isso vem acontecendo muito ultimamente, ele pensou um momento antes de uma corrente elétrica atravessar seu corpo, o mundo ao redor encolhendo até se tornar um túnel estreito, e então tudo escureceu.

Descer os degraus estava demorando demais, então Rey deslizou pela encosta que descia do templo, depois atravessou correndo o topo da ilha, espantando porgs aninhados e apanhando o sabre de luz de Luke de dentro da bolsa.

Ela passou pela árvore que abrigava os textos Jedi e alcançou a trilha sinuosa que levava para a vila das Cuidadoras. Já estava escurecendo e ela ofegava. Rey podia ver as luzes lá embaixo – e, através da penumbra, as formas dos barcos dos bandidos que se aproximavam da encosta rochosa.

O medo emprestou a Rey uma velocidade extra. Medo e raiva. Luke disse que os bandidos apareciam todos os meses. Isso significava que aquele ataque aconteceu muitas vezes durante seu exílio. Quantas noites ele passou emburrado no topo da ilha, sem fazer nada, enquanto aquelas que o serviam eram deixadas para sofrer?

Ela não entendia como alguém poderia fazer isso – então aquela seria a última vez que aconteceria. Ela foi testemunha da destruição do sistema Hosnian; com a Primeira Ordem marchando, outros mundos estavam sob o risco de sofrerem o mesmo destino. Mas aquela vila seria poupada. Ao menos naquele pequeno canto da galáxia, haveria justiça.

Ela atravessou correndo uma piscina natural e seu dedo encontrou o ativador do sabre de luz, o brilho manchando de azul a água ao seu redor. Ela sentiu o peso como uma promessa de retribuição, e o zumbido da antiga arma Jedi parecia ansioso aos seus ouvidos.

Quando se aproximou da vila, seus pés espalhando pedras soltas pelo chão, ela ouviu gritos e algazarra à frente. Rey cortou um portão de madeira, o sabre de luz erguido sobre a cabeça...

... e parou de repente, chocada.

Mesas estavam repletas de pratos com peixes, ovas e algas marinhas. Velhas senhoras Cuidadoras entornavam grog em canecas de pedra e as repassavam para uma multidão de machos e fêmeas, dançando energeticamente com suas pernas finas ao som de tambores e instrumentos de sopro. Os bandidos, Rey agora via, eram da mesma espécie das Cuidadoras, mas vestiam tocas de lã e casacos quentes e pesados, próprios de marinheiros.

Ela havia interrompido uma festa.

Os festeiros se viraram para Rey em sua postura de deusa da guerra, os dentes cerrados e arma em punho. Eles a receberam com gritos alegres, balançando algas kelp cheias de pontos fosforescentes sobre suas cabeças. Rey acenou meio sem jeito com o sabre de luz e eles gritaram ainda mais alegres.

Ela sentiu dores no corpo quando a adrenalina se esvaiu, deixando-a trêmula e um pouco enjoada.

No limiar da multidão, ela avistou Chewbacca com uma caneca, um punho peludo apoiado no domo de R2-D2. O Wookiee rugiu um convite alegre e o astromec emitiu um bipe simpático.

– Sério? – Rey perguntou.

Ela estava observando o luar refletido no oceano, ainda furiosa, quando Luke finalmente desceu a encosta até a vila. Ele chegou ao seu lado, mas ela se recusou a olhar para ele.

– Atacar e pilhar? – ela perguntou quando não aguentou mais o silêncio.

– De certo modo.

– Isso foi uma piada?

Ao menos ele teve a decência de parecer acanhado.

– Desculpe, eu não achei que você fosse... Você saiu correndo tão rápido.

Os músicos começaram a tocar uma canção cuja melodia Rey achou linda, porém triste. A música a fez pensar em solitárias jornadas atravessando mares vastos e incertos.

Luke ofereceu a mão para Rey. Era um convite para dançar, ela percebeu. Ela desviou os olhos, corada e envergonhada.

– Nunca dancei antes – ela admitiu.

Luke sorriu.

– Você também nunca lutou sozinha contra um bando de bandidos Bonthianos.

– Sim, mas dançar dá *medo*.

Ela tomou sua mão, áspera pelo trabalho e pelo clima, e olhou para baixo para saber como posicionar os pés corretamente, tentando copiar sua postura. Ele ofereceu um sorriso de incentivo e eles começaram a dançar, seus passos formando quadrados sobre a pedra e o cascalho, ao ritmo dos tambores.

Luke, ela pensou, era um bom dançarino. Ela seguiu seus movimentos, suas mãos juntas, a lua brilhando e a festa se voltando para eles.

— Pensei que elas estavam em perigo — Rey disse. — Eu estava tentando fazer alguma coisa.

— E é disso que a Resistência precisa. Não de uma velha religião já em cacos. Você entende agora?

Ela soltou sua mão.

— Eu entendo que por toda a galáxia nossos verdadeiros amigos estão morrendo. A lenda de Luke Skywalker que você odeia tanto? Eu acreditei nela. Estava errada.

E deixou-o sozinho no limiar da festa, seu contorno marcado pelo reflexo da lua no mar.

CAPÍTULO 18

Todos na Resistência sabiam que esperar pacientemente não era um dos fortes de Poe Dameron.

Atrás do manche de um X-wing havia inimigos, amigos e não combatentes, e uma passada ou duas podia identificar quem era quem. Ele sabia o tamanho do estrago que podia causar e o estrago que podia sofrer e tomava decisões de acordo.

E, se as coisas dessem errado, bom, BB-8 geralmente conseguia consertar.

De repente, nada disso era verdade. A maior parte dos caças da Resistência, incluindo a *Negro Um*, fora transformada em poeira espacial – e voar em um dos poucos caças remanescentes para dentro das garras de trinta Destróieres Estelares seria suicídio, mesmo para um piloto hábil como Poe.

Até mesmo BB-8 não estava mais lá – após algumas horas procurando, Poe entendeu que o astromec havia se juntado a Rose e Finn em sua missão improvisada.

Poe não culpava o droide. Era o que ele próprio queria fazer.

Quanto a Holdo, Poe havia evitado a ponte temporária do cruzador desde seu confronto com ela – ele não ajudaria em nada se perdesse a cabeça e acabasse confinado nos dormitórios. Então ele agora circulava entre o refeitório, as instalações médicas e a sala de prontidão, checando seus pilotos sobreviventes e tentando mantê-los motivados.

Mas aquilo não estava funcionando, e ele sabia disso tão bem quanto os pilotos. Havia um clima pesado nos níveis inferiores do cruzador, com relatos de mais membros desmoralizados tentando alcançar as cápsulas de escape.

Poe entendia aquele desespero. As duas naves sobreviventes da Resistência permaneciam fora do alcance das armas da Primeira Ordem, mas não havia para onde fugir. A única coisa que mudava era o nível de combustível, cada vez mais próximo do zero. Quanto tempo mais até os tanques secarem? Seis horas? Sete, se tivessem sorte? E, sob essas circunstâncias, será que uma hora a mais realmente ajudaria?

Ele checou seu comlink, pensando na reduzida chance de que pudesse ter perdido uma mensagem de Finn e Rose nos quatro ou cinco minutos desde que o checara pela última vez.

Nada.

Poe tentou imaginar que isso era porque eles haviam acabado de alcançar a sala do rastreador da nau capitânia que os perseguia e estavam prestes a liberar a Resistência de sua própria destruição em câmera lenta – e não estavam, digamos, mortos ou algemados em alguma sala de interrogatório da Primeira Ordem.

Enquanto perambulava pela *Raddus*, a mente de Poe continuava remoendo o problema de Holdo. Se a nova comandante fosse um amigo no campo de batalha, ela era do tipo que você não queria como seu ala.

Mas e se fosse algo pior? E se na verdade fosse mais um inimigo?

Poe achava isso difícil de acreditar, mas as intenções de Holdo eram irrelevantes. Suas ações – ou a falta de ações – deixaram a Resistência sem rumo e em desespero, no momento em que mais precisava de alguma esperança.

Poe percebeu que suas andanças o levaram de volta para o nível dos oficiais – e à cabine de Leia. Ele se recompôs e acionou o controle da porta, depois entrou na instalação médica improvisada. Dois droides médicos olharam brevemente de suas estações ao lado da cama, perto de C-3PO, depois retornaram aos seus trabalhos.

Poe assentiu para C-3PO e se inclinou sobre a líder da Resistência. Ela estava pálida e imóvel, seus olhos fechados.

Poe se espantou, e não pela primeira vez, com o quanto Leia era pequena – uma mulher miúda de aparência delicada, quase desaparecendo no colchão e na maca ao seu redor. Era uma impressão que muitas pessoas tinham dela quando a conheciam – e isso desaparecia assim que ela abria a boca. Sua determinação, sua ferocidade e sua pura força de vontade desmentiam seu tamanho e deixavam seus interlocutores se lembrando dela como se fosse muito maior.

– Como ela está, 3PO? – Poe perguntou, querendo ajeitar uma mecha de cabelo na testa de Leia, mas sem ousar um gesto tão familiar.

– Os sinais vitais estão estáveis, Capitão Dameron – o droide de protocolo respondeu. – A maior parte do trauma que ela sofreu veio da onda de pressão causada pela explosão. Embora eu não seja programado como um droide médico, Capitão, obviamente sou mais do que capaz de interpretar as informações deles para o pessoal que não possui tal especialidade. Portanto...

A mente de Poe começou a divagar enquanto C-3PO tagarelava sobre ebulismo, hipóxia e exposição à radiação solar. Ele olhava para Leia, implorando para que acordasse, para que retornasse para as pessoas que tanto precisavam dela.

– Parece que você não me ouviu, Capitão Dameron – C-3PO dizia, um pouco irritado.

– Desculpe, 3PO, o que foi essa última parte?

– Para reiterar, Capitão: não é minha posição dizer isso, mas por que você não coloca um pouco mais de fé na Almirante Holdo? A princesa certamente colocava.

– Vou levar seu conselho em consideração, 3PO – Poe disse.

Era verdade que Leia Organa não entregava sua confiança facilmente, e sua amizade era algo muito mais raro do que isso. Mas todos cometem erros – mesmo a general.

E todos os pilotos de caça sabiam que um único erro, se cometido no momento errado, podia ser fatal.

CAPÍTULO 19

Rose não desistiria.

No momento em que avistou o uniforme cinza e azul do Departamento de Polícia de Canto Bight no meio do ambiente soturno da prisão, correu para as barras da cela gritando que ela e Finn precisavam ser libertados naquele instante, ou ao menos ter acesso a um advogado.

— Isso é um grande equívoco! — ela insistiu, o guarda passando por perto, mirando seu bastão brilhante nos prisioneiros que tentavam dormir nas celas vizinhas. — Nós não fizemos nada!

— Vocês acidentaram seu transporte em uma praia pública — o guarda disse, sem nem olhar para ela.

— Oh, desculpe... nós quebramos a areia? Areia não quebra!

O guarda, indiferente, continuou a ronda.

— Ei, não... Aaahhh — Rose murmurou quando o guarda virou o corredor e desapareceu.

Ela murchou segurando as barras. Sem o guarda por perto, Finn se esgueirou no canto da cela e começou a mexer na fechadura da porta, tentando se lembrar das técnicas de infiltração que aprendera havia muito tempo em seu treinamento com a Primeira Ordem.

Rose andava nervosamente em círculos, avaliando os arredores mais uma vez. Até onde sabia, os prisioneiros com quem compartilhavam a cela estavam dormindo, incapacitados ou possivelmente mortos. Ali não haveria ajuda alguma — e, até onde podia ver, a tentativa de Finn de abrir a fechadura era um exercício de teimosia, não de perícia.

— Então, depois que isso obviamente funcionar, qual é o plano? — ela perguntou.

Finn forçou a fechadura. Algo emitiu um bipe. Rose olhou, surpresa e esperançosa, apenas para ver um painel adicional surgir e cobrir o mecanismo da tranca.

Finn se apoiou na parede e soltou o ar dos pulmões em frustração.

— Esse fracasso *era* o nosso plano — ele disse. — Sem um ladrão para nos colocar dentro daquele Destróier, o plano furou. Nossa frota está sem tempo. Estamos acabados. O que significa que a Rey está acabada.

Rey, Rey, Rey, como sempre. Rose deu um passo na direção de Finn, dessa vez determinada a esganá-lo. O que aconteceria se ela fizesse isso? Ela iria para a cadeia?

— Por que eu confiei em você? — ela perguntou com irritação.

— Cara de bebê — Finn a lembrou.

— Você é um traidor egoísta.

Finn ergueu os olhos.

— Porque eu quero salvar minha amiga? Você faria a mesma coisa.

— Não faria não — Rose insistiu.

— Não? Se tivesse a chance, você não salvaria a sua irmã?

Aquilo foi demais. Rose se virou, deu dois passos e o empurrou.

Sua fúria chocou Finn e o silenciou. Ele parecia tão assustado — e magoado — que Rose sentiu sua raiva diminuindo, substituída por uma profunda sensação de cansaço. Tudo estava acabado. Eles estariam naquela cela enquanto a Resistência morria, e seja lá o que acontecesse com eles depois não importava.

— Hum, eu consigo fazer isso — alguém disse.

— O quê? — perguntou Rose, mais irritada do que curiosa.

Um dos prisioneiros se sentou no banco e agora olhava para eles como se tivesse acabado de acordar. Ele parecia um maltrapilho, desde seus cabelos desarrumados e a barba por fazer até sua jaqueta surrada e as calças pretas sujas.

O homem realizou um inventário preguiçoso de suas posses – um par de botas gastas com os cadarços amarrados um ao outro e um boné amarrotado – e começou a se coçar, seus dedos entrando em lugares dos quais seria melhor cuidar em privacidade.

– Desculpem – o homem disse de um jeito arrastado. – Não pude deixar de ouvir toda aquela coisa chata que vocês estavam falando enquanto eu tentava dormir. Decodificador? Ladrão? Eu consigo fazer isso.

Ele ergueu os dois polegares para cima.

– Eu.

– Então, não estamos falando sobre bater carteiras – Finn disse.

Um sorriso selvagem se abriu no rosto do homem.

– Aaaah, pois é. Não julgue um livro pela capa, meu amigo. Eu e os códigos da Primeira Ordem somos velhos conhecidos. Se o preço for bom, posso colocar vocês dentro do quarto de dormir do Velho Snoke.

– Então, não, obrigado – Finn disse, ao mesmo tempo que Rose assegurava àquela pilha de roupas sujas que eles não precisavam de sua ajuda.

O ladrão – se é que ele era isso mesmo – apenas deu de ombros.

– Além disso, se você é um ladrão tão bom, o que está fazendo aqui? – Finn perguntou.

O ladrão baixou a mão e apanhou seu boné, colocando-o na cabeça e fazendo uma vaga tentativa de arrumá-lo no lugar. Uma placa de metal barato na frente do boné exibia a seguinte frase: DON'T JOIN.[1]

– Irmão, este é o único lugar na cidade onde eu posso dormir um pouco sem me preocupar com policiais – ele disse, calçando as botas.

---

1   Lema do personagem. Em inglês, "não se junte", "não se aliste". (N.T.)

Quando terminou, DJ – foi assim que Rose decidira nomeá-lo – andou até a porta da cela com os passos hesitantes de alguém de ressaca ou ainda bêbado. Ele olhou com os olhos cerrados para a fechadura enquanto Finn observava, curioso e achando graça.

— Hatukga – DJ praguejou. Ele começou a mexer, ajustando algo, ajustando outra coisa, e então bateu na fechadura. A porta se abriu sem fazer barulho e ele saiu andando para fora da cela, deixando Rose e Finn olhando de queixo caído.

Um alarme disparou. Rose e Finn trocaram um olhar assustado, passaram pela porta e começaram a correr.

Às vezes a pior coisa sobre ser um droide era também a melhor coisa: ninguém prestava atenção em você.

Após serem retirados bruscamente do cassino, BB-8 observara, incapaz de interceder, um speeder policial levar embora Rose e Finn. Um mapa de Canto Bight sugeria um destino lógico: a cadeia local. Então BB-8 se dirigiu para lá, desviando de luxuosos veículos e speeders customizados, irritando-se apenas um pouco com as moedas tilintando dentro de seu corpo.

Quando o droide alcançou a cadeia, Rose e Finn já haviam dado entrada no sistema e uma autorização para prendê-los fora expedida, aguardando agora apenas o julgamento e a sentença. Ativando uma sub-rotina hacker que já se provara útil para tirar Poe de várias enrascadas, BB-8 mergulhou nos registros jurídicos de Canto Bight. Após pesquisar por um momento, ele assobiou tristonho: quando Rose e Finn se tornassem elegíveis para fiança sob procedimentos normais, as chances de salvar a frota da Resistência despencaria de poucas para nenhuma.

Bom, então era hora de não seguir as regras.

Enquanto rolava pelo estacionamento de speeders em frente à cadeia, BB-8 acessou sua memória primária de imagens dos fotorreceptores, revisando o valor das Cantomoedas que ele havia acumulado enquanto fingia ser um caça-níqueis. Infelizmente, a quantia – embora servisse para pagar por vários meses de banhos de óleo de alta qualidade – seria insuficiente para persuadir um oficial jurídico a apagar as acusações do sistema.

Isso era decepcionante, mas não inesperado. Aparentemente, uma abordagem mais direta seria necessária – uma que BB-8 concluiu que merecia uma pausa para consideração eletrônica.

A suíte computacional de BB-8 continha dezenas de milhares de sub-rotinas, desde aquelas acessadas quase diariamente (reconhecimento facial e avaliação de ameaças contra orgânicos) até outras que nunca foram inicializadas (não era impossível que imitar os chamados de acasalamento da vida marinha de Zohakka XVII ainda pudesse se provar útil).

Nenhuma das sub-rotinas de BB-8 mostrava um resultado favorável para os cenários mais prováveis que aconteceriam quando ele entrasse na cadeia – uma suíte tática de ataque com um conjunto de armas seria ideal, mas o astromec não possuía nenhuma dessas coisas.

Porém, BB-8 havia aprendido algumas coisas com Poe ao longo dos anos.

Humanos e outros orgânicos eram perigosamente suscetíveis a erros de muitas maneiras: às vezes eles não registravam estímulos importantes, insistiam em ignorar dados de que não gostavam e esqueciam coisas que desesperadamente precisavam lembrar. Qualquer droide que se preze lidaria com essas falhas com uma rápida sessão de diagnóstico e desfragmentação da memória.

Porém, orgânicos compensavam isso – ao menos um pouco – com um talento para enfrentar problemas com pedaços simultâneos de múltiplas sub-rotinas ao mesmo tempo, aquilo que eles chamavam de improvisação.

BB-8 gostava de pensar que ele também havia desenvolvido um talento para isso.

Ao menos a entrada na cadeia se mostrou trivial – BB-8 consultou um mapa, dirigiu-se para a entrada de funcionários e simplesmente rolou entre vários oficiais que compartilhavam estratégias questionáveis para apostas em corridas de fathiers enquanto trocavam rumores sobre a Gangue Nojonz.

Como sempre, ninguém prestava atenção em droides.

O momento da improvisação veio quando ele entrou na carceragem – onde foi necessário que BB-8 esperasse por um guarda que começou seu turno e usou seu crachá para entrar, completamente ignorando o astromec rolando ao seu lado. Assim que o recém-chegado terminou de conversar e se juntou a um jogo de sabacc com os outros dois guardas, BB-8 entrou em ação. Sua sub-rotina de descontaminação e eliminação de corpos estranhos permitia que atirasse moedas como uma metralhadora, forçando humanos a se defenderem; seu eletrobastão podia ser usado com um nível de intensidade que os paralisaria; e seus lançadores de cabo-líquido eram adequados para prendê-los e torná-los incapazes de persegui-lo.

BB-8 havia acabado de terminar seu trabalho e estava se sentindo um pouco orgulhoso quando os alarmes da cadeia dispararam. Um momento depois um humano malvestido que precisava de um banho virou o corredor e quase tropeçou no astromec.

A rede de avaliação de ameaças de BB-8 foi incapaz de categorizar o recém-chegado – dados insuficientes. Mas, julgando por sua aparência, ele não era um guarda.

– Você fez isso? – o humano perguntou, olhando para os guardas inconscientes com um tom de voz que os sensores auditivos de BB-8 reconheceram como uma mistura de admiração e divertimento.

Antes que o droide pudesse responder, outro guarda apareceu correndo na carceragem, empunhando um blaster. BB-8 disparou uma saraivada de moedas sobre o homem, forçando-o a erguer o braço para se proteger. Enquanto estava distraído, o humano socou a cabeça do guarda, deixando-o imóvel no chão.

Quando o homem maltrapilho começou a juntar as moedas, ele olhou para BB-8 e sorriu de um jeito irônico.

– Então, qual é a sua história, roliço?

CAPÍTULO 20

Rose corria pela carceragem atrás de Finn, aliviada com o fato de os alarmes ao menos mascararem o som de seus passos. Em cada lado deles, humanos e alienígenas encardidos se pressionavam contra as barras de suas celas, gritando para saírem, encorajando ou simplesmente aproveitando a algazarra para quebrar a monotonia da prisão.

Em meio ao barulho, Rose ouviu gritos atrás dela. Finn parou de repente e ela quase trombou com suas costas largas. Antes que pudesse protestar, ela avistou o brilho de bastões na penumbra à frente.

Eles estavam presos.

Rose olhou ao redor freneticamente – e avistou uma grade no chão. Um cheiro horrível subia de lá.

– Finn! Ajuda aqui!

Finn agarrou a grade e a forçou, os dentes cerrados. O metal gemeu e a grade se soltou. Rose se apressou para descer uma escada frágil até a escuridão, Finn se apertando no buraco depois dela.

– Coloque a grade de volta no lugar! – ela gritou para ele.

– Não consigo... Não até o fim – ele respondeu, sua voz mostrando todo o seu esforço. – É pesada demais.

– Então esquece – Rose disse, e a escada sacudiu quando ele começou a descer.

Eles estavam agora em um esgoto de pedra, com o teto baixo demais para Finn se levantar sem curvar-se um pouco. Felizmente, havia apenas um fio de água fétida fluindo no meio do espaço.

— Para que lado? — Rose perguntou, olhando para a esquerda e para a direita e tentando prender a respiração. — O cheiro está pior desse lado. Vamos por aqui.

Antes de dar mais do que um passo, Finn agarrou seu braço.

— Por aí é uma descida — ele notou.

— E daí?

— E se acabar saindo no mar?

— Então acaba saindo no mar.

— E se acabar saindo no *meio* do mar? Por quanto tempo você consegue prender a respiração?

— Vamos precisar prender a respiração seguindo por aquele lado também — Rose retrucou. — Ou vamos sufocar.

— Daquele lado pelo menos tem ar.

— Ar *ruim*.

Eles olharam feio um para o outro. Então uma bota chutou a grade acima deles.

— Vamos por *aqui* — Finn disse, apontando para a direita.

— Vamos por *aqui* — Rose disse ao mesmo tempo, apontando para a esquerda.

— Como vamos resolver isso, com uma rodada de wonga winga? — Finn perguntou.

Foi a ideia mais estúpida que Rose já ouvira. E ela não conseguia pensar em nada melhor. Ela jogou as mãos para cima, contrariada, enquanto Finn erguia um dedo, apontando para a esquerda.

— Wonga winga cingee wolho, qual dos lados eu escolho? — eles recitaram juntos, os dedos de Finn oscilando para a frente e para trás, como um pêndulo. — Estrelinha que voou, pra que lado eu vou?

O jogo mostrou o lado direito, na direção do ar ruim. Finn sorriu. Rose fechou o rosto e seguiu atrás dele, para dentro do ar fétido.

— Eu não sabia que eles ensinavam wonga winga na Divisão de Stormtroopers — Rose murmurou.

Finn olhou para trás sobre o ombro, com um sorriso irritantemente presunçoso em seu rosto.

— Eles também ensinam que você sempre ganha se começar com a opção que você *não* quer.

— Trapaceiro — Rose resmungou. Mas ela não conseguiu evitar um sorriso, mesmo que pequeno.

O túnel continuou por cerca de um quilômetro, pouco iluminado por uma faixa de luz de manutenção. O cheiro piorava cada vez mais, até os olhos de Rose lacrimejarem e ela pensar que ia vomitar. Quando Rose já se preocupava achando que o túnel nunca acabaria, eles encontraram outra escada — uma que emergia de um morro escuro cuja origem Rose entendeu imediatamente qual era.

— Você primeiro — ela disse, virando-se com repugnância. Ela pensou que até mesmo Paige — que amava todos os animais, desde tookas até fungos pegajosos — teria preferido pular aquela experiência em particular.

Finn deu de ombros e subiu a escada, prestando menos atenção em onde pisava do que Rose prestaria. Ela o seguiu com mais cuidado, fazendo caretas até emergir perto dele, em um espaço escuro, mal iluminado.

— Que cheiro ótimo — Finn disse ironicamente, raspando sua bota contra o topo da escada. Olhou ao redor, confuso. — Onde estamos?

Eles estavam em um longo corredor cheio de pilares de tijolo e pedra, com portões de madeira de cada lado e um chão cheio de palha. Rose franziu o nariz — havia um forte cheiro ali em cima também.

Uma enorme cabeça esbranquiçada apareceu sobre o portão de madeira ao lado deles, olhando-os com curiosidade. Tinha orelhas longas, quase como asas, olhos profundos e preocupados e um pequeno nariz.

Surpreendido, Finn escorregou e caiu no chão do estábulo. Ele gemeu, mas Rose o ignorou. O animal era um fathier.

Mais cabeças apareceram sobre os portões. Alguns dos fathiers tinham pálidas cicatrizes sobre o couro.

Movendo-se lentamente para não os assustar, Rose olhou sobre o portão do primeiro fathier, que a farejava de cima e como que murmurava. O animal em si não cheirava mal – seu odor lembrava Rose de grama e suor, porém levemente picante. Sua cocheira era apenas um pouco maior do que o próprio animal – não havia espaço suficiente para se deitar ou se virar.

E no meio de toda essa riqueza.

Com um sobressalto, um pequeno garoto se levantou atrás do fathier, recuando até onde sua cama improvisada encontrava a parede. Ele olhou para Rose, assustado, e rapidamente levou a mão até um botão vermelho na parede.

— Não, não, não! — Finn gritou.

— Nós somos da Resistência! — Rose disse ao mesmo tempo.

O garoto olhou para ela por baixo de seu boné com uma expressão incrédula. Rose se lembrou de seu anel – aquele que Fossil havia lhe dado em memória de sua irmã. Ela ativou o mecanismo escondido na lateral, revelando a insígnia da velha Aliança Rebelde.

O fathier relinchou, melancólico. Rose prendeu a respiração enquanto o garoto estudava o anel. Então um sorriso surgiu em seu rosto.

Quando a polícia invadiu o estábulo empunhando blasters, duas coisas aconteceram quase ao mesmo tempo. Primeiro, uma enorme porta abriu-se deslizando, do lado oposto das cocheiras dos fathiers. Depois, todos os portões das cocheiras se abriram e os infelizes oficiais foram deixados comendo poeira e palha quando vinte fathiers saltaram para a liberdade de seus confinamentos, galopando em direção à porta que levava à pista de corrida vazia.

Quando os oficiais se levantaram e olharam para os fathiers que escapavam, o garoto sorriu e se afastou do painel de controle que ele havia ativado, olhando com satisfação para o anel com o brasão da Aliança em seu dedo.

Rose se agarrou no fathier líder – era a matriarca da manada, o garoto havia explicado em seu Básico precário – quando seus passos explodiram em um galope vigoroso. Em seu ouvido, Finn soltou um grito impressionado quando o mundo começou a se sacudir violentamente ao redor deles.

Rose sabia que um sorriso aberto marcava seu rosto. Ela se sentira nervosa quando o garoto apressadamente pusera uma sela nas costas da matriarca e indicara – com um sorriso aberto – que eles deveriam montá-la. Mas Finn parecera aterrorizado.

Apesar do nervosismo deles, a matriarca aceitara tanto a presença de Rose quanto o peso adicional de Finn. A lateral do animal tremeu entre os joelhos de Rose e suas orelhas se contraíram e, por algum motivo, Rose sabia: ela queria *correr*.

Ao redor deles, a pista de corrida estava vazia, mas iluminada como se fosse o meio do dia em vez do meio da noite. Rose queria se ajeitar na sela para se equilibrar melhor, de modo que suas pernas a ajudassem a se manter em cima da fathier que disparava, mas ela não podia fazer isso com Finn montado atrás dela, as mãos agarrando sua cintura. Não havia nada a fazer, exceto se segurar no pescoço do animal da melhor maneira possível.

Rose podia sentir os enormes pulmões da matriarca trabalhando sob a pele, os músculos do pescoço e das pernas trabalhando em sincronia. Era como montar uma máquina viva – construída com extrema precisão para maximizar a velocidade.

Ela estava aterrorizada e maravilhada – e triste por Paige não poder ver aquilo.

Isso não é um sonho ou uma história que a gente inventava na artilharia para esquecer a guerra por um momento. Pae-Pae, isso é real *– estou cavalgando um fathier!*

A cabeça do fathier subia e descia enquanto corria, as orelhas dobradas para trás pelo vento. Rose podia sentir o sangue bombeando sob seus braços onde eles pressionavam o gracioso pescoço do animal.

— Pare de se divertir com isso! — Finn gritou em seu ouvido.

Speeders policiais apareceram sobre a pista e Rose pôde ver suas armas se movendo, tentando fixar a matriarca e a manada correndo atrás dela. Mas então a matriarca fathier bufou e abaixou a cabeça, como se tivesse tido uma ideia.

— Ah, segura aí! — Rose gritou quando percebeu qual era a ideia.

Ela se abaixou, pressionando a cabeça contra o pescoço do fathier quando o animal saltou para o gramado que envolvia a pista e atravessou uma janela atrás de um dos bares do cassino. Vidros e cadeiras voaram, e Rose ouviu as pessoas gritando. O rosto de Finn estava pressionado contra suas costas.

Rose ergueu os olhos e viu o borrão do chão do cassino ao redor deles. Apostadores se protegiam nas mesas e se amontoavam em pânico, gritando de terror. Droides-garçons se fixaram onde estavam, girando suas bandejas rapidamente para todos os lados, evitando a manada. Seguranças gritavam tentando manter-se de pé entre a onda de clientes que fugiam. Mulheres mais velhas em vestidos cintilantes conseguiram saltar sobre mesas de pazaak enquanto crupiês uniformizados buscavam refúgio debaixo delas. Cubos da sorte, cartas, moedas, bolsas, monóculos, bebida, utensílios, porta-copos e canapés voaram pelos ares.

Oh, foi glorioso. Todos aqueles negociantes de armas fugindo de medo no meio de suas férias fizeram Rose querer gritar de alegria.

Os fathiers invadiram o saguão. Um manobrista ficou paralisado de medo na frente da matriarca. Ela o derrubou para dentro de um lago cheio de peixes ornamentais — peixes ornamentais *carnívoros*, julgando pelo súbito frenesi da água. As portas automáticas à frente deles obedientemente se abriram e a matriarca saltou para o ar, pisando sobre o capô de um speeder de luxo e deixando as marcas de seus cascos, depois ganhando a praça à frente.

Rose sentiu como se estivesse voando. Estava encharcada de suor e ofegando com o esforço de se manter sobre a sela. Suas pernas doíam, mas ela não se importava.

Atrás deles, a manada seguia a matriarca, atraída como um fio sendo arrastado. Ela conseguiu acelerar ainda mais, sua velocidade criando um túnel de ar e barulho ao redor de Rose. Mesas e cadeiras voaram quando a manada invadiu um café ao ar livre, separando trabalhadores no meio de seus turnos de suas xícaras de café. Atrás dela, Rose podia ouvir as sirenes da polícia, os gritos dos transeuntes aterrorizados, as janelas sendo estilhaçadas e o galopar surdo dos cascos dos fathiers amassando speeders.

Agora Rose ria alto. Quantas vezes ela e Paige se imaginaram como heroínas de aventuras nas quais resgatavam fathiers de seus donos desprezíveis, guiando-os para a vitória e assistindo à queda de seus abusadores? Mas as irmãs Tico nunca sonharam com uma destruição tão deliciosa.

Rose acariciou a matriarca, que tremeu uma orelha enquanto uma das praças da Cidade Velha passava zunindo ao redor da manada.

Ela adora destruir este lugar horrível tanto quanto eu!

A matriarca se inclinou para o lado, abaixando-se para dentro de um beco, depois saltando sobre um telhado baixo. Rose gritou enquanto ela passava correndo entre as construções, procurando por uma rota através da cidade. Diante deles, a claraboia de um telhado brilhava no meio da noite.

— Não, não, não... — Rose gemeu quando a matriarca se virou na direção da luz. E então ela pressionou a cabeça contra a pele quente quando a claraboia explodiu ao redor do animal, que despencou com as pernas preparadas para o impacto.

Eles aterrissaram, e o impacto foi forte o bastante para arrancar todo o ar dos pulmões de Rose. Finn estava gritando em seu ouvido e ela quis falar para ele parar, mas não conseguia. O lugar era abafado, e o ar, cheio de vapor — eles estavam em uma sauna, ela percebeu.

— Oh, areias — exclamou um massagista de braços longos.

Um diminuto alienígena rosa agarrou sua toalha, arregalando seu único olho, e a matriarca voltou a se mover. Um alienígena de formato quadrado gritou em cima da mesa de um massagista quando a manada virou o salão do avesso antes de ganhar a rua em uma explosão de janelas e vidro.

— Isso! — Rose gritou, sua provocação transformando-se em um gemido de medo quando os speeders policiais apareceram em seu caminho, os holofotes voltados sobre eles. A matriarca disparou para um beco estreito. Fios de luzes decorativas se esticaram e se romperam, e Rose estremeceu com o borrão das paredes passando ao redor, convencida de que seus joelhos seriam atingidos a qualquer momento.

Diante deles, o beco terminava em um muro sem saída.

Rose podia ouvir a si mesma gritando, mas também podia sentir os músculos da matriarca se preparando. O estômago de Rose esfriou quando a matriarca saltou, o muro da Cidade Velha passando pouco abaixo de sua barriga, e aterrissou sobre cascalho solto e areia. O resto da manada veio logo atrás, grunhindo e bufando, perseguindo a matriarca através da praia.

A superfície do mar brilhava com a luz da lua.

Ela agora podia ver o pálido contorno do transporte, ainda esperando onde Finn o havia enfiado na areia. Não estava longe – talvez até conseguissem escapar, afinal.

E então o transporte explodiu, destruído por uma saraivada de lasers na intensidade máxima disparados pelos speeders policiais.

— Ah, qual é! — Finn gritou.

Tiros de blaster zumbiram ao redor deles e anéis azuis atingiram a borda da manada, e um fathier caiu na areia, atordoado e indefeso. A matriarca bufou e espuma voou de seu focinho.

Diante dela, a praia se erguia, seguindo uma falésia. A matriarca subiu correndo, seus cascos pisando com dificuldade na areia fofa, e depois seguiu ao longo de um penhasco sobre a água.

Veículos da polícia agora seguiam ao lado deles, disparando sobre a manada. Fathiers tombaram no desfiladeiro, despencando na direção da praia.

— Isso aqui virou um tiro ao alvo! — Finn gritou. — Tire-nos daqui!

Rose puxou o pescoço da matriarca, tentando alertar para o perigo, mas ela sabia que havia apenas um caminho a seguir e acelerou sobre uma passagem desmoronando que Rose achou estreita demais, os cascos deixando nuvens de areia em seu encalço.

Eles emergiram em um amplo gramado, um oásis verde no meio do deserto de Cantônica. A grama alta estalava e se dobrava sob o galope da matriarca, mergulhada até os joelhos em meio àquele verde.

Rose se inclinou com força para a direita, direcionando a matriarca para esse lado. Ela ergueu a cabeça e chamou o resto da manada antes de obedecer e seguir pelo campo como Rose havia pedido. O resto da manada continuou o curso anterior.

— Está dando certo? — Finn gritou.

Rose observou os holofotes saírem de cima dos outros fathiers e seguirem para a matriarca.

— Eles estão deixando a manada seguir! — ela gritou. — Agora, se a gente conseguir...

— *Penhasco!* — Finn gritou.

A matriarca deslizou até parar, desenterrando tufos de grama e terra. Rose e Finn foram lançados sobre sua cabeça, caindo no gramado de aroma doce. Rose acabou de bruços, parando quase em cima do desfiladeiro. Ela olhou para baixo, as pernas tremendo, e viu que era uma queda de ao menos cem metros até a água.

— Você sabe nadar? — Finn perguntou.

— Não se estiver morta — ela respondeu. — Estamos presos.

A matriarca continuou de pé sobre a grama, ofegando. Atrás dela, os speeders da polícia aceleravam na direção deles, os holofotes procurando pela pradaria.

— Bom, tudo valeu a pena, se pelo menos a gente conseguiu virar a cidade de cabeça para baixo — Finn disse, esperando os speeders com seus ombros caídos. — Fizemos com que sofressem.

Rose lançou um olhar surpreso na direção dele. Aquele era o mesmo Finn que parecia feliz no meio das mesas de jogo e dos cabarés?

A matriarca ainda ofegava. Os dedos de Rose trabalharam nas fivelas da sela, soltando-as e deixando a sela cair na grama.

— Obrigada — ela sussurrou para o animal, depois levou a mão até seu macacão para tocar seu medalhão.

Eles são ainda mais bonitos do que você disse que eram, Pae-Pae.

A matriarca olhou para ela, hesitando em ir embora ou cansada demais para isso. Rose deu um tapa em seu corpo e ela começou a galopar, correndo na direção do gramado, de volta para os outros membros da manada. Acima, os holofotes da polícia seguiram-na brevemente, depois voltaram para Rose e Finn.

Rose observou a matriarca ir embora e sorriu.

— *Agora* valeu a pena — ela disse, e esperou os speeders da polícia descerem para levar os dois de volta para a cadeia.

Um som diferente alcançou seus ouvidos — o zumbido de motores de íons bem calibrados.

Rose se virou e seu queixo caiu quando um luxuoso iate estelar se ergueu atrás do desfiladeiro, pairando na frente deles.

Uma escotilha se abriu na lateral do iate e um astromec laranja e branco assobiou para eles.

— BB-8, você está pilotando essa coisa? — Finn gritou.

Os bipes em resposta foram acusatórios.

— Não, nós estávamos voltando para você! — Finn disse. — Vamos, venha nos pegar!

Então, atrás de BB-8, DJ apareceu.

— Oh, vocês precisam de uma carona? — ele perguntou. — Digam as palavrinhas mágicas.

Finn considerou.

— Por favor?

Mas Rose sabia muito bem o que DJ estava esperando ouvir.

— Você está contratado — ela disse, sombriamente.

PARTE V

CAPÍTULO 21

Rey andava sozinha sobre a pradaria no topo da ilha, banhada pela lua cheia como se fosse uma lanterna. Seus olhos seguiram para o rochedo do templo Jedi, uma pálida lança contra a noite, acima do caminho sinuoso da escadaria de pedra.

Ela pensou consigo mesma que aquela seria a última vez que veria o templo. A última vez que atravessaria o gramado. A última vez que poderia admirar o artesanato daquelas cabanas anciãs.

Isso a deixou um pouco triste, mas ela entendeu que o que a deixava triste era a lembrança das coisas que esperava encontrar na ilha, mas não encontrou.

Como um professor – ou uma razão para ter esperança.

As duas coisas lhe escaparam, e agora ela teria de se explicar para a General Organa.

Leia havia perdido tanto, e Rey acrescentaria ainda mais peso para seus fardos. Dizendo que... o quê, exatamente? Que seu irmão havia se perdido em amargura e autocensura? Que, após ajudar a Força a encontrar o equilíbrio que buscava, ele fechou seus sentidos para ela, teimosamente rejeitando seu chamado? Que estava disposto a morrer sozinho em uma ilha de um oceano qualquer, em um planeta esquecido, enquanto a galáxia queimava ao seu redor?

STAR WARS

Bom, *ela* não estava disposta a fazer isso. Ela faria a única coisa que podia fazer: dizer a verdade para Leia.

E então lutaria. Mesmo se pudesse oferecer à galáxia apenas um dia de esperança – ou um minuto, ou um segundo –, ela lutaria.

Rey podia ver o pálido disco da *Falcon* lá embaixo, na encosta. Ela apanhou seu comlink na bolsa.

– Chewie, prepare a nave para decolar – ela disse. – Nós vamos embora.

Quando desligou a conexão, sentiu uma presença familiar, como uma mudança no clima atrás dela. Seus braços se arrepiaram.

– Prefiro não fazer isso agora – Rey disse, sem se virar.

– Sim, eu também – disse Kylo.

Preparando-se, ela se virou, determinada a não deixar seu adversário entrar em sua cabeça. Dessa vez, ela o faria responder por aquilo que fez.

– Por que você odiava o seu pai? – ela exigiu saber, depois parou. – Oh!

Kylo estava nu da cintura para cima em sua cabine. A feia cicatriz que ela causara nele durante seu duelo descia pelo rosto, pescoço e sobre o peito.

Rey ergueu as sobrancelhas, mas Kylo não se abalou pela imagem dela – e parecia indiferente à pergunta que ela fez.

– Porque ele era um tolo de mente fraca – ele disse.

Rey se forçou a olhar em seus olhos – aqueles olhos raivosos, assombrados e carentes.

– Eu não acredito em você – ela disse. – Você precisa... Você tem um manto ou algo para se cobrir?

Kylo ignorou aquilo, e Rey tentou se concentrar.

– Por que você odiava o seu pai? Eu quero uma resposta honesta.

– Responderei quando você fizer uma pergunta honesta – Kylo disse, e ela quis gritar contra ele. Ele não era seu professor – e, de qualquer maneira, essa posição já não estava mais disponível.

– Por que você odiava Han Solo? – ela perguntou.
– Não – Kylo disse com descaso, quase entediado.
Mas Rey não deixaria que ele escapasse tão facilmente.
– Você tinha um pai que o amava. Ele se importava com você.
– Eu não o odiava.
– Então, por quê? – Rey exigiu mais uma vez.
– Por que o quê? *Por que o quê? Diga!*
– Por que você o matou? Eu não entendo!
– Não? – A curiosidade de Kylo era genuína – e muito irritante. – Os seus pais jogaram você fora como se fosse lixo.
– Não é verdade – Rey disse, e odiou o fato de que mesmo para seus próprios ouvidos aquilo soou como se ela implorasse. O estranho contato entre suas mentes lhe dera um entendimento sobre os poderes dele e ajudara a libertar os dela. Também permitiu que ele pilhasse suas memórias e sentimentos.

Mas era impossível que a Força pudesse ter contado isso a ele, mostrado isso a ele.

Era impossível, certo?

– Eles a jogaram fora – Kylo disse. – Mas mesmo assim você não consegue parar de precisar deles. É a sua maior fraqueza. Você procura por eles em toda parte. Em Han Solo, agora em Skywalker.

O olhar dele era faminto – e de quem a entendia.

– Ele contou a você o que aconteceu naquela noite? – Kylo perguntou.

– Sim – Rey disse, sabendo que Kylo podia ver que isso não era verdade.

– Não.

Ben Solo – não mais um garoto, mas não um homem ainda – abre os olhos, surpreso e alarmado. Seu tio Luke veio até seu aposento, à noite, e agora para diante dele. O rosto do Mestre Jedi está distorcido em uma carranca – e iluminado pela lâmina verde de seu sabre de luz. A Força ferve com um perigo iminente. Por um momento, um arrependimento passa pelo rosto de Luke, mas Ben pode ver que seu tio foi longe demais para poder voltar. Ele não vai vacilar ou hesitar; vai golpear com o sabre de luz e cortar seu sobrinho em dois enquanto dorme.

Em meio ao desespero, a mão de Ben se ergue, não em direção a Luke, mas para além dele, para o sabre de luz que ele construíra. Atraindo-o para sua mão, a lâmina azul bloqueia o golpe mortal. As lâminas pressionam-se uma contra a outra, zumbindo e faiscando. Mas Ben sabe que isso é apenas uma breve interrupção — ele não é capaz de resistir aos poderes muito maiores de seu Mestre por muito tempo. Acuado, ele ergue a mão livre na direção do teto, implorando para que as pedras obedeçam ao seu apelo e desabem sobre a cabeça de Luke. Para salvá-lo.

— Ele sentiu meu poder, assim como sente o seu — Kylo disse. — E ele temia esse poder.

— Mentiroso — Rey replicou, mas não havia convicção em sua voz. Ela podia sentir que aquilo que Kylo dissera era verdade — ou, ao menos, que ele não estava tentando enganá-la. E ela não havia mesmo sentido a culpa e a autocensura de Luke? E se ele havia se exilado não por causa do que o aprendiz fizera ao professor, mas por causa do que o professor fizera ao aprendiz?

— Deixe o passado morrer — Kylo disse. — Mate-o, se for preciso. É a única maneira de se tornar aquilo que você está destinada a ser.

E então ele desapareceu, deixando-a sozinha na noite. Sozinha, mas sabendo que havia uma última coisa a fazer. Apenas então ela deixaria o refúgio do Mestre Skywalker para sempre.

Determinada, Rey começou a atravessar o caminho rochoso a passos largos, na direção oposta da *Falcon*.

Luke estava do lado de fora do templo, banhado pelo luar. Abaixo dele, as ondas quebravam sem misericórdia sobre as margens da ilha, continuando o lento e paciente trabalho de dissolvê-las no mar de onde se erguiam. Acima dele, as estrelas eram luzes frias, seguindo seus cursos fixos e eternos.

Luke se sentou, as pernas protestando quando as forçou em posição. Ele apoiou as mãos na pedra de meditação, onde tantos Jedi haviam meditado por uma eternidade, e fechou os olhos.

Respire. Apenas respire.

O vento enchia seus ouvidos – o constante companheiro da ilha. Agora era um sussurro, a leve conversa de brisas de outono em vez do lamento do inverno ou o uivo de uma tempestade de verão. Ele podia ouvir as aves noturnas chamando enquanto voavam no alto, e os chamados regulares dos insetos na grama.

Atrás dele, no antigo templo, a superfície calma da água na antiga fonte começou a ondular e dançar.

Luke agora podia ouvir mais – muito mais. Ele ouviu a estática das pedras e da areia sendo levadas para a frente e para trás debaixo das ondas. Ouviu o caminho de minhocas esgueirando-se cegamente na terra, construindo seus túneis e revitalizando o solo. Ouviu o murmúrio dos bebês porgs se revirando em seus ovos, debaixo da batida do coração de suas mães.

Sentiu o mundo invadindo mais uma vez os seus sentidos.

A bordo da *Raddus*, um droide médico MD-15 ergueu sua cabeça branca. O batimento cardíaco de sua paciente havia repentinamente aumentado, acompanhado de picos de atividade cerebral. O droide focou seus fotorreceptores na paciente, imóvel na maca. Seus olhos se moviam debaixo das pálpebras.

– Luke – sussurrou Leia.

Os sons aumentaram em um crescendo, até atingir o ápice em um estrondo, seguido por uma corrente desconcertante de imagens.

Busque o seu centro. Encontre equilíbrio.

O corpo de Luke parecia pegar fogo. Ele sabia que aquilo não estava acontecendo. Aceitou a sensação, negando seu poder sobre ele, e então a deixou se esvair. Em seu lugar veio uma familiar sensação de abrigo, de acolhida, de fazer parte de uma interminável teia de conexões que sustentava a ele e a tudo mais, cada um fixo em seu devido lugar.

Uma Força.

Aquele aspecto da Força – os Jedi chamavam isso de a Força viva – era infinito e sempre em renovação. Mas os Jedi também falavam de outro aspecto – a Força Cósmica. Possuía ciência, propósito e vontade. Uma vontade que esteve em silêncio, dormente após a queda dos Sith, apenas para acordar novamente durante o exílio de Luke. Uma vontade que Luke finalmente se permitiu admitir outra vez.

Mais confiante agora, Luke expandiu seus sentidos, com sua consciência deslizando levemente entre o tumulto da vida na ilha. Ele encontrou Rey instantaneamente – ela era como um farol na Força, queimando tão intensamente que tudo ao seu redor parecia sintonizado com ela.

E Luke sentiu outra presença familiar. Uma presença muito distante – dolorosamente familiar. Mas uma coisa tão inexpressiva como a distância nunca poderia obscurecer aquela presença para sua percepção.

Luke abriu os olhos.

— Leia — ele disse.

Rey estava em uma longa formação rochosa plana que emergia das encostas verdejantes da ilha para terminar em uma plataforma baixa sobre o mar. No centro da pedra havia um grande buraco, cercado por um musgo avermelhado que o luar manchava de cinza.

Ela cuidadosamente se aproximou do local que aparecera em sua visão na pedra de meditação, a mesma que tentara mostrar algo a ela. Luke alertara que aceitar sua oferta seria inclinar-se ao lado sombrio, mas talvez ele apenas temesse as verdades que aquilo poderia revelar.

Ela encarou a escuridão do buraco. Por mais brilho que a lua refletisse, não revelava nada sobre o que havia lá embaixo. O buraco borbulhou e sibilou, como se quisesse falar com ela.

Rey pisou na beira, curvando-se para examinar o musgo, e escorregou. Escorregou, ou foi arrastada para dentro. Ela não sabia se havia gritado ou se o buraco emitira um som.

Ela caiu dentro da água, o frio como uma faca em seus pulmões. Ela se debateu, emergiu, ofegou, seus olhos queimando com o sal, depois se ergueu sobre uma pedra lisa e plana.

Rey estava em uma caverna, ela agora via – um espaço longo e estreito que o mar havia escavado por baixo da plataforma, criando um lugar escondido debaixo da ilha, sua existência revelada apenas por um buraco de ar onde um poço vertical atravessava a superfície. O buraco cuspia jatos de água na maré alta, mas parecia respirar quando a maré estava baixa, como agora.

Diante dela, o mar havia esculpido e alisado as paredes da caverna até a pedra se tornar quase como um espelho sombrio, rachado, mas lustroso. Rey podia ver seu reflexo – um reflexo repetido mil vezes nas superfícies labirínticas da pedra, criando uma linha de Reys que retrocediam de seu olhar.

Rey encarou o espelho – e percebeu que ele a encarava de volta. A Força tremia em resposta a algo que se aproximava.

Ela podia ouvir a si mesma respirando – lenta e irregularmente. E então sua respiração se acelerou quando percebeu que estava dentro da pedra, dentro do mundo espelhado, com várias Reys entre ela e a garota ensopada e trêmula na plataforma da caverna.

E então aquela Rey se foi e agora havia uma centena de Reys entre ela e a figura esbelta na plataforma. Ela virou a cabeça e todas aquelas

Reys obedientemente fizeram o mesmo, a vez de cada uma vindo um momento depois da anterior, até todas encararem junto com ela mais profundamente a pedra escura.

Rey sabia que precisava ir mais fundo – que o mundo dentro da pedra apenas parecia continuar para sempre. Aquilo a levaria a algum lugar e, se ela tivesse coragem de prosseguir, o lugar secreto mostraria a ela o que queria ver – e o que mais temia saber.

Havia mais Reys continuando na pedra, parte de uma linha ainda à frente. Ela disse a si mesma que as seguisse, que se tornasse uma com elas, que ignorasse a voz em sua cabeça que insistia que ela ficaria presa para sempre, ali na escuridão do coração secreto da ilha.

Ela seguiu a linha de Reys, desejando que a surreal sucessão acabasse, até que finalmente acabou. Até finalmente sobrar apenas uma Rey final, respirando fundo e encarando um grande espelho redondo de pedra polida como aquele que havia chamado a garota na caverna.

Aquela última Rey parou em frente à pedra, olhando para suas profundezas.

– Deixe-me ver meus pais – ela implorou. – Por favor.

Ela esticou a mão e a superfície enevoada do espelho pareceu ondular, dissipando a escuridão. Ela viu duas figuras sombrias do outro lado da superfície. Com o coração martelando em seus ouvidos, as duas figuras se tornaram uma. Seus dedos tocaram a pedra e encontraram os dedos de outra pessoa.

Era a garota da caverna do mar, encarando-a de volta. Era ela mesma.

Rey baixou a mão e seu reflexo fez o mesmo.

Então ela começou a chorar.

Ela havia passado tantas noites nos desertos de Jakku, uma órfã nos destroços enterrados na areia de uma guerra esquecida. Marcando cada noite com um novo risco no metal, até estar cercada de milhares de riscos. Eram muitos para se contar o tempo de modo razoável, mas o motivo para aquilo já não era o mesmo havia muito tempo. As fileiras de riscos se tornaram outra coisa, mas ela não sabia o quê. Talvez um testamento de sua insistência de que aquela vigília tinha um propósito. Ou talvez um ritual para disfarçar a solidão que sempre atuava sobre ela, erodindo sua esperança e sussurrando que ela acabaria como tudo mais abandonado em Jakku — uma casca, vazia e sem propósito.

Ela se sentia tão sozinha, todas aquelas noites. Mas não tão sozinha quanto se sentiu encarando seu próprio reflexo, debaixo da ilha, no frio e na escuridão.

Quando suas lágrimas finalmente secaram, Rey ergueu a cabeça. Ela sabia com quem precisava falar sobre a caverna, sobre o que buscara ali e o que a caverna lhe mostrara — alguém que entenderia como a solidão e a perda podiam consumir você até não sobrar nada.

Luke temia que Rey tivesse partido — que seu sentido desperto da Força o houvesse cegado para o plano mais mundano ao seu redor e que a *Falcon* já não estivesse mais lá, que tivesse levado Rey embora.

— Rey, você estava certa — ele anunciou enquanto cruzava o gramado sob uma chuva forte, relâmpagos iluminando o céu acima. — Eu vou com você. Rey?

Luke havia se fechado por tanto tempo, e agora a Força rugia ao seu redor. Rey estava certa. Ela precisava dele. Assim como Leia precisava, e a Resistência, e todos aqueles desesperados por alguma esperança. Sua tristeza e sentimento de culpa o deixaram incapaz de enxergar isso, incapaz de enxergar qualquer coisa que não fosse escuridão e desespero. Ao tentar proteger a galáxia de seu fracasso, ele havia erguido defesas contra tudo — incluindo a ideia de esperança.

A Força havia enviado Rey, disso Luke agora tinha certeza. Ela havia chegado trazendo a mensagem que ele se recusara a ouvir. Mas ela não era apenas o veículo da Força. Pensar nela assim era diminuir sua importância. Ela também era uma jovem mulher, poderosa com a

Força, que precisava de sua ajuda – e que havia acreditado nele mesmo sem que ele desse razão para isso.

Luke chegou às cabanas e viu, para seu alívio, que o cargueiro de Han Solo ainda estava pousado na base da longa e sinuosa escadaria. E uma luz escapava da porta e da pequena janela da cabana que Rey havia tomado para si.

Aliviado, Luke apressou os passos, ansioso para compensar tanto tempo perdido.

No momento em que ele chegou à sua cabana, ela sentiu a sua presença na Força. A conexão entre eles era tão visceral e poderosa que foi como tocar um fio desencapado nos destroços de uma nave estelar. Ela fechou os olhos, depois abriu e encontrou Kylo Ren ali – bem na frente do banco de pedra onde ela se sentava. Perto, como se pudesse alcançar e tocar sua mão, seu rosto, seus cabelos.

Diante daquela visão, Rey sentiu o alívio chegar.

Kylo ouvia atentamente, seu longo rosto impassível, quando ela contou sobre ser atraída para a caverna e para dentro da pedra, e como a jornada havia levado a nada, a nenhuma revelação, exceto o quanto ela se sentia sozinha.

— Você não está sozinha – ele insistiu, e ela acreditou.

— Nem você. Não é tarde demais.

Rey hesitantemente ergueu sua mão na direção da mão dele, esperando que suas mãos atravessassem uma à outra e se perguntando se ela sentiria a passagem através da Força.

Mas seus dedos se tocaram. Ela tomou a mão dele, eletrizada pelo contato, e viu que o mesmo choque havia passado por ele.

Luke Skywalker entrou na cabana – para encontrar Rey e Kylo com as mãos unidas, olhando para dentro dos olhos um do outro.

— Pare! – ele gritou, e lançou sua mão à frente. Uma explosão de poder jogou todas as pedras da cabana para longe de seu centro, espalhando-as ao redor do banco onde Rey e Kylo se sentavam, espantados.

A mão de Rey se fechou sobre o vazio e ela encarou Luke enquanto a chuva caía sobre eles.

Ela se levantou e encarou o Mestre Jedi.

– É verdade? – ela exigiu saber. – Você tentou matá-lo?

– Deixe esta ilha – Luke disse entredentes. – Agora.

Então ele se virou e foi embora – como havia feito no dia em que ela chegou, trazendo o sabre de luz que havia chamado por ela.

Naquele dia ela apenas observou, perplexa e magoada. Mas até isso já havia se tornado um tempo remoto.

– Não – Rey disse. – Você vai responder. Vai contar a verdade. Pare!

Luke continuou andando – e então Rey apanhou seu bastão, deu três longos passos e o golpeou com força, atingindo Luke na nuca e derrubando-o no chão.

Sob a chuva, ele olhou surpreso para a jovem mulher diante dele com os dentes à mostra.

– Você fez isso? – Rey perguntou. – Você criou Kylo Ren?

Luke se levantou e Rey viu imediatamente que nada havia mudado – ele ainda a deixaria sozinha, voltando para seu silêncio melancólico. Furiosa, ela desferiu outro golpe com o bastão, mas Luke jogou a mão para a frente, o movimento como apenas um borrão, e um pedaço de um para-raios voou do telhado de uma das cabanas. Antes que Rey pudesse piscar, ele havia interceptado seu bastão, e o impacto enviou um choque por seus braços e derrubou-a para trás.

Rey saltou de volta sobre ele, seu bastão e a arma improvisada de Luke girando e colidindo enquanto a chuva desabava. Ela intensificou o ataque. O bastão nunca pareceu tão confortável em suas mãos; era como se fosse parte dela. Sua confiança cresceu e ela sorriu audaciosamente quando viu a surpresa no rosto dele.

Mas foi uma coisa passageira. Mais rápido do que ela conseguia seguir, ele defendeu o golpe e continuou o movimento, tirando o bastão das mãos de Rey e jogando-o contra as pedras, deixando-a indefesa.

Rey expandiu seus sentidos, reconhecendo a Força viva e faminta ao seu redor, e encontrou o peso do sabre de luz em suas mãos. Ela o acionou e Luke recuou, olhando para ela enquanto Rey erguia a lâmina no alto, a chuva evaporando e estalando em sua extensão.

Eles olharam um para o outro por um longo momento. Então Rey desativou o sabre de luz, e os dois ficaram sob a chuva.

— Diga a verdade — ela pediu.

Luke Skywalker observa seu sobrinho Ben Solo — não mais um garoto, mas não ainda um homem. Ele veio até seu aposento, à noite, e agora para diante de Ben. Os olhos do Mestre Jedi estão fechados. A Força ferve com um perigo iminente. O rosto de Luke está marcado pela preocupação quando ele estende a mão, alcançando com a Força — alcançando a mente de Ben, que dorme.

O garoto continua imóvel, o rosto calmo. E os olhos de Luke continuam fechados. Mas ele pode ver: fogo, ruína e o olhar vazio dos mortos. E ele pode ouvir gritos, o uivo de sabres de luz e o rugido de explosões.

Escuridão — expandindo-se do frágil garoto de cabelos escuros para cobrir tudo — e a cacofonia de terror que acompanhará as sombras. Luke recua a mão, como se a tivesse queimado. A Força ao redor de Ben sempre exibiu traços sombrios, mas aquilo que ele viu ia além de qualquer coisa que temia encontrar.

Luke retira seu sabre de luz da cintura e aciona a lâmina, os olhos graves. Mas então ele olha para Ben e o breve, quase relutante, pensamento desaparece. Ele nunca poderia descer o sabre de luz sobre o filho de sua irmã enquanto ele dorme.

E imediatamente Luke sabe que é tarde demais — ele já fracassou com seu estudante. Porque os olhos de Ben estão abertos — assustados, mas cientes. Os poderes do garoto com a Força já são imensos, e continuam crescendo. E ele é um Skywalker.

Ele sabe o que Luke pensou.

Ele sabe o que Luke viu.

Ele sabe o que acontecerá.

Em meio ao desespero, a mão de Ben se ergue, não em direção a Luke, mas para além dele, para o sabre de luz que ele construíra. Atraindo-o para sua mão, a lâmina azul como um golpe mortal na direção de seu Mestre. A lâmina de Luke encontra a de Ben e os sabres de luz estalam e faíscam. Então Ben ergue a mão livre na direção do teto, incitando as pedras a desabar sobre a cabeça de Luke.

Rey tocou o braço de Luke.

— Você fracassou com ele ao pensar que sua escolha já estava feita — ela disse, sua voz ao mesmo tempo gentil e insistente. — Mas não estava. Ainda há conflito dentro dele. Se ele se voltasse para o lado da luz, isso poderia mudar a maré. Poderia ser a chave para nossa vitória.

Luke virou os olhos para ela. O olhar dele parecia desolado e, pela primeira vez na memória de Rey, ele pareceu velho — um homem arrasado e arrastado de volta para uma tormenta da qual achava que tinha escapado. Mas sua voz saiu forte, insistente.

— Isso não vai terminar do jeito que você pensa — ele a alertou.

— Vai sim. Agora mesmo, quando tocamos as mãos, eu vi seu futuro. Eu vi: tão sólido quanto você diante de mim. Se eu for até ele, Ben Solo vai se converter.

— Rey, não faça isso.

A resposta de Rey foi oferecer o sabre de luz desativado mais uma vez — um último convite.

Ela soube imediatamente que ele não aceitaria.

— Então ele é nossa última esperança — Rey disse.

Virou-se e simplesmente foi embora.

CAPÍTULO 22

Quando chegou a hora de evacuar as últimas pessoas da *Ninka*, um erro no sistema deixou Poe fora da lista de tarefas. O oficial do convés deu de ombros, depois Poe olhou para o datapad. Seu nome estava lá, ao lado da palavra inelegível.

Fumegando, Poe foi forçado a permanecer a bordo da *Raddus* enquanto C'ai Threnalli acionava os motores do transporte e decolava do hangar – uma única nave seria suficiente para evacuar a tripulação restante da *Ninka*. Ele observou nos monitores da sala de controle quando o transporte partiu da pequena corveta, deixando-a vazia no espaço, depois continuou olhando em agonia quando a *Ninka* perdeu aceleração, sua proa se erguendo, e foi despedaçada por disparos de turbolasers da frota da Primeira Ordem.

A frota da Resistência nunca fora grande o bastante para justificar esse termo grandioso, mas agora já não existia mais. Apenas a *Raddus* permanecia. Um único Destróier Estelar da Primeira Ordem seria um adversário difícil para o cruzador Mon Calamari, e havia trinta deles lá fora.

Sem mencionar a monstruosa nau capitânia de Snoke.

E sabe-se lá mais o que a Primeira Ordem havia construído em segredo ao longo dos anos, enquanto os senadores da Nova República discutiam sobre coisas sem sentido.

Poe deixou a sala de controle quando o transporte de C'ai retornou, pensando que o mínimo que poderia fazer era receber os tripulantes da *Ninka* a bordo da *Raddus*. Mas suas palavras soavam pouco convincentes para seus próprios ouvidos enquanto cumprimentava os técnicos e soldados, alguns dos quais sequer erguiam o olhar. Eles simplesmente se arrastavam pelo hangar com os ombros caídos e o rosto fechado.

Pareciam arrasados.

Poe começou a atravessar a passos pesados os corredores da *Raddus*, passando por soldados e tripulantes que aparentavam nervosismo. Havia uma penumbra no cruzador, em muitos pontos iluminado apenas por luzes de emergência. Isso era para conservar combustível – uma medida com a qual ele poderia até concordar, se ao menos soubesse para que esse combustível estava sendo reservado.

Poe chegou à ponte temporária e encontrou a Comandante D'Acy esperando por ele, do lado de fora da porta.

— A almirante baniu você da ponte — ela disse. — Não vamos causar uma cena.

Então não fora um erro no sistema.

— Não, vamos sim — Poe respondeu, empurrando D'Acy para o lado e entrando de repente na ponte. D'Acy correu para alcançá-lo, mas ele foi direto para onde Holdo estava. Nenhum dos oficiais em seu caminho ousou impedi-lo.

Holdo apenas reconheceu sua presença sem se abalar.

— Ora, se não é o grande herói — ela disse ironicamente.

— Pare com isso — Poe disse secamente, face a face com ela. — Nós estamos no limite do combustível e sua tripulação sabe disso, e você não disse *nada* a eles. Se você tem alguma carta na manga, agora é hora de colocá-la na mesa. *Agora mesmo*. Diga que não vamos fugir para sempre até morrermos. Diga que temos um plano. Que temos esperança. *Por favor*.

Poe imaginou se ela ia dar um tapa em seu rosto, ou ordenar aos soldados que o arrastassem até a prisão da *Raddus*, ou simplesmente ignorá-lo. Mas ela o surpreendeu com palavras que ele conhecia de cor.

— Quando eu servi sob o comando de Leia, ela me disse que a esperança é como o sol — Holdo disse. — Se você apenas acreditar nele quando puder vê-lo...

— ... você nunca passará pela noite — Poe completou.

Eles olharam um para o outro em silêncio — unidos, ao menos naquele momento, pelo respeito que ambos tinham pela mulher que perderam.

— Capitão, você está confundindo precipitação com bravura — Holdo disse. — Siga as minhas ordens.

Poe começou a dizer algo, depois parou — um dos monitores de um oficial exibia informações de um transporte, igual àquele que C'ai havia acabado de trazer de volta da *Ninka*. Poe olhou sobre o ombro do homem, tentando processar aquilo que via, sem querer acreditar. Depois se virou para Holdo, incrédulo.

— Você está abastecendo os transportes. Todos eles — Poe disse, sua raiva crescendo. — Estamos abandonando a nave! Esse é o seu plano? Os transportes não possuem escudos, nem armas. Se abandonarmos nosso cruzador, não teremos chance alguma!

— Capitão — Holdo disse, mas ele insistiu.

— Isso vai destruir a Resistência! Você não é apenas uma covarde. Você é uma *traidora!*

Holdo deu as costas a ele, indignada.

— Tirem esse homem da minha ponte — ela ordenou, e os soldados avançaram para obedecer a ordem.

Rose precisava admitir uma coisa sobre DJ: ele havia roubado uma boa nave.

A placa do iate identificava a nave como a *Libertina*, um nome que fez Rose franzir o nariz e desejar ter tempo para fazer algumas alterações com um blaster. A nave media sessenta metros do bocal dos repulsores, na proa, até o requintado estabilizador na popa, revestida com uma proteção que fora lustrada, polida e envernizada até atingir um branco esmaltado. Havia um salão elegante com o último modelo de holoprojetor em pedestal no centro do convés principal; cabines graciosamente mobiliadas nos níveis inferiores; e uma verdadeira escadaria levando até a cabine do piloto.

Alguém vai perder as estribeiras em Cantônica quando descobrir que sua nave sumiu.

Antes de deixar a cadeia de Canto Bight, BB-8 havia recuperado os pertences de Rose e Finn na sala de objetos confiscados. O droide então acompanhara DJ até o espaçoporto da cidade para obter um transporte.

BB-8 contara os detalhes do roubo em uma sucessão de bipes enquanto a *Libertina* deixava o planeta desértico, com a transição entre voo atmosférico e espacial pouco perceptível por causa dos amortecedores de aceleração e campos antichoque de ótima qualidade da nave. Havia um toque de admiração nos bipes e assobios de BB-8 enquanto ele alegremente contava como DJ havia passado pelos guardas do espaçoporto e precisara de menos de dois minutos com uma haste de computador e um conjunto de clonagem de chaves para embarcar no iate e acionar seus motores.

Rose fez uma anotação mental – na verdade, *outra* anotação mental – para chamar Poe de lado, caso eles realmente conseguissem resgatar a frota da Resistência sem morrer em alguma das dezenas de maneiras que ela achava deprimente demais listar. Depois de provar sua propensão a desobedecer ordens, assumir falsas identidades e cometer agressões simples, o astromec do piloto agora estava desenvolvendo um gosto para o roubo.

Falando em roubo, onde estava DJ?

Ela saiu do assento do piloto, fazendo uma careta por causa da dor nas pernas e nas costas, e olhou para fora da cabine para descobrir que seu salvador maltrapilho estava remexendo os armários do salão, cantarolando enquanto avaliava a delicada teia de diamantes de um colar.

Rose bufou com desdém. Ele já havia roubado a nave – por que vasculhar seu interior como um ladrão dos portos de Otomok que precisava estar sempre um passo à frente dos droides de segurança?

DJ ouviu quando ela bufou, e ergueu a cabeça, os olhos alegres e acesos. Mostrou a ela o colar e inclinou a cabeça para o lado, oferecendo-lhe um sorriso desajeitado.

Ela apenas sacudiu a cabeça e retornou para a cabine do piloto, onde Finn observava o túnel azulado do hiperespaço.

– Faltam mais quatro parsecs – Finn disse. – Essa nave é rápida! Ele deve ganhar um bom dinheiro como ladrão para poder comprar uma nave como essa.

Rose olhou para ele com uma expressão de pena.

– Diga isso mais uma vez, lentamente.

– Estou dizendo que ele deve ser um bom ladrão se... Oh, certo, ele roubou.

Um momento depois, ainda embaraçado, Finn deu uma desculpa para sair da cabine. Rose se segurou para não rir dele, para que pudesse escapar com pelo menos alguma dignidade; assim que saiu, ela finalmente permitiu a si mesma sorrir diante do ridículo daquilo tudo.

Quando eram crianças em Hays Minor, Paige brevemente se tornara obcecada com o curioso fato de que aves de um grande número de mundos criavam vínculos com a primeira criatura que encontravam após emergirem de seus ovos – então, às vezes você encontrava, digamos, um carente pintinho convor seguindo um gato tooka muito confuso.

Rose se perguntou se era assim que a misteriosa Rey do Finn se sentia tendo aquele bobão seguindo-a por aí, cego para qualquer coisa no universo que não fosse ela. Esperava pelo menos que Rey apreciasse a devoção aparentemente incondicional de Finn.

Nesse meio-tempo, Rose não sabia o que pensar sobre o fato de que um homem treinado para ser um stormtrooper da Primeira Ordem podia ser inocente o bastante para pensar que um ladrão daqueles seria dono de um iate chique. Isso a fazia se sentir simultaneamente melhor e pior sobre a galáxia.

Por um lado, talvez eles fossem homens dolorosamente ingênuos por trás daqueles capacetes sem expressão e fantasmagóricos – garotos perdidos que nem ao menos recebiam permissão para ter seus próprios nomes.

Por outro lado, batalhões formados por aqueles garotos perdidos haviam destruído o mundo natal de Rose e tantos outros. Quanta ruína e miséria eles ainda causariam na galáxia? Quantas pessoas mais perderiam seus entes queridos?

Rose nunca ouviu falar de outro stormtrooper da Primeira Ordem escapando da lavagem cerebral e se recusando a obedecer às ordens assassinas que recebeu. Talvez Finn fosse o único.

Bom, se esse é o caso, Paige diria que eu devia parar de pegar no pé dele um pouco.

Ela ouviu os passos pesados de Finn no salão – se ele algum dia recebeu treinamento em infiltração furtiva, a lição foi um fracasso – e passou o dedo pela costura quase imperceptível do painel perfeitamente fabricado do iate.

Você ia adorá-lo, Pae-Pae. Você diria que ele tem bom coração.

Rose sorriu com aquele pensamento.

E estaria certa.

Finn se sentiu um pouco zonzo observando DJ vasculhar sistematicamente os compartimentos do salão do iate.

O ladrão parecia tão sarnento e sonolento que era um pequeno milagre ele estar de pé. Mas suas mãos se moviam com uma graciosidade fluida pelos armários, atacando mecanismos de tranca e medidas de segurança que eram invisíveis aos olhos de Finn. Após brevíssimas pausas, uma das mãos de DJ se movia até sua jaqueta, emergindo com um bastão de computador ou algum dispositivo que Finn não reconhecia. Um momento depois, o compartimento se abria, deixando DJ livre para pilhar.

BB-8, aparentemente, estava menos impressionado – ou talvez até com inveja. Assim como Finn, o astromec observava DJ trabalhar, mas apenas emitia bipes mal-humorados.

– O seu droide é bom julgador de caráter – DJ disse de repente, ajeitando-se diante de um console de dados e começando a trabalhar em suas medidas de segurança.

– Por que você diz isso? – Finn perguntou.

DJ ofereceu um sorriso torto como resposta.

– Não gosta de mim – ele disse, extraindo uma pequena lata brilhante de sua jaqueta. – Caviar icindric?

Finn, sem saber o que era aquilo, sacudiu a cabeça.

– Então você simplesmente rouba qualquer coisa de que precisar? – ele perguntou.

– Qualquer coisa que eu *quiser*. Não me menospreze. Agora vamos ver de quem era essa maravilha.

O ar cintilou e um diagrama holográfico apareceu sobre o console. DJ olhou para a imagem e suas mãos dançaram sobre as teclas, provocando a aparição de diagramas em rápida sucessão.

– Bom, acho que pelo menos você está roubando dos caras maus e ajudando os bons – Finn disse.

DJ lançou-lhe o mesmo olhar que Rose havia lançado um minuto atrás na cabine do piloto.

– Ajudar os... Você não pode... Olha – DJ começou, depois parou para recompor seus pensamentos. – A Resistência? A Primeira Ordem? Os dois são a mesma máquina: e essa máquina é um moedor de carnes. Você ajuda um moedor de carnes saltando dentro dele? Bom, de certo modo sim, mas isso não vem ao caso, acho. *Olha*. Caras bons, caras maus, são palavras inventadas para todo mundo continuar lutando. E manter o dinheiro fluindo. É *disso* que eu roubo... A-há!

DJ sorriu com satisfação quando viu algo no console, depois apertou um botão. Um diagrama de um caça TIE apareceu, seguido por diagramas de um walker de reconhecimento, um bombardeiro TIE e um interceptador TIE.

– Esse cara é um negociante de armas – DJ disse. – Comprou esta belezinha vendendo naves para os caras maus.

Mas o diagrama seguinte que apareceu era um de X-wing T-70 da Nova República.

– E para os bons – DJ disse, os olhos brilhando.

O rosto de Finn mudou de expressão – e DJ viu a confusão se transformar em desalento.

– Finn, deixe-me ensinar-lhe uma coisa importante – ele disse. – É tudo uma máquina, parceiro. Seja livre. Não se junte.

E DJ mostrou a placa de seu boné, que levava seu lema.

– Finn, suba aqui!

Era Rose chamando, e a voz soava urgente. Finn subiu a curta escadaria até a cabine do piloto, tão concentrado no que ela queria dizer que não notou que a atenção de DJ permaneceu fixa sobre ele enquanto se afastava.

– Consegui contatar a frota – Rose disse. – Poe está do outro lado da linha.

Finn chegou perto do comunicador.

– Finn! A Holdo está embarcando a tripulação em transportes, ela está abandonando a nave. Onde vocês estão?

– Era para isso que eles queriam os meus defletores – Rose disse, sua mão alcançando seu medalhão. – Para que os transportes não fossem detectados.

Finn tentou encontrar a informação que mostrava o progresso da *Libertina*, mas não conseguiu distinguir entre a miríade de telas e controles.

– Estamos muito perto – ele disse a Poe.
– Vocês encontraram o Decodificador Mestre?
Rose e Finn trocaram olhares.
– Nós encontramos... *um* decodificador – Finn disse. – Mas prometo que posso desativar o rastreador. Apenas ganhe mais um pouco de tempo.
– Certo – Poe respondeu. – Depressa.
Poe encerrou a transmissão. Finn percebeu que Rose pensava o mesmo que ele – e que nenhum deles queria ser o primeiro a falar.
Foi Rose quem cedeu:
– Até onde podemos confiar nesse cara?
– Que escolha nós temos?

Poe desligou seu comlink, encerrando a conexão com Rose e Finn, e olhou para Connix, C'ai Threnalli e os outros cinco pilotos na sala de estoque do hangar.
– *Agora* nós temos uma chance – Poe disse.
Alguns dos outros pilotos ainda pareciam incertos. Poe não podia culpá-los, considerando o que havia pedido que fizessem. Mas C'ai parecia concordar, com seu olhar determinado.
Poe conhecia a todos – não os chamaria para aquela reunião se não conhecesse –, embora tivesse voado com apenas dois deles. Ele gostaria de ter pilotos que conhecesse melhor, aqueles com quem voou asa a asa e em quem podia confiar para mantê-lo vivo: Snap Wexley ou Jess Pava. Mas Snap e Jess tinham suas próprias missões, e a maioria dos outros pilotos que ele conhecia melhor estavam mortos.
Mas todos os pilotos queriam ir para o combate em um caça estelar invulnerável e invisível, com armamento de sobra para destruir um núcleo planetário. Já que isso nunca acontecia, você aceitava qualquer coisa que a tripulação de solo lhe oferecesse, confiava nos seus alas,

tentava encontrar o ângulo certo e disparava. E depois esperava que fosse suficiente.

— Vamos contar para a almirante sobre a missão de Rose e Finn, e que precisamos ganhar tempo para eles — Poe disse. — E torceremos para ela concordar.

— E se não concordar? — perguntou um dos pilotos.

— Daí a conversa acaba — Connix respondeu.

— Faremos o que precisa ser feito — Poe disse. — Mas ninguém morre. Se tivermos que atirar, é para atordoar. Já existe gente suficiente tentando destruir a Resistência, nós estamos tentando *salvá-la*.

Luke Skywalker andava pelo prado sob as estrelas. A grama estava encharcada pela tempestade recente e sua túnica cerimonial Jedi estava se molhando — logo estaria suja de lama.

As Cuidadoras não gostariam disso, ele sabia. Elas estavam ali para ajudá-lo, como fizeram com gerações de Jedi desde o tempo quando a história se torna lenda, mas elas não deixavam de lançar olhares irritados e cliques de língua quando pensavam que ele fora descuidado ou realizara alguma tarefa sem a devida atenção.

Não dava para evitar — era preciso mais do que um gramado molhado para impedir um ritual Jedi cujo tempo finalmente havia chegado.

E, de qualquer maneira, as Cuidadoras teriam coisas que as deixariam muito mais bravas.

Luke acendeu a tocha em sua mão, e a chama rasgou a noite. Diante dele erguia-se a antiga árvore uneti que abrigava os textos Jedi primordiais.

Ele já havia vestido a túnica e acendido a tocha antes, apenas para hesitar e perder sua determinação. Luke não sabia exatamente o porquê. Ele achava que era porque passara tantos anos cruzando a galáxia com R2-D2 como seu companheiro, procurando obsessivamente pela história antiga e por um propósito novo, ao custo de tudo o mais. Quando entregasse a biblioteca para as chamas, ele estaria entregando tudo o que havia feito desde Endor. Vaidade, outra vez – mas todas as vezes foi isso que o impediu de dar o passo final. De fato, Rey havia chegado à ilha após muito tempo em que Luke já observava o mar melancolicamente sobre o gramado, juntando com muita dificuldade a vontade para tentar novamente.

Mas Rey havia partido. E, dessa vez, Luke jurou, ele não hesitaria.

Quando ergueu os olhos para a árvore, Luke sentiu algo atrás dele. Ele se virou e encontrou uma presença cintilante de outro tempo – da era que estava prestes a declarar extinta.

– Mestre Yoda – Luke disse, sentindo uma instintiva onda de alegria ao vê-lo.

Já fazia muitos anos desde que vira a manifestação do grande professor Jedi, e Yoda parecia quase corpóreo, muito parecido com a imagem que Luke guardava de seu treinamento em Dagobah, que ele interrompera para confrontar Darth Vader. O pequeno Mestre Jedi parecia mirrado e encurvado, sua cabeça coberta por um delicado halo de cabelos brancos, mas, assim como antes, seus olhos eram penetrantes, parecendo olhar através de Luke e para dentro de seus pensamentos mais profundos.

– Jovem Skywalker – Yoda disse.

Mas Luke entendeu que seu velho professor apareceu por uma única razão, e sua felicidade se esvaiu.

– Vou dar um fim a isso tudo – Luke alertou a visão. – Vou queimar tudo. Não tente me impedir.

Yoda apenas parecia se divertir.

Luke avançou sobre os restos da antiga árvore, a tocha queimando em sua mão. Ele parou a menos de um metro do tronco pálido e retorcido. Assim que esticasse o braço, a madeira começaria a queimar – e minutos após isso os textos fundadores da Ordem Jedi se transformariam em cinzas.

O tempo é um círculo. O começo é o fim.

Mas, como acontecera tantas vezes antes, Luke descobriu que não conseguia erguer a mão.

Yoda olhou para o céu e levantou um dedo enrugado. Um relâmpago disparou da noite, momentaneamente pintando a ilha de preto e branco e deixando Luke piscando freneticamente. Quando ele se livrou dos pontos esbranquiçados de sua visão, a árvore estava em chamas.

Luke se apressou para extinguir a tocha, quase queimando a si próprio no processo, e procurou uma maneira de apagar o fogo que se espalhava rapidamente.

Atrás dele, Luke podia ouvir Yoda rir.

— "Dar um fim a tudo isso eu vou." Ah, Skywalker. Falta sua eu senti.

Luke se preparou para entrar correndo na árvore e resgatar os livros da prateleira, mas era impossível — a árvore havia se tornado um inferno. Seus ombros caíram, ele se virou e encarou a forma cintilante de Yoda, de pé ali tão tranquilamente, no topo de uma pequena ilha de um planeta esquecido de um setor sem nome da galáxia.

— Então, chegou mesmo a hora de a Ordem Jedi acabar — Luke disse.

— Decidir nós não podemos, onde nosso lugar nessa história começa ou termina. Mas a hora para você chegou de enxergar além de uma prateleira de velhos livros.

Apesar do motivo pelo qual estava ali, apesar de tudo aquilo que lhe causara ansiedade, Luke se sentiu ofendido.

— Os textos sagrados Jedi! — ele disse.

— Os livros todos você leu? Fáceis de ler eles não eram. Sabedoria eles carregavam, mas aquela biblioteca não continha nada que a garota Rey já não possua.

Yoda sacudiu a cabeça, e Luke se sentiu como o Padawan que fora há tantos anos, nos pântanos de Dagobah. Seu mestre estava desapontado, e ele estava embaraçado.

— Skywalker — Yoda disse. — Ainda olhando para o horizonte. Nunca aqui, agora. A necessidade na frente do seu nariz.

O pequeno Mestre Jedi esticou seu cajado para bater no nariz de Luke.

— Eu fui fraco, fui insensato.

— Ben Solo você perdeu — Yoda disse, com um tom gentil, mas firme. — Perder Rey, nós não podemos.

— Não posso ser aquilo que ela precisa que eu seja.

— Atenção às minhas palavras você não prestou. "Transmita aquilo que você aprendeu." Sabedoria, sim. Mas tolice também. Força na maestria, hum. Mas fraqueza e fracasso, sim. Fracasso mais do que tudo. O maior professor o fracasso é.

E então ele soou levemente pesaroso:

— Nós somos o que eles superam. Esse é o verdadeiro fardo de todos os Mestres.

Luke encarou o fogo, suas chamas tentando alcançar as estrelas distantes. Ele permaneceu ao lado de seu velho professor enquanto a fogueira queimava, consumindo o passado remoto.

CAPÍTULO 23

A bordo da Millennium Falcon, Rey terminou de fechar um compartimento de carga debaixo da cama do piloto reserva, no convés principal, e respirou fundo. Nenhum de seus longos debates consigo mesma durante a jornada de Ahch-To a levou para qualquer outra conclusão.

A Força havia lhe mostrado o que fazer; o resto agora cabia a ela.

Chewbacca a esperava na apertada seção das cápsulas de escape, abaixado ao lado de uma das cápsulas de uso pessoal. R2-D2 estava próximo dali, as luzes piscando em seu domo.

Rey viu que a cápsula estava marcada com as seguintes letras:

CÁPSULA DE FUGA CLASSE A9-40
Millennium Falcon

E abaixo disso estava escrito à mão, em clynês:

PROPRIEDADE DE HAN SOLO. FAVOR RETORNAR.

Ela permitiu a si mesma um sorriso. E desejou poder perguntar a Han se isso alguma vez funcionou.

Talvez sim – e, se fosse o caso, talvez desse boa sorte.

De qualquer modo, era melhor não pensar na perturbadora semelhança que a cápsula tinha com um caixão.

Chewbacca ajudou Rey a entrar, suas mãos surpreendentemente gentis apesar de sua força – ou talvez por causa dela. Seus olhos – de um azul intenso em seu rosto feroz – olhavam para ela com incerteza.

– Assim que eu decolar, você salta de volta para longe do alcance e fique lá até receber meu sinal – ela disse.

O Wookiee rugiu, mas ela não estava interessada em ser convencida a não fazer aquilo.

– Se você encontrar o Finn antes de mim, diga a ele... – ela começou a dizer.

Chewbacca uivou.

– Sim. Perfeito. Diga isso a ele.

Ela embarcou na cápsula, posicionou o sabre de luz ao seu lado e ergueu o polegar para o droide e o Wookiee, cruzando os braços sobre o peito quando Chewbacca selou a escotilha.

Rose sabia que a frota da Primeira Ordem estaria esperando por eles, mas mesmo assim sentiu um aperto no peito quando a *Libertina* emergiu do hiperespaço e ela avistou a força de ataque no limite do cone do sensor do iate.

– De quem foi essa ideia brilhante? – Finn perguntou.

– Não olhe para mim, cara – disse DJ, que se juntou a eles na cabine. – Eu só trabalho aqui. Qual Destróier vocês querem invadir?

Rose estudou a imagem da nau capitânia enquanto os sensores do iate construíam um diagrama da gigantesca nave. Ela ainda achava o seu tamanho quase incompreensível – os créditos necessários para financiá-la deixariam setores inteiros na miséria, e ela nunca ouviu falar de um estaleiro grande o bastante para construí-la.

Ela se perguntou se os metais retirados das ruínas de Hays Minor tinham sido usados naquele casco, ou se os minerais de seu mundo natal agora faziam parte de algum condutor conectando os turbolasers aos reatores. Ou se a nave fora construída com destroços de outros mundos devastados pela Primeira Ordem.

E, se a Primeira Ordem havia construído aquilo, o que mais eles haviam criado secretamente?

– Qual você acha? – ela disse com irritação para DJ. – Faça agora. Você consegue mesmo fazer isso, não é?

DJ estudava suas unhas encardidas.

– Então, sobre isso. Caras, eu consigo. Mas existe uma conversinha sobre preço antes de fazer.

– Quando terminarmos, a Resistência dará o que você quiser.

DJ olhou para ela como se estivesse avaliando a oferta.

– O que vocês têm para adiantar?

– Você está brincando? – Finn perguntou. – Olhe para nós.

DJ olhou – e Rose notou que seu medalhão havia atraído sua atenção.

– Isso aí é metal haysiano? – DJ perguntou. – Nada mal.

Rose cobriu o medalhão com sua mão, instintivamente escondendo-o da cobiça dos olhos dele.

– Não – Finn disse, zangado. – Nós lhe damos nossa palavra. Você será pago. Isso tem que ser suficiente.

– Caras, eu quero continuar ajudando – DJ disse. – Mas, sem adiantamento, sem negócio.

Finn começou a argumentar, mas Rose sabia que nada que ele pudesse dizer seria suficiente – e eles não possuíam mais nada de valor. Com olhos gélidos, ela arrancou o medalhão e o jogou para DJ.

– Faça – ela disse.

– Agora eu posso ajudar – DJ disse.

O brilho feroz nos olhos de DJ quando fechou a mão ao redor do medalhão fez Rose querer se jogar sobre ele. Mas ela preferiu sair irritada da cabine, ignorando o olhar preocupado de Finn.

Após um momento silencioso na cabine, DJ extraiu uma das máquinas misteriosas de seu casaco e a conectou com um painel exposto no console do iate.

— Camuflando nossa chegada — ele disse. — Isso vai nos tirar dos radares deles. Agora é só fatiar uma fatia do escudo e passamos de fininho. "Fatiar uma fatia..." Acho que soa meio estranho.

Finn não estava com humor para piadas.

— Apenas faça logo.

— Feito — DJ disse.

Com a aproximação do iate, as naves da Primeira Ordem cresceram de pontos de luz até se tornarem formas reconhecíveis, seus detalhes perfeitamente nítidos no vácuo do espaço. DJ acelerou e Finn olhou surpreso para ele, mas o ladrão apenas deu de ombros.

— Nós temos a camuflagem — ele disse. — E se funcionar? Ninguém vê a nossa nave, a gente sobrevive, o que precisa fazer é feito. Se não? É melhor ir direto para a parte onde a gente explode.

E com isso DJ sorriu e fez um gesto com os dedos imitando uma explosão.

Finn olhou feio para ele, ainda bravo sobre o medalhão de Rose. Ele tinha certeza de que havia uma razão para a estratégia de DJ ser uma má ideia, mas não conseguia articular — e discutir com um ladrão amoral parecia uma péssima maneira de passar seus últimos minutos de existência.

A *Supremacia* parecia um muro diante deles que se expandia até sua brutal proa preencher todas as janelas. Finn imaginou o que sentiria se um dos turbolasers do Couraçado disparasse sobre eles. Será que veria o raio e sentiria a *Libertina* se despedaçar ao seu redor? Ou será que ele e Rose simplesmente deixariam de existir — estando ali num momento, desaparecendo no outro?

Ele percebeu que estava prendendo a respiração e forçou-se a soltar o ar, estudando a interminável barriga da nave que passava sobre eles, cobrindo-os em sombra. O revezamento de turnos já o havia colocado a bordo da nau capitânia de Snoke, mas ele nunca vira o exterior – ele entrava e saía a bordo de um transporte, confinado dentro de um capacete de stormtrooper.

Finn tentou identificar o que sabia do interior da nave de guerra com o casco que passava na janela. Acima deles, ele sabia, havia linhas e galpões de montagem, fundições e centros de treinamento de cadetes, iguais àqueles em que já estivera. Assim como mais de um milhão de tripulantes – a *Supremacia* era mais uma capital móvel do que uma nave.

Finn percebeu que sentia culpa. Ele sabia desde o começo o que a Resistência não sabia: que a *Supremacia* estava lá fora, em algum lugar, à espreita nas Regiões Desconhecidas da galáxia. Da mesma maneira como ele sabia de tantas outras coisas que vira durante seus anos a serviço da Primeira Ordem.

Ele sabia que era ridículo culpar a si mesmo – quando chegou a D'Qar não houve tempo para um relatório completo. Ele mal tivera tempo para contar à General Organa e seus oficiais sobre a Base Starkiller antes de partir com Han e Chewbacca a bordo da *Falcon*. E depois disso... Bom, não houve um depois. Ele acordou dentro de um traje bacta, deixado numa sala de estoque a bordo de uma nave caçada.

Mesmo assim, por algum motivo parecia errado ele ter sido o único a bordo da *Raddus* que não ficou surpreso ao ver a descomunal nave de guerra sair do hiperespaço.

E, se as coisas tivessem sido diferentes, será que lhe ocorreria alertar a Resistência de tudo o que existia contra ela? Finn gostava de pensar que teria feito isso, mas não tinha certeza se era verdade. Era provável, ele tinha de admitir, que teria insistido em acompanhar Rey em sua caça Jedi, ou tentado convencê-la a se juntar a ele em algum lugar da Orla Exterior.

Um alerta piscou e Finn avistou os pontos de dois caças no radar da *Libertina* – mas imediatamente reconheceu que a trajetória os levaria para longe do iate. Ele tentou localizar os caças pelas janelas, imaginando qual seria sua missão. Havia apenas três – se a Primeira Ordem estivesse atacando a frota da Resistência, teria esvaziado seus hangares.

– Eles estão indo atrás de alguma coisa – Finn disse.

– Algo que não é a gente – DJ disse. – Quase lá, amigo. E veja isso: é o nosso ponto.

DJ apontou, depois guiou o iate até um pequeno ponto na barriga da *Supremacia*. Finn não conseguia enxergar o que era – algum tipo de orifício ou abertura –, mas o lugar aumentou até que o iate passou pela fenda, para dentro da escuridão.

Os três caças TIE voavam em formação, os dedos dos pilotos pairando sobre o botão de disparo em seus manches.

Todos os pilotos da Primeira Ordem destacados para a frota queriam vingar o desastre da Base Starkiller, dissecado impiedosamente nos relatórios pós-ação como um fracasso da corporação de caças estelares em conter um inimigo numericamente inferior. Mas a blitz total contra a Resistência que os pilotos esperavam não se materializou – em vez disso, iniciou-se uma estranha perseguição subluz, com a maioria dos pilotos apenas assistindo.

As coisas haviam começado de um jeito promissor, com uma frenética luta contra os bombardeiros que haviam destruído a *Fulminatrix* (outra rodada de relatórios pós-ação que ninguém queria encarar) e o ataque contra a nau capitânia inimiga.

Mas a frota vinha perseguindo os retardatários da Resistência – agora supostamente reduzida a uma única nave – por mais de doze horas desde então, cada minuto passado em alerta máximo.

Os pilotos já estavam à beira da exaustão. O revezamento de turnos fora cancelado para prevenir contra a possibilidade de que a Resistência – os rumores diziam que seus espiões e infiltrados poderiam estar em qualquer grupo de droides ou em qualquer lata de lixo – pudesse descobrir os horários e usar isso para lançar um ataque relâmpago. Pilotos que deveriam estar em suas camas ainda estavam nas salas de prontidão, superestimulados por café ruim e a estranha mistura de esperança e medo de que o próximo minuto se tornasse a hora zero, com caças sendo lançados e combates sendo iniciados. A primeira onda de substituição de pilotos havia chegado após não dormirem, esperando que a perseguição em câmera lenta se arrastasse por tempo suficiente para entregar a chance de glória a eles.

O alerta que finalmente soou viera como um alívio, que se desfez em uma decepção confusa antes que os caças deixassem o hangar: as ordens eram para que investigassem um contato anômalo.

Só isso. Uma única nave saíra do hiperespaço entre as duas frotas e saltara quase imediatamente de volta, ejetando algo que começou a voar na direção da força de ataque da Primeira Ordem. Os sensores indicavam que era pequena demais para ser um caça estelar; então, o que era?

A conclusão lógica era que aquilo deveria ser uma bomba – mas mesmo cem dispositivos daquele tamanho seriam incapazes de causar danos mais do que cosméticos à nau capitânia do Líder Supremo. Isso tornava aquele o pior tipo de voo – um voo em que o único resultado era você estragar tudo.

Então, o que era o objeto voando lá fora?

Para espanto dos pilotos, o objeto se revelou uma cápsula de escape – com uma única forma de vida. Ao escoltá-la na direção do hangar, os três pilotos ponderaram uma variação do mesmo pensamento: quem seria o lunático que voaria para *dentro* da batalha antes de abandonar sua nave?

Kylo Ren sabia quem estava na cápsula de escape mesmo antes de ela se abrir, soltando um jato de vapor – a presença dela havia se tornado uma pulsação rítmica na Força desde o momento em que a lata-velha do cargueiro de seu pai mais uma vez conseguiu sair do hiperespaço sem se desintegrar. Os stormtroopers atrás dele estavam a postos, mas ele apenas sorriu diante da visão de Rey dentro da cápsula apertada.

Seu sorriso sumiu ao avistar o sabre de luz de seu tio.

– Eu fico com isso – ele disse. – Isso me pertence.

Rey ficou tentada a lhe dizer que fosse buscar, como Finn fizera – e lembrá-lo de que ela o deixara de joelhos na Base Starkiller e o desarmara. Lembrá-lo de que ele levaria para sempre a marca daquele duelo e que estava vivo apenas porque ela escolhera não o eliminar.

Mas não era para isso que ela estava ali, e os dois sabiam. Mesmo assim, ela segurou o sabre de luz avaliando a situação por um momento, para lembrar Kylo de que fora ela quem desencadeara toda aquela sequência de eventos.

– Estranho que o sabre tenha chamado a mim naquele castelo – Rey disse, estudando a antiga arma quase distraidamente antes de disparar um olhar de volta para Kylo. – E não a você.

O canto da boca de Kylo tremeu no começo de um sorriso, e ele inclinou a cabeça na direção dos soldados que preenchiam o hangar.

– Você não está em posição de fazer exigências.

Rey estendeu o cabo para ele, como se o desafiando a tomá-lo dela. Os stormtroopers se mexeram, inquietos. Kylo franziu as sobrancelhas, depois esticou o braço; seu rosto marcado pela cicatriz exibia uma incerteza momentânea. Um leve tremor perturbou seus dedos dentro da luva negra quando a mão dele se aproximou da arma que Rey segurava com firmeza.

Ele apanhou o sabre de luz e fez um rápido gesto para que um oficial da Primeira Ordem se aproximasse com algemas.

– Isso não é necessário – Rey disse.

— É sim — Kylo replicou, apressando-a para dentro das profundezas da enorme nau capitânia. — Nós temos hora marcada.

Rey acelerou para acompanhar os longos passos de Kylo, querendo não demonstrar que estava se esforçando para manter o ritmo. Atrás deles, ela ouvia o tilintar das armaduras dos stormtroopers. Rey podia sentir a ansiedade deles sobre uma situação que não conseguiam encaixar nas instruções do rígido treinamento que receberam. Essa ansiedade também exibia medo — não dela, mas do mercurial e imprevisível Kylo.

Ela não os culpava — a turbulência de Kylo preenchia a Força ao redor deles, conturbando-a e agitando-a. Os stormtroopers não conseguiam sentir isso como ela e Kylo, o que não era o mesmo que dizer que não podiam sentir nada — eles faziam parte da vida e da Força e não podiam evitar ser afetados em algum nível.

Kylo parou na frente de um turboelevador chamado pelos stormtroopers e dispensou a escolta. As portas se fecharam e deixaram Rey sozinha com ele. Kylo ainda contemplava o sabre de luz em suas mãos.

Ela fez um gesto para cima, com a cabeça.

— Snoke? Você não precisa fazer isso.

— Eu preciso.

— Sinto o conflito dentro de você crescendo desde que matou Han — Rey disse. — Está consumindo você.

— É por isso que você veio? Para me contar sobre o meu conflito?

Lá estavam elas outra vez, suas táticas de sempre — evasão e menosprezo. Como se ele fosse o mestre e ela sua estudante, usando questionamentos para mantê-la em seu lugar e desconcertada. Mas as coisas tinham mudado. Ela não era a mesma jovem mulher que ele sequestrara em Takodana ou confrontara na Base Starkiller. Não mais.

— Não — Rey disse. — Olhe para mim. *Ben.*

Ele se virou ao ouvir o nome que recebera ao nascer, mas que havia abandonado. Parecia perdido.

— Quando nos tocamos eu vi o seu futuro — ela disse a ele. — Apenas a forma, mas sólido e claro. Você não vai se curvar diante de

Snoke. Você vai se converter. Eu vou ajudá-lo. *Eu vi*. É o seu destino.

Ela observou as emoções se sucedendo em seu rosto, seguidas por ecos na Força como tremores e picos. Raiva. Confusão. Dor. Solidão. Saudade. Tristeza.

E então ele ergueu os olhos para ela.

— Você está errada. Quando nos tocamos eu também vi algo. Não o seu futuro, mas o seu *passado*. E, por causa do que vi, sei que, quando o momento chegar, será *você* quem vai se converter. Você ficará do *meu* lado. Rey, eu vi quem são seus pais.

Rey o encarou, mas não havia mentira nos olhos de Kylo. E um entendimento aterrorizante nasceu em sua mente: as emoções tumultuosas de Kylo não eram apenas sobre ele. Eram também sobre ela.

As portas do turboelevador se abriram com um silvo e Kylo conduziu Rey até a sala do trono, onde o Líder Supremo da Primeira Ordem esperava sentado. Seus guardas sem rosto e de armadura vermelha estavam posicionados a seu lado, com as lâminas de suas armas a postos. O próprio Snoke apoiava-se quase desleixadamente no trono – exibindo indolência com seu robe dourado e tranquilidade na segurança de seu santuário.

Mas seus olhos eram penetrantes e famintos. Rey tentou evitá-los, mas seu olhar era como um ímã, atraindo sua atenção involuntariamente. Seu magnetismo era semelhante àquilo que ela sentiu perto do poço em Ahch-To – sussurros sobre segredos reservados a ela, que lhe pertenciam. Um conhecimento antigo e esquecido que destruiria os fracos, mas elevaria os fortes. *Os dignos*.

Snoke abriu um sorriso faminto diante dela e Rey percebeu que não conseguia desviar os olhos até o Líder Supremo fixar aquele terrível olhar profundo em Kylo.

— Muito bem, meu bom e leal aprendiz – ele disse, a voz grave e pesada. – Minha fé em você está restaurada.

Então seu olhar caiu sobre ela novamente.

— Jovem Rey. Bem-vinda.

CAPÍTULO 24

O HANGAR DA *Raddus* ESTAVA cheio de transportes – Poe contou trinta deles, o bastante para evacuar todos os membros da Resistência que sobreviveram à evacuação de D'Qar. Tripulantes se apressavam ao redor dos transportes, preparando-os para voar – e lançavam olhares sobre a reunião que acontecia ao lado do hangar, na qual um pequeno grupo de pilotos liderados por Poe Dameron havia abordado a Vice-Almirante Holdo e seus oficiais com uma mensagem urgente.

– Então um stormtrooper e uma sei lá quem estão fazendo *o quê*? – Holdo exclamou.

– Tentando nos salvar. Essa é nossa melhor chance para escapar. Você precisa dar a Finn e Rose todo o tempo que puder!

Enquanto Holdo tentava processar tudo aquilo – um transporte roubado, um encontro em um distante mundo de jogos de azar, um decodificador de reputação dúbia, a natureza do rastreador do hiperespaço, a localização dos disjuntores da Primeira Ordem – Poe olhou para os oficiais atrás dela, estudando seus rostos em um apelo silencioso. Alguns deles Poe conhecia – D'Acy, por exemplo –, enquanto outros não lhe eram familiares, tripulantes da *Ninka* que embarcaram na *Raddus* com sua comandante.

Mas, conhecidos ou não, suas expressões diziam a mesma coisa: eles apoiavam Holdo. Era decisão dela.

— Você apostou a sobrevivência do nosso movimento em chances muito pequenas e arriscou a todos nós — Holdo disse, fumegando. — Não há mais tempo agora.

Ela se virou para seus oficiais.

— Precisamos deixar este cruzador. Carreguem os transportes.

Quando as portas dos transportes se abriram com silvos, Poe e C'ai trocaram olhares.

— Eu temia que você dissesse isso — Poe disse, e então sacou seu blaster. Ele ficou aliviado ao ouvir os outros pilotos fazerem o mesmo.

— Almirante Holdo, estou destituindo-a do comando para a sobrevivência desta nave, sua tripulação e a Resistência — ele disse, torcendo para sua voz ter saído calma e confiante.

Os oficiais atrás de Holdo pareciam chocados e raivosos, mas a almirante simplesmente respondeu a Poe com um de seus olhares de avaliação.

Poe ficou tenso, sabendo que a situação podia seguir para um ou para outro lado.

Então Holdo ergueu as mãos. Após um momento, os oficiais fizeram o mesmo.

— Espero que você entenda o que está fazendo, Dameron — ela disse.

Em circunstâncias diferentes, ele poderia ter explicado que entendia *sim* — tentando, mais uma vez, fazê-la enxergar como havia se afastado da visão de Leia e como poderia restaurá-la. Mas ele precisava aproveitar o pouco tempo que ainda restava — aproveitá-lo e usá-lo para aumentar as chances de Rose e Finn da melhor maneira que pudesse.

— Estou indo para a ponte — Poe disse a C'ai. — Se eles se mexerem, atire para atordoar.

A abertura que DJ localizou levava, dentro de tantas possibilidades, para uma lavanderia.

Finn já havia aguentado muito trabalho enfadonho quando era um cadete stormtrooper – seus treinadores rotineiramente destacavam turnos de trabalho de droide para aqueles que fracassavam em algum exercício –, mas ele nunca vira uma lavanderia da Primeira Ordem por dentro.

De fato, ela não tinha nenhum trabalhador orgânico – apenas vários droides automatizados trabalhando duro nas estações onde passavam roupa. Os droides de vários braços passavam e dobravam sem parar: um braço apanhava um uniforme recém-lavado da cesta, outro passava um sensor para verificar o tipo de tecido e um terceiro manipulava uma extensão com um ferro de passar.

Para alívio de Finn, nenhum dos droides pareceu se importar – ou mesmo notar – quando três humanos e um astromec emergiram de um tubo de ventilação úmido e cheio de fiapos que se conectava com um dissipador de calor no exterior da *Supremacia*, onde a *Libertina* fora escondida.

Também não protestaram quando aqueles mesmos humanos apanharam três uniformes lavados e passados, prontos para serem devolvidos para seus donos; nem quando escolheram botas lustradas, além de cintos e quepes que combinavam.

Não havia espelhos, mas Finn já vira uniformes suficientes da Primeira Ordem para saber que o seu parecia adequado – casaco reto, calças justas e botas altas, visor do quepe nem alto nem baixo demais. O único uniforme pequeno o bastante para servir em Rose era um conjunto azul e verde de major, mas parecia razoável.

Quanto a DJ... Bom, o uniforme de DJ não era problema, mas o homem em si parecia ter voltado de uma viagem de licença de três dias em Nar Shaddaa.

Finn não gostou, mas não havia nada a fazer. Felizmente, a hierarquia era mais importante do que tudo na Primeira Ordem –

obediência inquestionável era recompensada e o pensamento independente era punido.

— Isso vai mesmo funcionar? — Rose perguntou, e obviamente ela pensava que não.

— É claro que vai — Finn disse com uma suavidade que sabia que não a enganaria. — Apenas se preocupe com os caras vestidos de branco.

— Stormtroopers? — ela perguntou, tentando arrumar o cabelo debaixo do quepe.

— Não. Casacos brancos. Esses caras são do Departamento de Segurança da Primeira Ordem. Oficiais de lealdade. O trabalho deles é suspeitar de todo mundo. O resto do pessoal vai olhar para a sua insígnia, não para o seu rosto.

DJ parecia incrédulo. Assim como Rose. BB-8 assobiou ansiosamente.

— Levantem os queixos, ombros para trás — Finn disse. — Endireitem o corpo, não relaxem.

Rose e DJ trocaram olharem confusos.

— É assim que eles ensinam você a andar — Finn explicou, depois suspirou. — Confiança, pessoal. Vai dar tudo certo. O único problema é que não temos cilindros de códigos que funcionem.

Rose olhou para as cápsulas prateadas que adornavam o casaco de Finn.

— Isso aí não serve? — ela perguntou.

— Temo que não. Elas foram reprogramados para um status não registrado. Provavelmente alguns oficiais se esqueceram de tirá-las e elas acabaram na cesta.

Rose olhou para DJ, que estava limpando as unhas, sem muito progresso.

— Você não consegue reprogramá-las? Você é o decodificador, afinal de contas.

— Em uma lavanderia? — DJ disse. — Não. Isso aí é codificação pesada, amigos. Precisa de um camisa branca para acionar. Se você mexer nisso aí, um monte de alarmes vai disparar. Um *monte* de alarmes.

Rose olhou frustrada para ele, e o ladrão maltrapilho ergueu as mãos.

— A minha parte? Trazer vocês aqui. E essa parte eu já fiz.

— E desligar o rastreador — Finn o lembrou.

— Também. Mas isso? As coisas no meio? Não é o departamento deste cara aqui, amigos.

— Mas podemos pelo menos chegar ao rastreador? — Rose perguntou.

— Claro — Finn disse. — Precisamos evitar os maiores pontos de inspeção entre aqui e lá, só isso.

— E tem quantos?

Finn tentou se lembrar.

— Três? Não, quatro. Exceto, talvez... Olha, tem alguns. Vai dar tudo certo.

— Você fica repetindo isso... — Rose disse.

A lavanderia ficava no fundo das entranhas dos níveis inferiores da *Supremacia*, perto da popa da gigantesca nave. Durante os primeiros minutos da jornada em direção à distante sala do rastreador, eles não encontraram ninguém — apenas um solitário droide rato que ficou curioso com BB-8 antes de emitir um bipe intrigado, mas alegre.

Finn olhou para a pintura suja e gasta de BB-8.

— Você também precisa de um uniforme. Hum.

Ele parou em uma estação de técnicos perto da área dos turboelevadores e apanhou uma lixeira retangular.

BB-8 piou ironicamente.

— Você está brincando, não é? — Rose perguntou.

O turboelevador apitou.

— Vai dar tudo certo — Finn disse. Ela revirou os olhos.

O elevador subiu silenciosamente, depois se abriu para uma enorme área comum repleta de estações de controle e enxames de oficiais. Rose parou de mexer em seu quepe e recuou, arregalando os olhos.

— Eu não me voluntariei para isso, cara — DJ disse.

— Olhos à frente — Finn retrucou. — *Respirem*.

Ele realinhou o quepe de Rose — ela havia conseguido colocá-lo de trás para frente –, depois cobriu BB-8 com a lixeira.

— Certo, vamos lá — Finn disse.

Ele endireitou os ombros e saiu do turboelevador. Rose trocou um olhar consternado com DJ e o seguiu, com BB-8 rolando ao lado deles.

Rose tinha certeza de que não andariam mais do que alguns metros na vasta área comum antes que o alarme disparasse e stormtroopers os cercassem. Mas, como Finn havia previsto, os oficiais mal olhavam para eles — e os poucos que olhavam realmente não queriam estabelecer contato com os olhos.

Rose estava convencida de que sua imitação de oficial era a pior atuação da história das infiltrações. Será que estava andando devagar demais? Rápido demais? Curvando-se demais? E ela não ousava olhar para DJ, muito menos para a lata de lixo ambulante ao lado dele.

Mas Finn... Finn parecia um oficial modelo, marchando pela área como se pertencesse a ele. Ele praticamente irradiava uma confiança indiferente.

Mas Finn havia crescido em lugares como aquele, ela pensou. Era o mundo com o qual estava acostumado e, por comparação, a Resistência provavelmente lhe parecia caótica e desorganizada. Talvez não fosse apenas sua paixonite por Rey que o levara a fugir, ela pensou — talvez ele também estivesse tentando fugir de ambientes pouco familiares onde não se encaixava e se sentia sozinho.

Rose estava com um pouco de medo daquele novo Finn, andando com passos decididos em suas botas polidas. Era como se ela enxergasse o competente oficial da Primeira Ordem que ele poderia ter se tornado — uma engrenagem bem construída de uma máquina de guerra, criada para continuar seu trabalho assassino.

Ela afastou esse pensamento. Finn havia rejeitado aquele futuro —

e, com ele, jogado fora todo o seu passado. Ele não era FN-2187, não mais. Ele era o Finn – seu amigo.

– Major? – alguém perguntou, alto e de maneira insistente, e perto demais. – Você poderia aprovar meu destacamento de navegação?

Major. Major. *É você, sua boba!*

Um oficial júnior estava de pé ao seu lado com um datapad.

Rose passou os olhos friamente e murmurou uma aprovação junto com aquilo que esperava que fosse um aceno de cabeça oficial – o mínimo de tempo que podia gastar com um oficial insignificante que a importunava.

Eles seguiram em frente, deixando o oficial júnior para trás. Mas será que os olhares não estavam se demorando demais sobre eles? E quanto àqueles droides ratos? Era imaginação dela ou estavam obcecados com a lata de lixo ambulante deslizando entre eles?

– Isso não está funcionando – DJ alertou com um sussurro.

Não, não era sua imaginação.

– Estamos quase lá – Finn disse.

Lá. Um homem de cara feia e nariz longo, com olhos desconfiados e uma carranca permanente. Um homem vestindo casaco branco. E, rolando perto dele, um astromec série BB da Primeira Ordem.

Aquelas unidades BB conseguiam enxergar toda uma gama do espectro de ondas, Rose sabia. Aquele homem era do Departamento de Segurança da Primeira Ordem. E estava olhando diretamente para eles.

Havia seis stormtroopers parados na frente de um turboelevador, suas posturas sugerindo que estavam esperando e não de guarda. Finn desviou de um deles e acionou os controles do elevador.

O oficial de segurança ainda olhava para eles.

E agora andava na direção deles, não apressadamente, mas com passos determinados. Atrás dele vinha a unidade BB.

Rose queria gritar. Onde estava o elevador? Eles estavam cercados pelo auge da evolução em matéria de naves de guerra e o elevador estúpido não aparecia.

O elevador finalmente chegou e Rose se apressou para dentro, com DJ logo atrás. Ela se virou e encontrou o oficial sênior a poucos passos dali. Agora ele se apressava, os olhos cavando buracos sobre eles.

Ela apertou os botões com força, mandando as portas fecharem.

Elas se fecharam na cara do oficial de segurança.

Rose lembrou-se de permanecer impassível — uma major não suspirava de alívio, não comemorava com os colegas oficiais, nem batia de leve sobre latas de lixo de ponta-cabeça. Até um stormtrooper poderia achar aquilo estranho.

Mas ela não conseguiu resistir a olhar para Finn — e descobriu que um dos stormtroopers também olhava para ele, com a cabeça inclinada.

A mão de DJ se aproximou de seu blaster.

O que eles fizeram de errado? E por que, entre os quatro, era Finn quem chamava atenção?

— Algum problema, soldado? — Finn perguntou friamente, mas Rose podia ouvir o medo permeando sua voz.

— FN -2187? — o stormtrooper perguntou, sua voz modificada pelo capacete.

Os olhos de Finn se arregalaram. Rose olhou para DJ e encontrou o ladrão pálido de medo.

— Você não se lembra de mim — o soldado disse. — 926, do acampamento de iniciação. Grupo Oito. Mas eu me lembro de *você*.

A mão de DJ agora já estava sobre o blaster, tentando libertá-lo sem que ninguém notasse. A atenção dos outros stormtroopers estava fixa sobre a conversa.

— 926... por favor, não faça isso — Finn disse.

— Desculpe, 2187 — o soldado respondeu.

Rose sabia que não havia volta. Mesmo se DJ conseguisse derrubar um dos stormtroopers, havia mais cinco. E, de qualquer jeito, o turboelevador era protegido contra tiros blaster — um tiro perdido ricocheteando naquele espaço pequeno mataria a todos de um jeito tão eficaz quanto uma execução pública.

Ela tocou a mão de DJ, impedindo que ele sacasse a arma.

— Sei que não devo iniciar contato com oficiais, mas olhe só para você! — o stormtrooper disse a Finn. — Nunca imaginei que poderia se tornar um capitão. Grupo Oito, avante!

E então ele esticou a mão e deu um tapa amistoso no traseiro de Finn.

Finn assentiu rigidamente quando as portas se abriram.

— Grupo Oito — ele disse.

Os stormtroopers se dirigiram para uma direção e os quatro se dirigiram para outra, parando assim que dobraram uma esquina. Finn soltou o ar dos pulmões, aliviado, e um bipe chocho veio da lata de lixo de BB-8. Quanto a Rose, ela pensou que fosse vomitar.

— Vamos achar o rastreador. Rápido — ela disse.

— Fica logo ali — Finn prometeu. — Vai dar tudo certo.

Havia apenas alguns oficiais na ponte temporária da *Raddus*, embaixo do nariz alongado da nave Mon Calamari. E nenhum deles estava preparado para ver Poe, Connix e vários pilotos da Resistência invadirem o espaço com seus blasters à mão.

Os oficiais da Resistência pareciam horrorizados, mas C-3PO ergueu os olhos de um monitor como se nada estivesse errado.

— Ah, Capitão Dameron — ele disse. — A Almirante Holdo está procurando por você.

— Nós já conversamos — ele respondeu, gesticulando para seus colegas amotinados. — Levem-nos para o hangar.

Os oficiais foram escoltados para fora. C-3PO os observou sendo levados, obviamente confuso, enquanto Poe estudava os consoles da ponte, sentindo falta da simplicidade de um manche e um gatilho.

Após vários momentos ansiosos de procura, encontrou aquilo que buscava. Ele desativou os transportes no hangar e observou satisfeito a cena através do monitor, quando as luzes se apagaram e deixaram Holdo e seus comandados no meio da penumbra.

Mas nada disso significaria alguma coisa a menos que Finn e Rose tivessem encontrado um jeito de desligar o rastreador da Primeira Ordem que mantinha a *Raddus* presa no lugar.

Quando Finn dobrou a esquina, teve a terrível certeza de que havia se equivocado em algum lugar, levando o grupo para alguma direção aleatória através das entranhas da *Supremacia* em vez de conduzi-los para a estação de controle do rastreador.

Mas não, diante deles o corredor terminava em uma porta de aparência formidável. Além dela, através de janelas reforçadas, ele viu fileiras de computadores e imponentes disjuntores próprios de um processo classe A.

— É aqui — Finn disse, pensando se deveria ou não provocar Rose por ela ter ficado tão preocupada. Não, ele achou melhor não dar sopa para o azar.

DJ estudou o controle da porta.

— Só preciso de um momento — ele disse.

— Será que é uma boa hora para pensar em como voltaremos para a frota? — Rose perguntou.

Finn considerou aquilo.

— Sei onde estão as cápsulas de escape mais próximas.

— É claro que sabe — Rose disse.

Finn revirou os olhos.

DJ tirou o medalhão de Rose de seu casaco e o empurrou para dentro dos circuitos do painel de controle.

— Metal haysiano — ele disse. — O melhor condutor.

Um momento depois, jogou o medalhão para Rose.

Ela tentou esconder sua surpresa. Ficou com medo de explodir em lágrimas, e não havia tempo para isso – ou para qualquer outra coisa.

– De nada – DJ disse.

Debaixo da lata de lixo, eles ouviram uma voz abafada – que Finn percebeu que era de Poe. Um momento depois, BB-8 estendeu um braço mecânico por baixo da lata de lixo, girando o comlink na direção de Finn.

– Poe, estamos quase lá – ele disse. – Prepare o cruzador para a velocidade da luz.

– Sim, já estou fazendo isso – Poe respondeu no comlink. – Apenas se apresse.

– Isso vai dar certo? – Rose perguntou. – Parece que vai mesmo dar certo.

– Quase lá – DJ disse.

Poe apressadamente digitou coordenadas no navicomputador da *Raddus*. O destino do salto não importava muito – só era preciso estarem perto o bastante de um mundo onde a Resistência pudesse se comunicar com seus aliados e adquirir mais combustível. Quando os caçadores da Primeira Ordem os encontrassem de novo, eles já estariam longe.

C-3PO agora o encarava.

– Senhor, estou quase com medo de perguntar, mas...

– Bom instinto, 3PO. Continue assim.

E então um movimento vindo do hangar chamou sua atenção no monitor. Um vapor vazava de uma mangueira de combustível, e anéis azuis de tiros atordoantes atravessavam a névoa. Holdo fizera sua jogada – Poe podia vê-la no meio de uma luta, dirigindo seus oficiais.

– Lacrem a porta! – ele gritou para um piloto na entrada da ponte.

O piloto obedeceu, lacrando os controles para impedir que qualquer pessoa de fora entrasse.

Agora tudo o que Poe podia fazer era esperar.

C-3PO começou a andar apressadamente na direção da porta. Poe observou o droide de protocolo com incredulidade.

— 3PO, fique longe da porta — Poe alertou.

C-3PO se virou, indignado.

— Seria contra minha programação participar de um motim — ele disse secamente. — Não é o protocolo correto!

Faíscas voaram do lugar onde as portas se juntavam quando alguém começou a cortar através do metal pelo outro lado. C-3PO executou uma rápida meia-volta e seguiu na direção oposta tão rápido quanto seus servomotores permitiam.

Poe trocou um olhar com os outros pilotos, depois olhou com preocupação para a porta que faiscava.

— Finn? — ele gritou no comlink.

— É agora ou nunca! — Finn disse para DJ.

— Agora — DJ respondeu com uma expressão de satisfação sonolenta, depois recuou um passo.

A porta se abriu e Finn e Rose correram para dentro, com DJ e BB-8 logo atrás. Rose olhou para os disjuntores, seguindo o trajeto dos condutores de energia.

Três alavancas, cinco segundos. Fácil.

Algo emitiu um silvo dos dois lados de onde eles estavam. Duas portas se abriram e a unidade BB da área comum rolou para dentro, seu olho eletrônico ferozmente fixo sobre eles. Uma dezena de stormtroopers entrou correndo, com blasters nas mãos. Atrás deles veio o oficial de segurança da área comum.

Finn olhou com tristeza para os stormtroopers enquanto marchavam para dentro da sala de controle. Havia soldados demais até mesmo para pensarem em começar um tiroteio.

Então um novo som alcançou seus ouvidos – um som terrivelmente familiar. Os passos lentos e medidos de pés envoltos em armadura metálica.

A Capitã Phasma entrou na sala de controle, com seu fuzil aninhado nos braços envoltos em manoplas cromadas.

– FN-2187 – ela disse calmamente. – Como é bom tê-lo de volta.

Poe ainda tentava processar a ideia de que havia acabado de ouvir seus amigos sendo capturados quando faíscas começaram a voar das portas da ponte temporária da *Raddus*. Ele correu para sacar sua arma quando as portas gemeram e se abriram numa explosão, depois esperou a fumaça clarear, mirando o blaster na entrada da ponte.

Leia Organa apareceu no meio da fumaça vestindo suas roupas hospitalares, seus passos um pouco hesitantes, seu rosto sério.

Antes que pudesse dizer alguma coisa – o quanto estava feliz em vê-la, como tudo havia seguido horrivelmente errado sem ela –, Leia ergueu seu blaster e atirou para atordoá-lo.

CAPÍTULO 25

Interpretar visões do futuro era um jogo perigoso. Fossem os Jedi, fossem os Sith ou alguma outra seita menos celebrada pela história, todos aqueles que usavam a Força para explorar possíveis linhas do tempo mantinham isso sempre em mente. Aqueles que não mantinham se arrependiam amargamente.

Snoke aprendera essa lição havia muitos anos, quando era jovem e a galáxia era muito diferente. Naqueles dias, o que mais lhe chamou atenção foi o quanto essas visões do futuro deixavam de fora muitas coisas.

Por exemplo, quem diria que a garota Rey seria tão magra e de aparência tão frágil? Ela parecia perdida na sala do trono, insignificante comparada com seus arredores e os eventos dos quais toda a galáxia dependia – e aos quais ela serviria, de modo improvável e relutante, como ponto de equilíbrio.

Mas Snoke sabia que as aparências geralmente enganavam – às vezes, de modo fatal. Subestimar Rey quase custara a vida para Kylo Ren, afinal de contas. Snoke não cometeria esse erro. Pois ele tinha suas próprias legiões de incontáveis mortos, suas fileiras preenchidas por aqueles que o haviam subestimado.

Snoke sabia que ele próprio era um ponto de equilíbrio improvável, a coisa mais longe possível daquilo que os resquícios do Império de Palpatine imaginariam como seu líder. Os almirantes e generais que haviam sobrevivido à fúria da implosão do Império e à ira da Nova República imaginaram ser liderados por outra pessoa, qualquer outra: o impiedoso e tortuoso Gallius Rax; a cautelosa e esforçada Rae Sloane; o dissimulado fanático político Ormes Apolin; ou mesmo algum descontrolado, mas ambicioso arquiteto militar, como Brendol Hux.

Todos esses potenciais líderes foram cooptados, deixados de lado ou destruídos, sobrando apenas Armitage Hux, o filho louco de um pai louco. E ele era apenas um falastrão, alguém obcecado por tecnologia cuja retórica persuadia apenas o tipo de ralé que seguia cegamente a certezas raivosas e lunáticas.

Embora a história galáctica fosse registrar de outra forma — Snoke se certificaria disso —, a evolução da Primeira Ordem fora mais improviso do que planejamento. Esse era outro elemento que as visões costumavam ocultar.

Palpatine havia engendrado a Contingência para simultaneamente destruir seu Império e assegurar seu renascimento, implacavelmente peneirando suas tropas e reconstruindo-as com aqueles que sobreviviam. A reconstrução deveria acontecer nas Regiões Desconhecidas, secretamente exploradas por equipes Imperiais de reconhecimento e semeadas com estaleiros, laboratórios e depósitos — um esforço incrivelmente caro que levou décadas e fora mantido em segredo de todos que não faziam parte da cúpula.

Mas as preparações militares dos refugiados Imperiais foram bastiões insuficientes contra os terrores das Regiões Desconhecidas. Tateando no escuro entre estranhas estrelas, eles chegaram perigosamente perto da destruição, e não foi o poderio militar que os salvou.

Foi o conhecimento — o conhecimento de Snoke.

O que, ironicamente, levava de volta a Palpatine e seus segredos.

A verdadeira identidade de Palpatine como Darth Sidious, herdeiro dos Sith, fora um segredo ainda maior do que a Contingência. E as explorações do Império nas Regiões Desconhecidas serviram aos dois aspectos de seu governante. Pois Sidious sabia que o conhecimento da Força de toda a galáxia viera daqueles lendários sistemas estelares havia muito abandonados, e que verdades ainda maiores esperavam ser redescobertas.

Verdades que Snoke havia aprendido e usado para servirem a seus próprios objetivos.

Um obstáculo permanecera em seu caminho – Skywalker. Que fora sábio o bastante para não reconstruir a Ordem Jedi, dispensando-a como a esclerosada sociedade eternamente em debate que se tornara em seus últimos suspiros. Em vez disso, o último Jedi buscara entender as origens da fé e as verdades maiores por trás dela.

Assim como seu pai, Skywalker fora um instrumento favorecido pela vontade da Força Cósmica. Isso tornava essencial acompanhá-lo. E, quando Skywalker pôs em perigo o plano de Snoke, tornou-se essencial que ele agisse.

E então Snoke utilizou seu vasto acúmulo de conhecimento para confundir o caminho de Skywalker, envolver sua família e controlar os poderes de Ben Solo, assegurando tanto a destruição de Skywalker como o triunfo de Snoke.

Agora, a conclusão que ele havia previsto estava ao seu alcance.

Snoke fez um gesto com a mão e as algemas de Rey se abriram e caíram no chão – uma demonstração trivial da Força. Ele notou, com aprovação, que isso já não lhe causava mais espanto.

– Aproxime-se, minha criança – ele disse.

Ela se recusou e Snoke usou a Força, cujo poder havia aumentado enquanto seu corpo se deteriorava. Para seu deleite, ele achou Rey forte – até mais poderosa do que havia imaginado. Poderosa com a Força, e com o tipo de força de vontade inabalável que a tornava capaz de controlá-la.

Rey poderia ter se tornado um instrumento valioso para Snoke – se ele ainda precisasse de ferramentas assim.

– Tanta força – Snoke disse, saboreando as correntes de poder na sala e o caos de suas colisões. – As trevas se erguem, e a luz vem de encontro. Eu alertei meu aprendiz de que, com o aumento de seu poder, sua contraparte na luz também se ergueria.

Mais um gesto aparentemente trivial e o sabre de luz de Anakin Skywalker se livrou da mão de Kylo Ren, passou por Rey e terminou na mão de Snoke com um estalo. Ele virou a arma gentilmente, admirando tanto a qualidade de sua construção como o poder que se acumulava dentro dela. Para os olhos de Snoke, a própria forma da arma revelava a linhagem Jedi por trás de sua criação, uma sucessão de nomes que já foram grandiosos, mas que não significavam mais nada.

— Skywalker, eu presumi — ele disse. — Errado.

Ele pousou o sabre de luz sobre o braço do trono e encarou Rey.

— *Mais perto*, eu disse.

Ela mais uma vez resistiu, mas agora Snoke não se limitou a testar suas defesas. Ele usou a Força para atrair seu corpo, arrastando-a centímetro por relutante centímetro em sua direção através do chão polido.

Os rumores começaram a voar ao mesmo tempo que os oficiais leais a Holdo e os amotinados de Poe buscavam refúgio atrás de caixas de equipamentos esperando para ser embarcadas nos transportes da *Raddus*: a General Organa estava pronta para retomar o comando.

Mas para que lado? Isso era menos claro e levou ao estranho espetáculo de lutadores dos dois lados do hangar alternando tiros atordoantes com tentativas de ouvir o que se dizia em seus comlinks.

O tiroteio acabou quando as portas do hangar se abriram para revelar a frágil figura da general, seguida por C-3PO e vários soldados e pilotos — um dos quais levava um corpo inerte nos ombros.

Por um longo momento, ninguém disse nada.

— Acabei de me levantar. Se todos concordarem, prefiro continuar assim — Leia disse com um tom de voz baixo.

Ela andou para dentro do hangar, entre os dois lados, e pousou as mãos nos quadris.

— Agora, onde está a Almirante Holdo?

Holdo emergiu de trás de uma pilha de caixas e as duas mulheres olharam uma para a outra por um momento.

— Amilyn.

— Leia.

Elas se abraçaram. Lentamente, sozinhos ou em duplas, soldados e pilotos dos dois lados começaram a guardar suas armas.

— Estamos prestes a aterrissar no planeta — Leia disse, depois de se separarem. — Se a Primeira Ordem nos seguir, recomendo que todo mundo atire na mesma direção.

Ela se afastou de Holdo e começou a conversar com D'Acy. Holdo indicou quais caixas precisavam embarcar primeiro. Após alguns olhares desconfiados entre si, os oficiais de Holdo e os amotinados perceberam que era o fim do conflito. Eles começaram a carregar caixas, a divisão entre eles finalmente encerrada.

Holdo checou a respiração de Poe, depois sinalizou para dois soldados carregarem o piloto para dentro de um dos transportes. Ela se virou para Leia.

— Esse aí é mesmo um encrenqueiro — ela disse. — Gosto dele.

— Eu também — Leia respondeu, com um sorriso. — Agora, embarque no seu transporte.

Holdo ergueu uma sobrancelha para sua velha amiga.

— Para os transportes escaparem, alguém precisa ficar para trás e pilotar o cruzador.

Leia fixou seu olhar na almirante com uma expressão que Holdo conhecia muito bem. Ela a vira em Alderaan, durante as expedições de reconhecimento em sua juventude, na Legislatura Aprendiz em Coruscant e em várias impressionantes câmaras legislativas enquanto a Nova República se movia de mundo para mundo. Sua amiga estava ordenando seus argumentos e preparando um discurso.

Holdo tinha certeza de que seria um discurso muito eficaz. Mas o tempo dos discursos havia acabado.

— Temo que hoje eu seja sua superiora, Princesa — ela disse, gentilmente, mas com firmeza. — E uma almirante afunda com sua nave.

Leia parou e seu queixo se abaixou.

— Foram perdas demais — ela disse, quase sussurrando. — Não posso aguentar mais.

— É claro que pode — Holdo respondeu, e Leia ergueu os olhos, surpresa. — Foi você quem me ensinou como.

Leia olhou para ela e quase sorriu. Se a situação fosse diferente, ela poderia até rir — uma risada completa e robusta que raramente era ouvida em sua interminável sucessão de reuniões diplomáticas, debates do Senado ou sessões de estratégia militar. Mas Holdo sempre tivera esse efeito sobre ela — um dom para dizer aquilo que chegava aos seus ouvidos como a coisa errada, mas que acabava se mostrando perfeita.

Ela sentiria falta disso. Sentiria falta dela.

— Que a Força esteja... — Leia começou, apenas para ouvir sua amiga dizendo as mesmas palavras.

Elas pararam, passando a vez uma para a outra.

— Você — Leia disse. — Eu já disse isso vezes demais.

— Que a Força esteja com você, sempre — Holdo disse com um sorriso.

Leia tocou o braço de sua amiga enquanto os primeiros transportes se erguiam portentosamente do convés do hangar e se dirigiam para o espaço.

Rey tentou resistir, ordenando a seus pés que permanecessem plantados no chão da sala do trono de Snoke, mas era impossível — ela era atraída cada vez mais para perto do Líder Supremo. Assim como em Takodana, com Kylo Ren, ela descobriu que tanto sua mente como seu corpo foram invadidos e sobrecarregados. A sensação a deixou enjoada – seu estômago queria se rebelar, como se Snoke fosse um mal físico que pudesse ser expurgado.

– Você subestima Skywalker – ela alertou a figura esquelética vestindo robe, sua voz apertada ao tentar manter distância. – E Ben Solo. E a mim. Isso será a sua queda.

Os olhos de Snoke brilhavam com um divertimento selvagem. Poucas coisas eram mais divertidas do que oponentes que confundiam um pouco de conhecimento com o quadro todo. A queda deles era muito mais satisfatória – desde que, antes do fim, eles fossem confrontados com toda a sua tolice e fracasso.

Ele estudou Rey, ainda futilmente tentando resistir à sua vontade, e decidiu que tinha tempo para ensiná-la uma última lição.

– Oh? – Snoke perguntou, irradiando uma preocupação fingida. – Você viu alguma coisa? Uma fraqueza em meu aprendiz? É *por isso* que você veio?

Ele riu diante do horror que recaiu sobre o rosto dela e sua tentativa de escondê-lo. Não havia nada que pudesse esconder dele – não com suas defesas tão inadequadas. Nem mesmo seus pensamentos – seus medos e segredos mais profundos – estavam seguros.

– Jovem tola – Snoke disse. – Fui *eu* quem conectou as suas mentes. Eu aticei a alma conflitante de Ren. Eu sabia que ele não era forte o bastante para esconder isso de você. E você não foi esperta o bastante para resistir à isca.

Kylo Ren havia permanecido ajoelhado na sala do trono enquanto Snoke atormentava Rey, seu rosto como uma máscara impassível. Agora ele ergueu os olhos, surpreso, e encarou seu mestre.

Snoke ignorou a expressão de súplica no rosto de Kylo – assim como ignorou as ondas de dor e confusão que rolavam dele através da Força.

Mas não ignorou o medo no rosto de Rey. Seu choque ao descobrir o papel de Snoke forjando a conexão com Kylo desmoronou as poucas defesas que ela tinha. Com sua concentração quebrada, Snoke arrastou-a para seu trono, seu rosto paralisado a apenas centímetros do dele.

Mantendo Rey presa ali, Snoke considerou Kylo.

Ele testemunhara o enorme potencial de seu aprendiz quando ainda era uma criança – o poder latente da linhagem dos Skywalker era impossível de ignorar. E também testemunhara como explorar os sentimentos de inadequação e abandono do garoto, e a culpa e o desespero de sua mãe para conter a escuridão dentro do filho.

E, de fato, Ben Solo desempenhara o papel que Snoke havia antevisto para ele perfeitamente. A combinação de seu potencial e o perigo que ele representava atraíram Skywalker para a ideia de reconstruir os Jedi. Seu poder então destruíra tudo o que Skywalker havia construído e enviara o fracassado Mestre Jedi para o exílio, removendo-o do tabuleiro justo quando o jogo entrava em sua fase crítica.

Mas o papel que o garoto desempenharia no futuro não era tão claro. Ele chamava a si mesmo de Kylo Ren, mas, como tantas coisas sobre ele, isso era mais a realização de um desejo do que realidade. Ele nunca escapara de ser Ben Solo, ou aprendera a resistir à atração da fraca e patética luz, ou tivera a força para extirpar a veia sentimental que havia destruído seu lendário avô. E então havia seu maior fracasso: sua incapacidade ou relutância de usar seu poder para redirecionar o curso de seu próprio destino.

Snoke já enxergara Kylo como o perfeito estudante – uma criação tanto da luz como das trevas, com o poder dos dois aspectos da Força. Mas talvez ele tivesse se equivocado quanto a isso. Talvez Kylo fosse uma combinação instável das fraquezas desses aspectos – um recipiente defeituoso que nunca poderia ser preenchido.

Snoke afastou esse pensamento. Haveria tempo para considerar o destino de Kylo mais tarde, após a Resistência e o último Jedi serem destruídos.

E esses dois objetivos estavam agora ao alcance.

Snoke voltou a atenção mais uma vez para Rey, que ainda tentava bravamente lutar contra algo a que não tinha possibilidade alguma de se equiparar, muito menos derrotar. Era uma pena para a garota, cujos poderes inesperadamente fortes o intrigavam. Mas seu papel na história estava prestes a acabar. Ela tinha apenas um último serviço a realizar, e após isso poderia ser descartada.

— E agora você me dará Skywalker — Snoke disse a ela. — E então eu a matarei com o mais cruel dos golpes.

Ele viu o horror nos olhos dela — seguido por uma desafiadora teimosia.

— Não! — ela conseguiu dizer.

— Sim! — Snoke respondeu, exultante. Ele ergueu a mão e a lançou através da sala usando a Força, depois a manteve no ar enquanto destruía sua resistência e começava a vasculhar seus pensamentos, suas memórias, apoderando-se delas para fazer o que quisesse. A pele nas têmporas de Rey pulsava em ondas, uma manifestação física da violenta intrusão em sua mente.

— Dê-me *tudo* — Snoke ordenou.

O próprio ar entre eles se curvava e ondulava enquanto Snoke comandava a Força e a transformava em sua arma. Rey se debatia de dor, gritando e buscando uma escapatória que não existia.

Kylo podia sentir a dor e o pânico de Rey, um rugido brilhante na Força que se sobrepunha a tudo o mais — até mesmo à presença sombria de Snoke. Mas ele não interveio. Em vez disso, baixou a cabeça e esperou pelas ordens de seu mestre.

Poe acordou lentamente, depois recobrou os sentidos de uma só vez. Primeiro as pálpebras piscaram enquanto a consciência retornava; depois ele ergueu o corpo de repente, em pânico, quando pedaços de suas memórias retornaram, dissonantes e desalinhados.

Estamos em perigo. Saltar para o hiperespaço. Salvar a Raddus. *Defender a ponte.*

A primeira coisa que viu foram as costas de uniformes da Resistência – soldados, técnicos e pilotos, assim como droides. Então, atrás deles, Poe viu as janelas de um transporte U-55.

E, através daquelas janelas, o espaço profundo – e o formato bulboso da *Raddus*, rapidamente encolhendo.

– Não! – Poe gritou, levantando-se com dificuldade. Cabeças se voltaram para ele, e seus colegas membros da Resistência exibiam variedades de preocupação, pena ou raiva.

Alguém chamava seu nome. Ele conhecia aquela voz – era a General Organa.

Tudo voltou de repente – seu profundo alívio ao ver Leia entrar na ponte liderando os oficiais da Resistência leais a Holdo, seguido pela imagem dela mirando um blaster e os círculos concêntricos azuis de energia que o enviaram para a escuridão.

– Poe! – Leia disse novamente. – Olhe!

Ele a encontrou de pé na frente das janelas do outro lado do transporte, perto de C-3PO e um grupo de oficiais discutindo planos. Ela acenava.

Poe forçou suas pernas a funcionarem – seus músculos ainda formigavam e tremiam, dormentes pelos efeitos do tiro atordoante. Os oficiais abriram espaço para ele e Leia tomou sua mão – ele não sabia se aquilo era um gesto de conforto, um pedido de desculpas ou preocupação por causa de suas pernas trêmulas.

Preenchendo a vista das janelas, daquele lado do transporte havia um pálido planeta adornado com faixas escuras.

– O que é isso? – Poe perguntou. – Não existem sistemas perto de onde estamos.

– Não existem sistemas catalogados – Leia respondeu. – Mas ainda existem alguns planetas ocultos no espaço profundo. Nos dias da Rebelião, nós os usávamos como esconderijos.

– O planeta mineral Crait – D'Acy disse, estudando o brilhante globo abaixo deles.

– Tem uma base rebelde lá? – Poe perguntou.

– Abandonada, mas altamente blindada – D'Acy explicou. – Com energia suficiente para enviar um sinal de socorro para nossos aliados espalhados pela Orla Exterior.

– A Primeira Ordem está rastreando nossa maior nave – Leia disse. – Não estão monitorando transportes pequenos.

Agora Poe entendia. Os transportes eram pequenos – não mais do que vinte metros de comprimento – e eram tão simples que emitiam pouca energia. Os técnicos da Resistência trabalharam incansavelmente para instalar defletores que reduziram ssa energia ainda mais. Com a Primeira Ordem satisfeita em perseguir a *Raddus* à distância, seus sensores podiam facilmente não detectar a fila de pequenos transportes deixando o cruzador pesado.

– Vamos aterrissar e nos esconder até que eles passem – Poe disse. – Vai funcionar.

Mas ele imediatamente percebeu algo mais: funcionaria apenas se os olhos dos oficiais de sensores da Primeira Ordem permanecessem fixos sobre a *Raddus*. Os transportes escapariam, mas o cruzador pesado não. Assim como qualquer pessoa que permanecesse a bordo.

Poe tinha uma boa ideia de quem era essa pessoa.

– Por que ela não me contou? – ele perguntou para Leia lamentosamente.

Havia uma gentileza nos olhos de Leia. Ele sentiu os dedos dela mexendo nas abotoaduras de sua jaqueta e olhou para baixo. Viu que Leia havia retirado o sinal de seu pulso e o recolocado no dela.

– Quanto menos pessoas soubessem, melhor – ela disse. – Proteger a luz era mais importante para ela do que parecer uma heroína.

Contemplando aquilo, Poe se virou para olhar outra vez pela janela, para a forma da condenada *Raddus* que rapidamente diminuía.

A bordo da ponte temporária do cruzador pesado, Holdo estava sozinha diante dos controles, repassando uma lista que há muito tempo já havia decorado.

Os sistemas de controle da *Raddus* foram todos redirecionados para a ponte. Ela poderia disparar todas as baterias de turbolaser dali. O envelope de escudos funcionava plenamente, e alguns poucos e simples comandos poderiam redirecionar energia adicional para os defletores traseiros quando o combustível acabasse.

Holdo não tinha ilusões de que poderia mirar nos inimigos com a precisão de um artilheiro diante do gatilho, ou que os escudos da *Raddus* pudessem aguentar uma longa saraivada quando as naves de guerra da Primeira Ordem entrassem no raio de alcance.

Mas nada disso era o objetivo.

O objetivo era manter a nave intacta pelo máximo de tempo possível — intacta e representando uma ameaça a seus perseguidores. Isso manteria a atenção sobre a *Raddus* e não sobre os pequenos transportes camuflados saindo da barriga do cruzador e seguindo para Crait.

Com seu pessoal seguro, Leia saberia o que fazer — ela sempre sabia. Ela convocaria seus aliados, encontraria uma nova base de operações e discretamente trabalharia para transformar as forças de defesa planetárias da Nova República e suas frotas em uma força capaz de fazer oposição a Snoke e seus generais.

Em uma nova rebelião.

O trabalho não seria rápido nem fácil. Seria preciso paciência, força para aguentar o sofrimento de planetas nas garras da Primeira Ordem e sabedoria para escolher quando, onde e como lutar.

Mas Holdo sabia que não havia ninguém melhor para liderar um esforço desses do que sua velha amiga — que, afinal de contas, sabia uma ou duas coisas sobre o que um bando de insurgentes obstinados podia conquistar.

Holdo não viveria para ver, e isso lhe dava tristeza – porque ela amava a vida, e porque sabia que Leia precisaria dela nos meses e anos seguintes.

Mas a fé de Gatalenta, seu mundo natal, ensinou que ninguém que alcançava a salvação chegava lá sozinho – levava junto aqueles cujo amor e compaixão ajudaram nessa redenção.

Ela sempre achou esse pensamento reconfortante – ainda mais agora, na solidão da ponte de comando.

– Boa sorte, rebeldes – Amilyn Holdo sussurrou.

A Capitã Phasma marchava através dos corredores da *Supremacia* liderando um cordão de stormtroopers que cercava Finn e Rose. DJ acompanhava a coluna de cabeça baixa, obviamente desconfortável.

A jornada terminou em um grande hangar preparado para a guerra. Dezenas de caças TIE estavam abastecidos e de prontidão, conectadas com suas linhas de apoio. Transportes de tropas esperavam receber seus soldados. Havia walkers de reconhecimento na frente de máquinas mais pesadas, de quatro pernas, que por sua vez estavam conectadas a transportes que as levariam para o planeta. E um regimento inteiro de stormtroopers em formação de desfile.

À frente das tropas estava um homem que Finn reconhecia muito bem – Armitage Hux.

Phasma conduziu os prisioneiros diretamente até o pálido e ruivo general, que estava visivelmente em ebulição.

Rose disparou um olhar sobre Finn, que se forçou a permanecer sem expressão. Phasma era brutal e impiedosa – rumores nos quartéis diziam que ela fora adorada como a rainha divina de um mundo bárbaro pré-industrial antes de a Primeira Ordem encontrá-la –, mas também era disciplinada e pragmática.

Hux, por outro lado, era insano – irracional e perpetuamente enraivecido.

Hux olhou para Finn, um músculo saltando em seu rosto, e depois deu um tapa com as costas da mão no ex-stormtrooper da Primeira Ordem.

Finn se preparou para mais agressões, mas Hux pareceu satisfeito com o gesto – ou talvez o tapa tivesse machucado sua mão mais do que ele esperava.

– Muito bem, Phasma – ele disse secamente. – Não posso dizer que aprovo os métodos, mas não posso argumentar contra os resultados.

Os olhos do general estavam fixos em DJ, que parecia alguém que realmente não queria estar ali.

A *Libertina* passou pelo campo magnético do hangar, seus motores silenciosos como um sussurro. O trem de pouso se estendeu e o elegante iate desceu sobre o convés com um tremor dos repulsores, depois se acomodou silenciosamente. Ao comando de Hux, oficiais da Primeira Ordem empurraram uma plataforma repulsora até a nave. A plataforma levava pilhas de caixotes pretos.

– A sua nave e o seu pagamento, como combinado – Phasma disse a DJ.

Rose se moveu tão rápido que Finn vacilou. Mas havia stormtroopers demais entre ela e o ladrão de Canto Bight. Eles a interceptaram e a seguraram, mas ela continuou se debatendo.

– Sua cobra mentirosa! – Rose gritou para DJ.

– Eles nos pegaram – DJ disse. – Eu fiz um acordo.

Rose o bombardeou com xingamentos que fariam um estivador de Otomok corar.

DJ ouviu por um momento, depois encolheu os ombros.

– Sim, certo. Peço desculpas por ser exatamente quem eu disse que era.

CAPÍTULO 26

Ninguém notava um droide.

Cada dia de existência trazia mais evidências para BB-8 de que essa crença não era uma hipótese, mas se qualificava como uma teoria, e talvez pudesse até ser consagrada como uma lei cósmica.

Quando os stormtroopers invadiram a sala de controle do rastreador, BB-8 congelara no lugar, esperando alguém se perguntar por que Finn, Rose e DJ haviam se dado ao trabalho de trazer uma lata de lixo de ponta-cabeça junto com eles. No mínimo, depois de lidarem com a ameaça de sabotagem, certamente algum stormtrooper azarado receberia a ordem de levar a lata de lixo para manutenção, para ser devolvida à posição especificada em algum documento minuciosamente entediante da Primeira Ordem. Sem nenhuma alternativa melhor à disposição, BB-8 decidira usar seu braço de choque no maior número possível de stormtroopers, na intensidade máxima, até que alguma arma blaster ou de íons acabasse com aquela resistência fútil.

Mas nada acontecera. Os stormtroopers algemaram Finn e Rose e os levaram embora. DJ os seguiu. E a sala foi deixada vazia.

O primeiro pensamento de BB-8 fora continuar a missão de seus amigos, desativando o rastreador ele mesmo e depois sinalizando a Poe que saltasse com a frota ao hiperespaço. Então o astromec se livrara do disfarce da lata de lixo e se conectara com a rede da Primeira

Ordem. Conseguiu até mesmo congelar os protocolos de segurança que teriam transferido o rastreamento ativo para outra estação se o disjuntor da sala de controle falhasse.

Mas aquele momento de triunfo durara pouco. Os disjuntores precisavam ser movidos manualmente – causar um curto-circuito por meio de uma descarga de energia, mesmo se fosse apenas o alerta de uma descarga, desativaria toda a sala de controle, e o rastreamento seria transferido para outra estação novamente.

BB-8 emitira um bipe de desânimo. Não havia nada que pudesse fazer sem seus amigos.

Foi preciso uma ginástica considerável para manobrar a lata de lixo até que ela o cobrisse novamente – algo que levaria apenas alguns segundos para um orgânico amigo. Mas ele conseguira e disparara atrás de Phasma e suas tropas.

Agora o astromec estava parado no corredor, seus fotorreceptores olhando através dos buracos de ventilação da lata de lixo e analisando potenciais cursos de ação. Todos foram avaliados como tendo pouca probabilidade de sucesso.

BB-8 – ainda sem ser notado, mas aparentemente impotente – piou com tristeza.

Dentro do hangar, um comandante da Primeira Ordem marchou até Hux.

– Senhor, nós checamos a informação do ladrão. Realizamos uma varredura anticamuflagem e, de fato, trinta transportes da Resistência acabaram de ser lançados do cruzador.

Hux olhou para DJ. Parecia impressionado – e surpreso.

– Você nos disse a verdade. As surpresas nunca cessam?

O general da Primeira Ordem retornou a atenção para o comandante.

— Nossas armas estão prontas? — ele perguntou.

— Prontas e posicionadas, senhor.

O plano de Holdo até poderia ter funcionado, Rose pensou — os defletores reduziriam as emissões dos motores dos transportes para níveis que provavelmente passariam despercebidos, principalmente a uma distância tão grande e com a equipe de sensores da Primeira Ordem cansada e acomodada depois de tantas horas perseguindo o mesmo alvo ao longo da mesma trajetória.

Mas agora essa equipe saberia para onde olhar e o que procurar. E os transportes eram lentos, difíceis de manobrar, desarmados e protegidos apenas por escudos rudimentares.

Seria um massacre.

Finn chegara à mesma conclusão.

— Não! — ele exclamou, seu rosto horrorizado.

— Desculpe, pessoal — DJ murmurou.

Hux estava com as faces vermelhas de triunfo.

— Atirem à vontade — ele disse para o comandante.

— Não! — Rose gritou, lançando-se sobre Hux dessa vez. Mas os stormtroopers já estavam cientes dela agora, e havia muitos deles.

A Resistência seria destruída, e não havia nada que ela ou Finn pudessem fazer.

O transporte carregando Poe e Leia tremeu violentamente e disparos de turbolaser passaram como relâmpagos pelas janelas. Um dos transportes desapareceu em uma bola de fogo, instantaneamente vaporizado.

Leia olhou para fora, horrorizada — depois virou a cabeça para olhar a superfície de Crait abaixo deles. Foi preciso apenas alguns segundos para fazer os cálculos.

Eles se moviam devagar demais.

Havia transportes demais.

A Primeira Ordem sabia do plano.

Ao seu redor, os membros da Resistência viram a explosão — e, considerando o horror que tomou os seus rostos, haviam chegado à mesma conclusão.

Poe olhou para Leia, agitado e querendo fazer alguma coisa — qualquer coisa. Ele a encontrou calma, com uma expressão estoica no rosto.

O pânico não os salvaria — não salvaria ninguém. Fossem quais fossem as emoções que se reviravam dentro de Leia, permaneceriam apenas com ela.

Poe forçou-se a seguir o seu exemplo.

A bordo da *Raddus*, uma aturdida Holdo podia apenas assistir quando outro transporte explodiu.

Um holograma ganhou vida em seu console.

— Almirante, estamos recebendo fogo! — reportou um piloto da Resistência, e ela podia ouvir o pânico em sua voz. — O que nós... Será melhor dar meia-volta?

— Não! Vocês já estão longe demais. Continuem a toda velocidade até o planeta! *Toda velocidade!*

Um instante mais tarde o holograma sumiu. Ela pensou ter visto o piloto jogar os braços para cima antes de desaparecer.

Holdo engoliu um grito consternado. Ela precisava fazer algo. Mas o quê? Era impossível para a *Raddus* defender os transportes — eles já haviam se afastado do raio de proteção de seus escudos.

Ela olhou para seu console sentindo-se impotente, procurando uma resposta que parecia não existir. Não havia nada.

Uma luz piscou na interface do navicomputador.

Holdo acionou a interface para dispensar o alerta — apenas uma distração enquanto ela tentava pensar —, depois parou.

Alguém havia digitado coordenadas do hiperespaço no sistema, calculando um salto que nunca aconteceu. O navicomputador estava perguntando se as coordenadas deveriam ser eliminadas.

Foi Dameron, ela percebeu – ele correra para a ponte como parte de seu plano, aquele que ela havia corretamente dispensado como imprudente e desesperado demais para funcionar.

Holdo acessou as coordenadas em seu console. O cruzador Mon Calamari havia mantido sua trajetória para Crait desde que as coordenadas foram inseridas no navicomputador. Como resultado, o ponto de entrada para o salto ao hiperespaço que Poe havia calculado agora estava atrás da *Raddus*, do outro lado da frota da Primeira Ordem.

Holdo encarou sua tela, tentando entender se havia esquecido algo, e concluiu que sua louca esperança não era completamente infundada.

Rey podia sentir Snoke em sua cabeça, a consciência dele como uma coisa viva e faminta, impetuosamente vasculhando e catalogando aquilo que não era dele, que não tinha direito de saber.

O Líder Supremo deve ter ensinado essa habilidade a Kylo, ela percebeu. Mas ele era muito mais habilidoso do que seu aprendiz. Rey era incapaz de resistir a ele – sua mera presença ameaçava sobrepujá-la. E, diferente de Kylo, Rey não sentia aquela mente aberta de volta para ela. A presença de Snoke parecia um poço sem fundo, vazio, frio e escuro – como se a caverna do lado sombrio embaixo de Ahch-To continuasse para sempre.

Pedaços aleatórios de memórias voltavam a ela enquanto o Líder Supremo analisava e descartava suas lembranças. Lá estava Rey, sozinha ao pôr do sol em Jakku. Acordando depois de sonhar com uma ilha fresca em um oceano cinza. Atordoada e cambaleando no porão do castelo de Maz Kanata. Segurando o cabo de um sabre de luz em uma súplica silenciosa.

Ela sentiu o interesse dele aumentando diante do último momento gravado em sua mente. Era isto o que ele queria: a ilha de Skywalker, e o planeta do qual fazia parte, e como se chamava, e como ela havia chegado até lá.

Rey tentou limpar sua mente, para impedi-lo de ver, para lutar contra ele.

Nada funcionou. Snoke encontrou aquilo que procurava, tomou a informação e depois descartou a fonte.

Rey agora estava no chão da sala do trono, contorcendo-se de dor, consumida pelo ódio contra ele.

Snoke apenas riu.

– Ora, ora – ele disse, a voz derramando satisfação. – Eu não esperava que Skywalker fosse tão sábio. Nós lhe daremos e à Ordem Jedi a morte que ele deseja. Após acabarmos com os rebeldes, iremos a seu planeta para destruir a ilha inteira.

Rey ergueu a mão na direção do sabre de Luke, que estava ao lado de Snoke, no braço de seu trono. Chamou-o para a sua mão – e o sabre de luz voou, em um arco perfeito que terminaria em sua palma aberta.

Observando Rey lutar contra ele, Snoke riu. Atrair um sabre de luz era um uso trivial da Força – um truque para o aprendiz mais verde, sua execução quase indigna de um mestre da Força. Mesmo assim, ele admirava a determinação da garota. Ela estava derrotada, mas persistia.

Uma soberba assim merecia punição.

Snoke torceu seus dedos, alterando a trajetória da arma para que atingisse a parte de trás da cabeça de Rey – depois continuou até voltar para o lugar de onde havia saído.

– Tanta bravura – ele disse, sentindo a raiva inchar dentro dela e saboreando a sensação.

Realmente era uma pena. O ódio e o medo poderiam catalisar seu poder, fazendo da garota uma potente arma. Em outra era ela poderia ter sido uma excelente aprendiz para alguém.

— Ouça-me com atenção — ele disse, convocando a Força para arrastar Rey através da sala. As cortinas vermelhas da sala do trono se abriram, revelando um conjunto curvo de janelas. Diante de uma delas, havia uma espécie de lente circular. Forçada a encará-la, Rey viu que a frota da Resistência fora reduzida a uma única nave de guerra e uma coleção de pequenos transportes. As naves menores estavam explodindo, apagadas uma a uma pelos canhões da Primeira Ordem.

— Toda a Resistência está dentro daqueles transportes — Snoke disse. — Logo, todos desaparecerão. Para você, tudo está perdido.

Rey deu as costas para a janela, os dentes cerrados. Seus olhos queimavam como fogo.

Oh, sim. Tanto *poder. Uma pena, realmente.*

— E ainda aquela fagulha de esperança — Snoke disse em tom de zombaria.

Rey novamente lançou a mão ao ar, os dedos estendidos, e Snoke sentiu a Força em movimento ao seu redor. Dessa vez, o alvo dela não era a arma de Skywalker — mas a de Kylo Ren.

Esse ato inesperado e desesperado apanhou o aprendiz de Snoke de surpresa. Seu sabre de luz voou de sua cintura e atravessou a sala, os Pretorianos assumindo postura de combate, e aterrissou na mão de Rey.

Ela o ativou, a lâmina vermelha como um uivo de energia, as armas da guarda ganhando vida um momento depois, e então Rey correu para Snoke.

Os guardas saltaram adiante, erguendo suas lâminas, mas Snoke os impediu erguendo a mão, rindo da imagem de Rey com o rosto banhado pela luz vermelha da lâmina instável.

— Você tem o espírito de uma verdadeira Jedi — ele disse. E então usou a Força para jogá-la do outro lado da sala. Ela aterrissou com força, gemendo, e o sabre de luz deslizou pelo chão até parar diante dos pés de Kylo, girando como um pião. — E, por causa disso, deve morrer — Snoke continuou, voltando seus olhos azuis para Kylo.

Seu aprendiz mal havia se mexido desde que entregara Rey, mas suas emoções estavam fervendo quando chegou — e começaram a entrar em ebulição quando Snoke revelou ser o criador da misteriosa conexão com Rey.

Ou, ao menos, tinham fervido até aquele momento. Então o tumulto parou, substituído por uma estranha calma e foco. Snoke se surpreendeu, mas ficou satisfeito. Mestre e aprendiz tinham trabalho pela frente, e Kylo — aquela eterna mistura conflitante de luz e escuridão — havia finalmente encontrado a si mesmo.

— Meu digno aprendiz, filho das trevas, herdeiro aparente de Lorde Vader — Snoke disse, sabendo o quanto Kylo desejava aquele elogio. — Onde havia conflito, agora sinto determinação. Onde havia fraqueza, agora há força. Complete seu treinamento e cumpra o seu destino.

Kylo se ergueu, o sabre de luz desativado em uma das mãos e a outra posicionada atrás das costas. Passo a passo, ele avançou sobre a indefesa Rey. Snoke usou a Força para deixá-la de joelhos, os braços presos ao corpo. Ele olhou para Kylo, desconfiado de algum novo recuo para o sentimentalismo, para a fraqueza que por tanto tempo o impedira de evoluir. Mas o rosto de Kylo estava frio, e seus olhos determinados.

— Ben! — Rey gritou desesperadamente.

Kylo parou quando Rey ficou ao alcance de sua lâmina.

— Eu sei o que tenho que fazer — ele disse, sua voz sem emoção alguma.

Snoke riu. Conectar suas mentes fora uma aposta arriscada, uma aposta que ele avaliara por algum tempo. Mas funcionou melhor do que Snoke esperava. Havia induzido a garota a revelar Skywalker, mas também havia forçado Kylo a confrontar suas fraquezas. Ao eliminar Rey, ele também estaria extirpando seu lado fraco, hesitante e deficiente.

Os olhos de Rey já não queimavam mais. Agora imploravam. Mas Kylo nem mesmo olhava para ela. Snoke podia sentir sua atenção focada naquilo que estava determinado a fazer.

— Você acha que ele vai se converter, sua criança patética? — Snoke perguntou a Rey. — Eu não posso ser traído. Não posso ser derrotado. Eu vejo a mente dele. Vejo todas as suas intenções.

O Líder Supremo fechou os olhos. Aquele era um drama mais bem apreciado através da Força, não pela aproximação grosseira oferecida por sentidos mundanos.

— Sim! — ele disse. — Eu o vejo virando o sabre de luz para dar o golpe final. E agora, tola criança, ele ativa o sabre e mata seu verdadeiro inimigo!

Foi a última coisa que o Líder Supremo disse em vida.

Kylo realmente havia girado o cabo de seu sabre de luz para que apontasse diretamente para o peito de Rey. Mas, ao mesmo tempo em que fazia isso, o sabre de luz de Luke também girava silenciosamente sobre o braço do trono de Snoke — sem ser notado pelo Líder Supremo ou pelos guardas Pretorianos.

Quando os dedos de Kylo se moveram em suas costas, a lâmina de energia azul do sabre de luz de Luke ganhou vida, penetrando Snoke. Então, com um rápido movimento da mão de Kylo, a lâmina destrinchou através de seu mestre, cortando-o em dois, e voou pelo ar até a mão de Rey, enquanto Kylo ativava seu próprio sabre de luz.

Kylo e Rey tiveram um momento para olhar nos olhos um do outro. E então os Pretorianos de armadura vermelha se tornaram manchas de movimento — quatro duplas, cada uma empunhando a mesma variante de armas mortalmente afiadas. Era tarde demais para salvar seu mestre, mas eles poderiam ao menos vingar seu assassinato.

De costas um para o outro, Kylo e Rey enfrentaram o ataque.

CAPÍTULO 27

Outro transporte foi incinerado e desapareceu, e dessa vez Leia estremeceu, fechando os olhos. Todas aquelas vidas perdidas — pessoas que ela havia recrutado ou atraído para a sua causa, com quem lutara lado a lado, que enviara para o perigo e fora incapaz de salvar. Elas se foram para sempre, levadas em um instante, e não havia nada que ela pudesse fazer.

Enquanto seus olhos estavam fechados, sentiu o transporte tremer e ouviu as pessoas prendendo a respiração ao seu redor, sabendo que outra nave fora destruída.

Restava menos que metade dos transportes que evacuaram a *Raddus* — e eles estavam longe de aterrissar no planeta.

Leia tentou imaginar um milagre — Luke aparecendo com uma flotilha de naves de guerra Jedi que ele descobrira em algum lugar, ou o Esquadrão Inferno retornando com uma força de ataque formada por Starhawks. Mas o espaço permanecia vazio.

Poe, sem conseguir aguentar mais, correu para a cabine do piloto. Quando chegou, os canhões da Primeira Ordem já haviam destruído mais três transportes.

— Acelere ao máximo! Use toda a velocidade! — ele insistiu para a piloto.

— Estou usando, senhor — ela respondeu.

Poe a reconheceu dentro do capacete: era Pamich Nerro Goode. Fora uma preparadora de caças em D'Qar e tinha treinamento como piloto. Transportes variados, mas ele notou sua capacidade de permanecer calma sob fogo, e enxergou nela vocação para piloto de caças.

E a seu lado – sim, era Cova Nell, que já era piloto de caças.

Eles tinham as pessoas certas, algo crucial para qualquer missão. Mas isso não importava, se você pedisse a elas que fizessem o impossível.

Foi a visão de DJ contando seu dinheiro que fez Finn perder a cabeça.

O ladrão tinha seus créditos e sua nave, mas continuava lá, verificando as caixas que a Primeira Ordem entregara para a *Libertina* levar embora. Sua recompensa era dinheiro vivo, claro – pilhas de peggats, aureis e zemids saqueados de mundos ocupados pela Primeira Ordem. DJ já havia visto o suficiente da galáxia para saber que uma balança eletrônica era apenas um arranjo arbitrário de pixels, e até mesmo uma conta inteira podia desaparecer digitando-se algumas teclas.

De repente, foi demais para Finn. Apenas o iate já seria suficiente para financiar uma aposentadoria decente, afinal de contas.

— Seu assassino maldito! — ele gritou, tentando se livrar do stormtrooper que o prendia.

DJ tirou os olhos de seu trabalho, surpreso.

— Ora, calma lá, meu amigo — ele disse. — Eles explodem vocês hoje, vocês os explodem amanhã. São apenas negócios.

— Você está errado — Finn disse.

— Talvez — DJ respondeu.

E então Finn percebeu — DJ descobriria tarde demais o quanto estava errado.

Sim, havia pessoas negociando com os dois lados do conflito —

vendedores de armas, financiadores e enganadores como DJ, atraídos pelo dinheiro e pela miséria como mynocks atraídos por qualquer sinal de energia no espaço profundo.

Mas isso não significava que o conflito em si era invenção deles. Não era um exercício cínico além do controle das pessoas. Era um confronto entre aqueles que acreditavam na liberdade, com todo o seu caos e incertezas, e aqueles que adoravam a ordem e enxergavam assassinatos em escala inimaginável como um preço justo por essa ordem.

E todos se encontravam no meio desse conflito, admitindo ou não. Não havia espectadores e pessoas neutras – e nenhuma diferença entre aquilo que você fazia quando se encontrava diante de um regime maléfico e quem você era.

Você podia fingir que aquele regime não existia, ou racionalizar seus excessos como um mal necessário, ou tentar isolar a si mesmo por meio de riqueza e conexões, ou fugir e se esconder, ou esperar que por alguma razão aleatória você acabasse poupado.

E todas essas coisas eram fáceis de fazer. A coisa que, de longe, era a mais difícil era lutar – atrair a atenção daquele regime assassino e se tornar um objeto de sua maldade.

Mas essa era a *única* coisa a fazer. Aqueles que escolhiam qualquer outra opção esperavam que o monstro que ignoravam os comesse por último.

Finn havia lutado. Foi preciso um tempo para entender que fugir não era uma resposta, mas ele havia entendido isso. Ele lutara para salvar Rey, a princípio, mas Poe estava certo – aquilo era muito maior do que uma pessoa, ou duas, ou dois bilhões.

E então Finn havia lutado por Poe também. E pela General Organa. E por Rose – que havia perdido sua irmã, seus pais e seu planeta, e respondeu a tudo isso lutando ainda mais.

Ele não havia *vencido* – esse era um detalhe irritante, para dizer o mínimo. Mas havia lutado. E aqui, no final, ele descobriu que não trocaria ter lutado e perdido por ser como DJ.

Nem mesmo se a Primeira Ordem tivesse enchido um iate roubado até a boca com moedas.

Hux observava friamente enquanto Finn se debatia com o stormtrooper. A deserção de FN-2187 fora mais do que um contratempo embaraçoso para o programa de treinamento que havia começado com o próprio pai de Hux – aquele traidor havia prolongado a busca por Skywalker e fornecido à Resistência informações cruciais que levaram à destruição da Base Starkiller.

Hux teria adorado levar o traidor para uma sala de interrogatório e deixá-lo lá indefinidamente. Mas breve, muito em breve, aquela traição não importaria mais.

Ele olhou para a jovem ao lado do desertor, também perdendo seu tempo se debatendo contra as tropas. Ele não sabia quem era – mas o medalhão aparecendo debaixo de seu uniforme roubado lhe parecia familiar.

Hux chegou mais perto e viu que estava correto.

– O sistema Otomok? – ele perguntou, agarrando o rosto da jovem e forçando-a a olhar para ele. – Isso me traz lembranças. Vocês vermes podem tirar um pouco de sangue com uma mordida ou duas, mas nós sempre venceremos.

Ele saboreou a fúria em seus olhos – ao menos até ela mordê-lo, com força, arrancando sangue da palma da mão e sem soltar, como se fosse um nek enlouquecido.

Ele gritou enquanto os stormtroopers a arrastavam para longe dele, cuspindo e rosnando. Hux observou a meia-lua de furos em sua mão. Certamente infectada, considerando os hábitos sujos e a total falta de educação que a Primeira Ordem encontrara naquele ignorante sistema estelar.

Hux permitiu brevemente a si mesmo retornar para a ideia de enviar os dois para a detenção e um extenso interrogatório. Mas não, seu primeiro instinto estava correto. Traidores e insurgentes eram vermes, indignos de sua atenção. Ele já havia perdido tempo demais com eles – um líder de sua estatura tinha muitas outras tarefas a atender.

Porém, sua mão *doía*.

– Executem os dois! – ele ordenou, depois saiu do hangar a passos pesados.

Os guardas Pretorianos de Snoke avançaram sobre Kylo e Rey em silêncio, seus rostos ocultos pela proteção dos capacetes.

Rey ouvia um zumbido que escapava de suas armas e percebeu que os fios das lâminas eram reforçados com geradores ultrassônicos. E havia outra coisa – não um som, mas uma sensação, que ela podia sentir como uma pulsação nos dentes e na face.

Por algum motivo, isso parecia algo familiar de Jakku, e após um momento ela percebeu o que era: um intenso campo magnético, provavelmente gerado pela armadura dos guardas. Se a proximidade afetava Rey daquela maneira, só podia ser uma fonte de dor constante para os seres envolvidos naquela armadura.

Um momento depois e os guardas estavam em cima deles, as lâminas girando e uivando. Rey moveu os pés, erguendo o sabre de luz para se defender contra o bastão de um dos guardas quando ele tentou abrir seu crânio. Rey esperou que o sabre de luz fosse cortar a arma, mas apenas bloqueou o golpe, e o impacto enviou vibrações doloridas por seus braços, até os ombros.

Rey recuou e desviou o chicote segmentado de outro guarda. Ela podia ouvir o sabre de luz de Kylo zumbindo, estalando atrás dela, e também seus grunhidos de esforço.

O primeiro guarda mirou um corte em seus joelhos, que ela desviou para longe, depois transformando seu bloqueio em um arco cortante sobre o rosto dele. O golpe causou um corte na borda de seu capacete e ele cambaleou para trás, olhando para ela com um novo respeito. Rey ofereceu a ele um sorriso selvagem – apenas para então se abaixar quando sentiu outro guarda mirando um chute giratório sobre seu rosto.

Rey caiu para trás, encontrando as costas de Kylo. Seu sabre de luz se ergueu e desceu, girando e golpeando enquanto os guardas avançavam sobre ela em uma variedade atordoante de ângulos.

De repente havia ataques demais para acompanhar, e ela sentiu seu coração começar a martelar.

Um guarda correu sobre ela com um bastão de lâminas duplas e ela golpeou com o sabre de luz o meio da arma – depois quase caiu quando ele separou o bastão em dois, atacando com uma lâmina em cada mão. Rey moveu os pés para redistribuir seu peso, depois ergueu o sabre de luz em um rápido movimento, desviando um forte ataque de uma alabarda, que passou zunindo.

Ela não viu o golpe se aproximando – mas foi alertada pela Força. *Alcance com os seus sentidos.*

Uma série de golpes com o sabre de luz fez o guarda com a alabarda recuar. Rey exalou, abrindo sua mente para a Força, e a sala pareceu entrar em foco.

Ela sentiu a excitação de Kylo e sua *fome* – como se fosse uma fera finalmente livre para confrontar seus atormentadores.

Ela sentiu a frieza dos guardas, misturada com determinação. O mestre deles fora destruído por meio de traição, e eles seriam os instrumentos da retribuição.

E, ao redor de todos eles, ela percebeu a teia sempre em movimento da Força.

Ouviu o tilintar de uma armadura quando um dos guardas desabou atrás dela, derrotado por Kylo. Dois avançaram sobre Rey ao mesmo tempo, empunhando um chicote e um terrível machado. O chicote se enrolou na lâmina do sabre de luz de Rey, cada segmento faiscando e estalando, mas ela conseguiu se livrar e ainda se defendeu do machado.

Rey lançou a mão à frente e empurrou um dos guardas para trás usando a Força, depois girou na direção contrária. Um machado tirou faíscas do chão, deixando os braços de seu dono estendidos na frente dela.

Rey golpeou com o sabre de luz o braço envolvido pela armadura e a lâmina cortou através deles, as vibrações em seus próprios braços desaparecendo quando o golpe rompeu as bobinas magnéticas e desativou o campo.

Os guardas recuaram quando o dono do machado desabou no chão. Rey arriscou olhar para Kylo e viu que ele atraía com a Força um Pretoriano que empunhava um chicote, atravessando-o com seu sabre de luz em seguida. O homem perdeu os movimentos e Kylo chutou seu corpo inerte para longe.

O braço de Rey queimou e zumbiu quando um dos guardas atacou com sua alabarda, não acertando com a lâmina mortal, mas atingindo-a com a base vermelha da arma. Rey recuou, gritando de dor e tentando forçar a volta da sensibilidade em seus dedos entorpecidos.

Ela tentou antecipar os movimentos de seu agressor, usando a Força para alertá-la sobre onde estariam. Mas eles agora estavam em toda parte, quentes e brilhantes em sua percepção. Ela por pouco se esquivou de um golpe em direção a seu rosto, passando tão perto que pôde sentir o cheiro de ozônio.

Era demais – mesmo com a Força. Ela estava se cansando, e sentia como se fosse se afogar em suas impressões: sensações de vida, morte, luz e trevas se derramavam sobre ela vindas de todas as direções. Era demais, um desafio maior do que aquilo para o que seu limitado treinamento a havia preparado.

Muito maior.

Rey percebeu que estava correta – mas havia feito a pergunta errada. Ela não conseguia direcionar a Força bem o suficiente para durar muito contra três guerreiros de elite vestindo armaduras resistentes a sabres de luz. Mas podia deixar que a dirigisse, permitir que a Força a usasse como um instrumento.

Um dos guardas correu para ela, seu eletrochicote estalando com uma energia cujo choque a deixaria inconsciente. Os olhos de Rey não seguiam a ponta ondulante do chicote, mas o sabre de luz estava lá para defender e deixar o agressor cambaleando para trás – e então a lâmina se posicionou entre ela e os golpes das lâminas duplas de outro guarda.

O Pretoriano com a alabarda encontrou uma abertura e avançou sobre Rey, sua arma baixa buscando abrir a barriga dela.

O sabre de luz desviou a arma e encontrou sua garganta.

Faltavam dois. Nas mãos de Rey o sabre de luz agora era uma roda de fogo azul que lançou os agressores girando para longe. A súbita incerteza de um dos guardas emergiu na Força e Rey avançou sobre ele, o chicote atingindo apenas o ar, depois caindo de sua mão quando o sabre de luz encontrou uma abertura entre os segmentos da armadura.

Rey agora respirava com dificuldade. O guarda com duas lâminas correu sobre ela. Rey desviou, mas ele foi mais rápido do que ela esperava e se posicionou atrás dela, suas armas buscando sua garganta. O sabre de luz girou nas mãos de Rey quando ela inverteu a empunhadura, enviando a lâmina através do tórax de seu oponente. O corpo dele relaxou sobre suas costas e Rey o jogou de lado, a armadura tilintando contra o chão polido.

Um estranho som alcançou seus ouvidos – e ela sentiu um súbito pico de medo na Força.

Kylo havia derrotado outro guarda, mas o último havia conseguido prender seu pescoço e agora forçava a lâmina da arma cada vez mais perto de sua garganta. Rey viu o sabre de luz negro de Kylo caído no chão. Ele segurava a arma de seu inimigo com uma das mãos; a outra, vazia, buscava algo para usar.

– Ben! – Rey chamou, jogando o sabre de luz de Luke até o outro lado da sala.

Kylo ergueu o braço e o sabre de luz atingiu sua palma como se atraído até ela. Kylo olhou para a antiga arma que ele tanto desejava, seus olhos queimando. Ativou e desativou o botão quase instantaneamente. O guarda atrás dele desabou no chão, com um buraco fumegante em seu capacete vermelho.

Rey e Kylo permaneceram parados no meio da fumaça e da carnificina, recuperando o fôlego, depois olharam um para o outro. Os olhos de Rey estavam cheios de alegria.

O chão da sala do trono de Snoke tremeu e o ar se iluminou com o brilho de tiros de turbolaser. Rey correu para a lente, olhando para os pequenos pontos de luz que representavam a frota da Resistência.

Tão poucos.

— A frota! — ela gritou. — Ordene que parem de atirar! Ainda há tempo para salvar a frota!

Ela encontrou Kylo diante de Snoke, o sabre de luz de Luke em sua mão. Ele observava o corpo de seu mestre. Acima deles, os estandartes da Primeira Ordem queimavam.

— Ben?

— Esse é o meu antigo nome.

— O quê?

Não havia medo nem raiva nos olhos de Kylo agora – apenas uma profunda determinação.

— Chegou a hora de deixar as coisas velhas morrerem — ele disse. — Rey, quero que você se junte a mim. Snoke, Skywalker, os Sith, os Jedi, os Rebeldes? Deixe que tudo isso morra. Podemos governar juntos e trazer uma nova ordem para a galáxia.

Ela o encarou com descrença e horror.

— Não faça isso, Ben — Rey disse quase sem voz. — Por favor, não siga por esse caminho.

Kylo passou por cima do cadáver de Snoke.

— Não, você tem que deixar tudo para trás — ele disse. — *Liberte-se*.

Ele avançou sobre Rey, o sabre de luz em sua mão. Mas não havia ameaça em sua aproximação.

Por algum motivo, de repente, isso a assustou ainda mais.

— Você quer saber a verdade sobre seus pais? — ele perguntou. — Ou você sempre soube e apenas escondeu isso? Inclusive de si mesma. *Liberte-se*. Você sabe a verdade. Diga!

Rey tentou encontrar força para negar, para empurrá-lo para longe. Mas ele estava certo. Ela sabia a verdade — e era a mesma que seu grande medo, a verdade que a havia assombrado por muito tempo.

Uma verdade da qual não conseguia encontrar refúgio.

— Eles não eram ninguém — ela disse.

— Eram negociantes de lixo imundos que a venderam para comprar bebida. Estão mortos em uma vala comum no deserto de Jakku.

Lágrimas encheram os olhos de Rey. Ela lutou para conter suas emoções, temendo que, se as libertasse, mesmo por um momento, ela se perderia em uma correnteza irresistível.

Kylo estava a menos de um passo dela agora, os olhos fixos sobre os seus.

— Você não tem lugar nessa história — ele disse. — Você veio do *nada*. Você é nada.

E então os olhos dele se suavizaram.

— Mas não para mim. Junte-se a mim. Por favor.

E lhe ofereceu a mão.

CAPÍTULO 28

Quando Hux deixou o hangar, discretamente sacudindo a mão que Rose havia mordido, os stormtroopers forçaram Finn e Rose a se ajoelhar.

Phasma olhou para eles, e Rose percebeu que podia ver a si mesma, pequena e distorcida, refletida na máscara cromada da capitã da Primeira Ordem.

— Blasters seriam uma gentileza grande demais para eles. Vamos fazer doer.

Rose olhou para Finn, que tentava se livrar do stormtrooper, e então teve um estranho pensamento: ao menos estava morrendo ao lado dele.

Era verdade que quis estrangulá-lo pouco depois de o ter conhecido, o que não era o melhor começo para um relacionamento. Mas eles lutaram juntos em Canto Bight e dentro do próprio coração da Primeira Ordem. Lutaram pela Resistência, apesar da relutância inicial de Finn. E lutaram um pelo outro.

Em algum ponto daquele furacão de eventos, Rose começara a confiar nele. E, mais do que isso, a gostar dele.

— Ao meu comando — Phasma disse, e os stormtroopers que os mantinham presos no lugar se mexeram, desconfortáveis.

Será que Finn sabia o que Phasma tinha em mente?

Rose olhou para ele, mas se arrependeu quando viu a expressão em seu rosto.

A bordo da *Raddus*, Holdo apressadamente checava se o navicomputador do cruzador não havia rejeitado os comandos que ela havia programado. Alertas de proximidade piscavam no console, mas ela os ignorou.

A nau capitânia da Primeira Ordem começou a deslizar pelo espaço diante da *Raddus*, fora da visão das janelas da ponte temporária. Tiros de turbolaser continuavam a ser disparados de sua proa, destruindo os transportes da Resistência que buscavam abrigo em Crait.

Holdo se lembrou de que havia apenas um jeito de ajudar os transportes – se ela atraísse a atenção da Primeira Ordem cedo demais, sua aposta desesperada não daria em nada. A única coisa que podia fazer era esperar.

O Capitão Peavey estava de pé em postura de atenção na ponte da *Supremacia*, observando quando mais um dos transportes da Resistência desapareceu em uma bola de fogo.

– A sua equipe de artilharia fez um excelente trabalho, Capitão – ele disse para Yago, usando um tom de voz que pudesse ser ouvido pelas equipes no piso inferior. – Eles merecem congratulações.

Yago recebeu o elogio com um rígido aceno de cabeça, mas, por trás de sua discrição, Peavey achou que o homem estava satisfeito.

O capitão da nave de guerra Mon Calamari claramente esperava que os transportes saindo de seu hangar passassem despercebidos a uma distância tão grande – uma aposta que poderia ter funcionado, se não fosse uma informação vinda de quem eles menos esperavam –

Hux –, dizendo que se concentrassem em emissões insignificantes nos arredores do cruzador.

Depois que as equipes da *Supremacia* analisaram as emissões, fora relativamente fácil para o comm/scan identificar suas assinaturas, descobrir a armação e começar a destruir os transportes um a um. Ainda assim, considerando aquela distância, a precisão das equipes era impressionante.

Os oficiais de Yago as treinaram muito bem, e Peavey pretendia se certificar de que receberiam o crédito. Considerando todo o trabalho que tinham pela frente, não seria boa ideia deixar ressentimentos apodrecendo entre as melhores equipes da frota.

– Mas o que aquele cruzador está fazendo? – Yago perguntou, olhando também com desconfiança.

Peavey olhou também, curioso sobre o que o outro capitão avistara.

Àquela distância, os disparos de turbolaser da Primeira Ordem podiam destruir os transportes, mas simplesmente ricocheteavam nos escudos do cruzador pesado – e os canhões da nave de guerra Mon Calamari não eram ameaça para a nau capitânia da Primeira Ordem. Então a *Supremacia* havia simplesmente ignorado a nave da Resistência, dispensando-a como mera distração.

– Ele está dando a volta – Yago disse. – Faça uma varredura de radiação gama na assinatura do motor.

Peavey assentiu. Esperava que o capitão da Resistência saltasse ao hiperespaço na esperança de atrair a perseguição da Primeira Ordem, ou que tentasse um ataque suicida para ganhar tempo para os transportes. Aparentemente, ele optou pela segunda opção, embora devesse saber que era tarde demais para essa tática funcionar.

Antes que Peavey pudesse consultar Yago, Hux surgiu na ponte, parecendo agitado. As solas de suas botas ecoavam no convés polido.

– Senhor, o cruzador da Resistência está preparando um salto para o hiperespaço – um oficial monitor chamou de sua estação no piso inferior.

Peavey voltou um olhar inquisidor para Hux, esperando que o jovem general de cabeça quente não fizesse nada precipitado.

Pelo menos dessa vez, ele não fez.

— Está vazio — Hux disse com um tom de zombaria. — Eles estão apenas tentando desviar nossa atenção. Patético. Mantenha o fogo sobre aqueles transportes.

Peavey ofereceu a Yago um olhar de leve surpresa — cuidadosamente calibrado para que Hux não notasse — e viu que Yago havia reagido da mesma maneira, respondendo ao discreto levantar de sobrancelha de Peavey com uma minúscula inclinação da cabeça.

Então, após a sutil troca de mensagens, eles retornaram para suas posturas rígidas e irrepreensíveis.

Poe observou desesperado quando outro transporte foi destruído. Restavam apenas seis — seis naves desarmadas e indefesas entre a Primeira Ordem e a dominação galáctica. Ele tentou imaginar qualquer coisa que pudesse mudar aquele destino, mas não havia nada.

Connix olhou para a *Raddus* em uma tela de sensor.

— Nosso cruzador está aquecendo os hiperpropulsores — ela disse. — Ela está fugindo!

— Não, não está — Poe disse.

Não havia para onde fugir, e Holdo sabia. Além disso, Poe estivera na ponte. Não havia nenhuma rota programada no navicomputador — até ele programar uma.

Sabia o que Holdo planejava fazer.

Diante da *Supremacia*, a nave de guerra Mon Calamari estava dando a volta, seu nariz bulboso virando-se na direção da força de ataque da Primeira Ordem que vinha perseguindo-a por tanto tempo.

Peavey esperava que a nave fosse desaparecer, seguida pelo característico retorcer do espaço-tempo e a nuvem de radiação Cronau que marcavam o rastro de um salto ao hiperespaço. Ele distraidamente tentou imaginar para onde o cruzador saltaria. Não importava muito – Peavey duvidava que o cruzador tivesse combustível suficiente para outro salto quando chegasse. Assim que os últimos transportes fossem destruídos, a Primeira Ordem poderia caçar a nave de guerra à vontade.

Mas o cruzador não saltou. Peavey se inclinou adiante, curioso, e percebeu que Yago e os outros oficiais faziam o mesmo. Um entendimento horrorizado marcava seus rostos.

Tinham entendido o que o capitão da Resistência planejava fazer.

– Meu Deus – Peavey disse.

– Atirem naquele cruzador! – gritou Hux.

Na sala do trono arruinada, Rey olhava para a mão de Kylo, estendida a ela em uma súplica.

Ela estendeu sua própria mão – e, antes que Kylo percebesse seu objetivo, arrancou o sabre de luz de Luke usando a Força. A arma voou na direção de sua mão – e então congelou no ar.

Kylo, com seu clamor rejeitado, havia lançado a mão à frente, comandando a Força para impedir o voo do sabre de luz.

A arma permaneceu presa no ar entre eles, tremendo levemente. Rey a encarou, tentando atraí-la para si. Mas Kylo a atraía com igual determinação.

Entre os dois, o sabre de luz oscilava e dançava.

Eles encararam um ao outro, os olhos fixos.

Rey sentia o ritmo da Força como as ondas do mar de Ahch-To, agitada até se tornar furiosa pelas tentativas de manipulá-la. E também sentia o cristal kyber no coração da arma buscando ressonância, tentando encontrar harmonia onde havia apenas dissonância. Preso no meio daquela disputa, o cristal parecia lamentar-se na Força, um uivo que Rey sentia em seus ossos.

Ela e Kylo agora suavam, nenhum deles disposto a ceder nem mesmo um milímetro naquela disputa.

Até que, finalmente, o cristal se quebrou, sua energia liberada partindo o casco do sabre de luz ao meio e enchendo a sala do trono com um lampejo ofuscante.

No mesmo segundo em que ouviu os passos pesados das botas, Finn soube o que Phasma havia ordenado para ele e Rose.

Todo batalhão de stormtroopers tinha um pequeno número de soldados destacados para realizar execuções. Mas não havia uma unidade especial de execução – em vez disso, o destacamento era aleatório e qualquer soldado podia ser selecionado. Isso era feito anonimamente – a armadura dos carrascos nunca transmitia o número do soldado que a usava. Obediência inquestionável era dever de todo stormtrooper da Primeira Ordem.

Os soldados abriram espaço e os executores avançaram, vestindo a armadura reservada a eles: um capacete com uma faixa negra, ombreiras negras e um peitoral especializado com marcações negras.

Em vez de blasters, eles carregavam machados laser. Um toque nos botões de ativação e cada machado ganhou quatro pares de garras emissoras. Suspenso entre cada par havia um filamento monomolecular de energia azul brilhante que podia cortar através de qualquer coisa.

Os filamentos de energia emitiam um zumbido instável – um barulho que Finn sempre achou estranho e perturbador. Sempre que era destacado para a função de executor, ele devotamente torcia para que o dia acabasse sem que precisasse cumprir uma ordem dessas. Imaginou se os soldados escolhidos hoje também haviam torcido pela mesma coisa.

— Executem — Phasma ordenou.

O zumbido dos machados mudou de tom quando os stormtroopers ergueram as armas para o golpe final.

Antes disso, o mundo explodiu ao redor deles.

Sob operação normal, a presença de um objeto de grande porte na rota entre a posição do espaço-real da *Raddus* e seu ponto de entrada no hiperespaço teria feito as travas de segurança do cruzador entrarem em ação e desligarem o hiperpropulsor.

Mas, com as travas desativadas e o controle manual recebendo prioridade, os alertas de proximidade foram ignorados. Quando o cruzador pesado se lançou sobre a larga asa da *Supremacia*, a força do impacto foi ao menos três vezes maior do que qualquer coisa que os defletores de inércia da *Raddus* pudessem suportar. O campo protetor que geravam falhou imediatamente, mas os escudos experimentais incrementados do cruzador permaneceram intactos por um instante a mais antes de a força inimaginável do impacto converter a *Raddus* em uma coluna de plasma que consumiu a si mesma.

Entretanto, a *Raddus* também havia acelerado para quase a velocidade da luz no ponto de impacto catastrófico — e a coluna de plasma em que se tornou era mais quente do que um sol e intensamente magnetizada. Esse plasma foi então lançado para o hiperespaço junto com um túnel aberto pelo gerador de campo-quântico nulo — um túnel que desabou sobre si mesmo tão rápido quando fora aberto.

Tanto a coluna de plasma como o túnel do hiperespaço desapareceram em menos de um piscar de olhos, mas foi tempo suficiente para rasgar através do casco da *Supremacia* da proa à popa, abrir um buraco em uma série de Destróieres Estelares em formação e finalmente desaparecer da existência no espaço vazio, a milhares de quilômetros além da força de ataque da Primeira Ordem.

De sua posição em frente às janelas da parte direita de um dos seis transportes restantes, Poe viu a *Raddus* se alongar em uma faixa de luz que disparou através da nau capitânia da Primeira Ordem, rasgando a nave em duas e deixando uma trilha de fogo para marcar sua passagem destruidora através da frota.

Soldados e trabalhadores comemoraram e se abraçaram, mas Poe e Leia permaneceram em um silêncio solene diante do sacrifício de Holdo.

Embora rasgado em dois, o Megadestróier continuou avançando pelo espaço em sua rota inicial – a *Raddus* havia passado através dele com uma velocidade tão espantosa que aquilo que sobrou mal perdeu velocidade.

Os transportes, agora livres, continuaram seu voo.

Quando os olhos de Finn se abriram, ele descobriu que Rose o arrastava com dificuldade pelo convés da nave estelar.

Finn afastou a tontura e se levantou rapidamente ao lado dela. Ao redor, tudo era caos – uma fumaça densa preenchia o hangar, corpos de stormtroopers se espalhavam pelo chão e sirenes gritavam. BB-8 inclinou sua cabeça para Finn, obviamente assobiando e emitindo bipes preocupados, mas ele não conseguiu ouvir o astromec.

Finn tentou entender o que estava acontecendo. Havia se preparado para conhecer a sensação de ter a cabeça removida do corpo, esperando que as velhas histórias que corriam entre soldados sobre cabeças estudando os arredores e tentando falar não fossem verdade. Então o hangar tremera, com força suficiente para que todos os stormtroopers desabassem no chão ao redor. Um enorme som enchera seus ouvidos, o hangar, tudo.

E então veio a escuridão.

– Finn! Vamos!

Rose agarrou sua mão e o puxou na direção de um transporte ligeiro da Primeira Ordem que parecia intacto. Era uma boa ideia, Finn pensou — nunca ouvira falar de alguma viagem a bordo de uma nave que estivesse pela metade que tivesse terminado bem.

Uma explosão sacudiu o hangar, jogando BB-8 para o ar e forçando-os a se abaixar. Finn avistou o lampejo de um tiro refletido e seu coração afundou. Um momento mais tarde, Phasma emergiu em meio à fumaça, com duas dezenas de stormtroopers posicionados atrás dela. Os soldados se espalharam, bloqueando o caminho até o transporte, e ergueram seus fuzis.

Bom, isso não parecia nem um pouco justo.

E então Finn cambaleou para trás, após uma erupção de calor e luz que lançou os stormtroopers para todas as direções. Ao ouvir um som semelhante ao de um trovão, Finn olhou para cima e viu um walker de reconhecimento tentando se livrar de suas conexões. Enquanto disparava outra saraivada de tiros, os cabos que o mantinham no lugar arrancaram a cabine do veículo, revelando BB-8 nos controles.

O walker sem cabeça começou a cambalear pelo hangar, parecendo que ia cair a cada passo — e abriu fogo sobre os stormtroopers com suas metralhadoras dorsais. Cada tiro jogava vários soldados para o ar.

— Esse droide maluco está nos dando uma chance, vamos! — Rose gritou.

Finn olhou para o walker, chocado — BB-8 estava pilotando aquilo? Então ele se abaixou de um tiro laser, buscando cobertura com Rose atrás de destroços espalhados pelo hangar.

Enquanto seus stormtroopers corriam para montar o tripé de um repetidor blaster que poderia eliminar o walker, Phasma atravessava o hangar com o fuzil nas mãos. Rose disparou rapidamente contra ela, mas os tiros ricochetearam na armadura enquanto Phasma se aproximava de onde eles estavam.

O machado de um dos executores estava caído no convés, abandonado por seu dono. Finn apanhou a arma e tentou acertar a cabeça de

Phasma, ao mesmo tempo em que ela erguia o fuzil. Ela percebeu o golpe e usou sua arma para interceptá-lo.

O machado cortou o fuzil em dois. Finn sorriu ferozmente quando sua antiga comandante jogou fora as duas metades inúteis da arma. Mas, antes que ele pudesse usar aquela vantagem, Phasma apanhou um bastão curto de aço em seu cinto de utilidades. Um rápido movimento fez o bastão se estender até se transformar em uma lança de duas pontas tão longa quanto Phasma era alta.

— Você nunca foi mais do que um erro no sistema — ela disse, com a voz repleta de desprezo.

— Vamos lá, Cabeça de Cromo! — Finn gritou de volta, desferindo um golpe em forma de arco com o machado. Ela bloqueou o ataque e quase atravessou Finn forçando-o a ceder espaço. Atrás dela, o walker estava destruindo o hangar pedaço a pedaço, os stormtroopers forçados a fugir daquele tiroteio mortal.

Rosnando, Phasma investiu com a lança contra Finn, alternando ataques curtos com golpes longos direcionados contra a sua cabeça, peito e pernas. Ele se defendia com o cabo do machado, faíscas saltando a cada impacto, e procurava uma abertura em sua defesa.

Mas não havia nenhuma abertura — ela era mais rápida e mais forte do que ele. Tudo o que podia fazer era manter o machado entre os dois enquanto Phasma disparava golpes vindos de todos os lados, forçando-o cada vez mais a recuar e a desviar dos corpos dos stormtroopers mortos pela explosão que o havia deixado inconsciente.

Ela o estava empurrando na direção de um poço no chão do hangar, Finn percebeu — provavelmente um elevador que trazia equipamentos pesados de um nível inferior. Chamas subiam daquele lugar.

Finn tentou desviar para o lado, mas Phasma o interceptou, e a única coisa que ele pôde fazer foi erguer o machado no último segundo possível antes que ela abrisse seu crânio. Mas o machado tremeu e depois quebrou.

— Você sempre foi desobediente – Phasma disse, segurando a lança com força em suas mãos blindadas. – Desrespeitoso. Suas emoções o tornam *fraco*.

Ele tentou agarrar a lança quando ela o golpeou mais uma vez, mas Phasma conseguiu derrubá-lo para trás, para dentro do calor infernal das profundezas da *Supremacia*.

A stormtrooper de armadura cromada havia avançado sobre Finn com uma determinação assassina, sem prestar atenção ao walker ou outros perigos ao redor. Rose havia conseguido disparar algumas vezes em sua direção, mas havia pouco mais que pudesse fazer – ela não era uma atiradora treinada, e o menor dos erros poderia significar um tiro de blaster acertando Finn em vez do inimigo.

Além disso, Rose sabia que tudo estaria perdido se os stormtroopers conseguissem eliminar o walker de BB-8. Era um milagre que a nave de guerra ao redor deles ainda não tivesse se desintegrado, e eles não podiam abusar mais dessa sorte. Precisavam fugir, e o transporte era a única passagem disponível.

Rose manteve uma série ininterrupta de disparos sobre os stormtroopers, tirando vantagem por eles estarem ocupados com BB-8 e deixando vários imóveis pelo chão. Tentou mirar um disparo nas costas da líder, mas ela desviou um golpe de Finn e a oportunidade se perdeu.

Finn, ela viu, estava sendo empurrado na direção de um poço em chamas no convés. Rose gritou para ele ter cuidado, mas não havia nada que ela pudesse fazer. Enquanto ela observava horrorizada, a capitã de armadura cromada derrubou Finn para dentro daquele inferno.

Mas um momento depois ele emergiu das chamas, de pé sobre o topo da plataforma do turboelevador onde havia aterrissado e mirando um potente golpe ascendente com seu machado quebrado. O golpe derrubou Phasma e abriu um rasgo em seu capacete. Através do cromo rasgado, Rose pôde ver um pálido olho azul em um pálido rosto.

— Você sempre foi escória — ela disse com desprezo.

— Escória rebelde — Finn respondeu calmamente, e um momento depois o chão desabou ao redor de sua antiga comandante. Phasma caiu, desaparecendo no meio do fogo.

O hangar tremeu, uma vibração ameaçadora percorrendo o convés. BB-8 havia manobrado o walker para perto de Rose. Ela subiu na máquina.

— Ei, precisa de uma carona? — gritou para Finn, rezando para que a ouvisse.

Felizmente, ele ouviu.

Finn saltou sobre o walker, que atravessou o hangar correndo. Chamas se erguiam dos tubos de ventilação e condutores ao redor.

— Precisamos fugir, e fugir agora! — Finn gritou quando eles abandonaram o walker e correram para a rampa de um transporte com asas inclinadas.

— Estou cuidando disso! — Rose gritou de volta.

— Você consegue voar essa coisa?

— Vai dar tudo certo.

Finn pareceu alarmado.

— Você prefere ficar aqui? — Rose perguntou.

O hangar tremeu e uma plataforma se soltou de seu apoio, desabando sobre o convés atrás deles. BB-8 assobiou com urgência.

— Vai dar tudo certo — Finn disse rapidamente.

— Esse é o espírito.

Ela se apressou para dentro da cabine e ficou aliviada ao descobrir que os controles eram simples — e ainda mais aliviada quando o transporte foi ativado imediatamente. Em D'Qar não seria surpresa descobrir que importantes componentes tinham sido canibalizados, ou que o combustível fora retirado.

Rose puxou os controles e o transporte repentinamente saiu do chão. Tudo tremeu quando uma das asas raspou na parede do hangar. Finn cobriu os olhos com as mãos.

— Você não está ajudando! Eu já peguei o jeito!

— Então acelera! — Finn disse.

Rose apertou o acelerador e o transporte saltou adiante, as chamas já envolvendo a nave. As paredes tremeram quando eles passaram pelo campo magnético que continha a atmosfera do hangar, depois tudo se estabilizou. Rose mergulhou o nariz, deixando a nave de guerra condenada da Primeira Ordem para trás.

Após o caos do hangar, o silêncio na cabine pareceu desconcertante — os três simplesmente se sentaram ali por vários momentos, o único som vindo de Rose e Finn ofegando.

— Então, para onde estamos indo? — Rose perguntou.

Os olhos de Finn se viraram para a grande vastidão branca do planeta Crait.

— Para onde é o nosso lugar.

CAPÍTULO 29

Os níveis da Supremacia que estavam no caminho do salto ao hiperespaço da *Raddus* não mais existiam – tinham sido extirpados como que pelo bisturi de um cirurgião. Nos outros lugares, a vida ou a morte dos tripulantes dependia dos caprichos da construção da grande nave enquanto sistemas falhavam em cascata por todos os lados das asas cortadas. Nuvens de cápsulas de escape cercavam os restos da nave de guerra e todos os canais estavam congestionados com frenéticos chamados por socorro.

A *Raddus* havia atingido a parte à esquerda do centro, poupando a seção central do Megadestróier, que abrigava a ponte de comando e a sala do trono. O que foi bom para Hux – quando o caos tomou conta da ponte, ele correu para o turboelevador que a conectava com o santuário do Líder Supremo. Foi só após entrar no elevador e usar seu cilindro de código para acessar a sala do trono que percebeu que ele poderia não estar funcionando.

Hux olhou ao redor freneticamente, tomado pelo medo de que havia causado o seu próprio e vergonhoso fim – o arquiteto do domínio militar da Primeira Ordem passando seus últimos momentos preso em um turboelevador. Mas o elevador desceu tão suavemente que Hux poderia jurar que não havia nada de errado com a nave.

As portas se abriram e aquela ilusão desapareceu. A sala do trono era uma cena de inimaginável carnificina. Os navegadores alienígenas de Snoke haviam fugido, seus temíveis guardas estavam mortos e o próprio Líder Supremo estava caído diante de seu trono. Kylo Ren, imóvel, estava caído perto dali.

Um único olhar foi suficiente para dizer a Hux que Snoke estava morto. Mas Ren estava meramente desacordado, seu peito subindo e descendo.

Por um momento, Hux permaneceu diante do corpo do Líder Supremo, em choque, tentando processar tudo o que havia acontecido e calcular o que poderia acontecer em seguida.

A nau capitânia da Primeira Ordem – que também servia como sua capital móvel, seu grande estaleiro, sua melhor instalação de pesquisa e desenvolvimento, e tantas outras coisas – estava condenada. Porém, a Resistência fora reduzida a um patético punhado de naves presas em um mundo qualquer. E a Nova República não estava mais perto da ressurreição do que isso. O fim iminente da *Supremacia* mudaria muito pouco o equilíbrio do poder na galáxia.

Mas uma coisa era certa: a Primeira Ordem precisava de um Líder Supremo.

Snoke estava morto. Mas Ren não.

Movendo-se discretamente, Hux se afastou do cadáver do Líder Supremo e olhou para Ren. Sua mão se aproximou da pistola em seu coldre.

Kylo se mexeu, os olhos piscaram.

Hux transformou o movimento para sacar a pistola em uma inocente coçada em sua perna e recuou um passo. Quando os olhos de Kylo se abrissem, ele encontraria o general observando-o com aparente preocupação.

– O que aconteceu? – Hux perguntou.

Kylo precisou de um momento para se recompor.

– A garota assassinou Snoke – ele disse.

A sala do trono pareceu se inclinar violentamente ao redor deles. Hux sabia o que aquilo significava – o complexo sistema de amortecimento inercial e os compensadores de aceleração que protegiam os níveis centrais da *Supremacia* estavam falhando. Eles precisavam correr. Mas Kylo estava confuso. Ele se aproximou das janelas, encarando com incredulidade a metade avariada da nau capitânia e os Destróieres Estelares destruídos em seu encalço.

Hux marchou até uma porta selada, estudando as informações no painel.

— O que aconteceu? — Kylo perguntou, vendo sua expressão.

— O transporte de fuga de Snoke sumiu — o general respondeu.

Kylo considerou aquilo. Rey havia se recuperado primeiro. Deve ter percebido que ele estava indefeso, porém o deixou vivo.

Quase como se gostasse dele.

Bom, fora mais uma decisão tola e sentimental. E essa decisão seria sua destruição.

— Nós sabemos para onde ela está indo — ele disse secamente para Hux. — Envie nossas forças para a base da Resistência. Vamos acabar com isso.

O general olhou fixamente para ele com uma expressão de desdém.

— Acabar com isso? Você acha que pode comandar o meu exército? Não temos um soberano. O Líder Supremo está morto.

Kylo não disse nada. Discursos violentos e retórica raivosa eram o departamento de Hux. Às vezes, a ação era uma mensagem muito mais eficaz.

Ele ergueu a mão, comandando a Força e direcionando-a para se enrolar ao redor da garganta de Hux.

— O Líder Supremo está morto — Kylo disse.

As vias aéreas de Hux se fecharam e o mundo começou a se tornar cinza. Ele caiu de joelhos diante de Kylo, os olhos arregalados de medo.

— Vida longa ao Líder Supremo — Hux disse a Kylo.

Kylo o soltou com um gesto despretensioso e quase insolente, deixando Hux desesperado por ar.

O transporte da Primeira Ordem pairava no espaço, banhado pela ofuscante luz refletida da superfície de Crait.

A cabine de comando do transporte era simples e funcional. Rey havia se afastado das duas metades da *Supremacia* até alcançar um ponto longe da força de ataque da Primeira Ordem e do planeta lá embaixo. Desde que não fizesse nenhuma tolice, ela sabia, a discrição da nave e suas medidas contra sensores a manteriam segura, sem ser detectada até a chegada da *Millennium Falcon*.

E então, Rey esperava, ela e Chewbacca poderiam ajudar seus amigos.

Passou os dedos sobre o sinal em seu pulso – aquele que Leia havia prometido que lhe mostraria o caminho de casa.

Mas que casa? Ela não viu exatamente quantos transportes haviam escapado, mas sabia que fora apenas um punhado. Os comandantes da Primeira Ordem estariam determinados a destruir os sobreviventes.

E Kylo seria um desses comandantes.

Poderia ter sido diferente.

Rey estivera a um passo de Kylo, caído desacordado no chão da sala do trono após a detonação do sabre de luz de Luke, e ela enxergara muito claramente o que poderia fazer. Seria tão fácil tomar o sabre dele, acioná-lo e acabar com sua vida. Quantas vidas seriam salvas pelo trabalho de alguns segundos? Quanta escuridão impedida?

De pé na sala do trono, ela havia enxergado a si mesma fazendo isso – porém, imediatamente soube que não faria.

O erro de Luke foi assumir que o futuro de Ben estava predeterminado – que sua escolha já estava feita. O erro *dela* foi assumir que a escolha de Kylo Ren era simples – que se voltar contra Snoke era o mesmo que rejeitar a atração das trevas.

O futuro, ela agora enxergava, era uma gama de possibilidades constantemente remodelada pelos resultados de eventos que pareciam menores e de decisões que pareciam pequenas. Era muito difícil não enxergar o futuro que dominava as suas esperanças e medos como fixo e imutável, quando, na verdade, era apenas um de muitos. E, muito frequentemente, a percepção da Força não ajudava a encontrar um caminho através daquelas possibilidades que se ramificavam e se cruzavam.

A Força podia certamente mostrar o futuro – mas *qual* futuro? Aquele que aconteceria? Ou aquele que você próprio faria acontecer, inevitavelmente atraído até ele? Mesmo sendo o futuro que você mais queria evitar?

Rey havia aprendido que a Força não era um instrumento seu – de fato, era o contrário.

Assim como Kylo também era um instrumento da Força, apesar da determinação em dobrar sua vontade. Algum dia ele descobriria isso, ela sentiu – a Força ainda não havia terminado com ele. E isso significava que a decisão de acabar com a vida de Kylo não pertencia a ela, fosse qual fosse o futuro que pensava enxergar para ele.

Rey esperaria, por mais difícil que fosse, enquanto as naves de guerra da Primeira Ordem seguiam para Crait. Ela esperaria, e o futuro seguiria conforme a vontade da Força.

Isso sempre fora verdade. A diferença é que agora ela entendia.

PARTE VI

CAPÍTULO 30

A chegada a planetas sempre deixava Leia Organa um pouco desorientada. Ela achava que era a transição entre viagem espacial e voo atmosférico que a afetava: em questão de minutos um planeta deixava de ser um objeto abaixo de você para se transformar na totalidade dos seus arredores, e era estranho pensar que os dois eram de fato a mesma coisa.

Mas dessa vez foi um alívio ser envolvida pelo envelope externo da atmosfera de Crait. Seu transporte e os outros cinco que haviam sobrevivido estavam finalmente seguros dos turbolasers da Primeira Ordem.

Mas não por muito tempo, ela sabia.

Leia deixou Poe observando as janelas e atravessou o convés até a cabine, retribuindo os acenos e saudações dos cansados soldados, pilotos e técnicos.

Goode e Nell estavam exaustas depois de uma jornada durante a qual estiveram indefesas, sobrevivendo apenas pela sorte que havia faltado a tantos outros. Leia sabia que havia um preço a pagar por terem sido poupados daquele jeito. Muito em breve, Goode e Nell se recordariam da fuga da *Raddus* não com alívio por terem sobrevivido, mas culpa por outros não terem tido a mesma sorte. E Leia sabia que essa culpa nunca as deixaria.

Leia reconheceu o problema e o deixou de lado, fora de sua mente. Era real, e ela faria o seu melhor para ajudá-las, mas isso importaria apenas se todos sobrevivessem às próximas horas.

Então ela verificou que Goode e Nell tinham as coordenadas que Holdo havia enviado para todos os transportes, ofereceu palavras encorajadoras e uma mão sobre o ombro, depois as deixou sozinhas – voar num tijolo como o transporte U-55 já era uma tarefa difícil o suficiente sem a líder da Resistência atrás de você.

Ela encontrou Poe cerrando os olhos diante da claridade que invadia as janelas. Eles estavam abaixo da ionosfera agora e já podiam discernir algumas características da superfície: vastas planícies brancas marcadas por faixas vermelhas e salpicadas com finas listras azuis, além de altas cadeias de montanhas cercando tudo.

– Não estamos equipados para o frio – Poe disse com um tom ansioso.

– Não precisamos estar – Leia respondeu. – Isso aí não é neve. É sal.

Poe franziu as sobrancelhas, estudando o planeta abaixo. Ele não era o primeiro a se enganar pelas grandes extensões dos desertos de sal de Crait.

– Você já esteve aqui – Poe disse.

Leia confirmou.

– Quando era pequena. Antes de inventarem o hiperpropulsor.

Isso ao menos lhe rendeu um sorriso e um aceno de mão dispensando a piada.

Ela deixou sua mente voltar décadas atrás, para a primeira vez que vira aquele mundo solitário. Ela era adolescente na época, uma legisladora aprendiz no Senado Imperial e uma princesa preparando-se para receber a coroa de Alderaan, como ditavam as tradições de seu mundo natal.

Pistas em registros obscuros haviam convencido Leia de que algo estava acontecendo em Crait, e ela havia imprudentemente tomado para si a tarefa de investigar – apenas para se deparar com um acampamento de insurgentes. Um acampamento que fora estabelecido por seu pai, usando créditos de Alderaan enviados a contas secretas por sua mãe.

— Isso aqui já foi uma colônia de mineração — Leia disse a Poe. — Abandonada por causa de uma disputa trabalhista que diluiu as margens de lucro. A empresa de mineração construiu um abrigo com portas blindadas para se defender contra tempestades de cristal. Foi isso o que chamou a atenção do meu pai, na época em que estava começando a formar a Rebelião. Seus técnicos acrescentaram um escudo contra bombardeio orbital, mas o trabalho real já estava feito.

Ela agora sentia a atenção de Poe — ele crescera ouvindo as histórias de guerra dos pais de Leia e, quando era um jovem piloto da Nova República, seu desapontamento por ter perdido toda a ação era palpável. Agora ela duvidava que ele sentisse o mesmo.

— Então existia uma base rebelde aqui? — ele perguntou.

— Não. A Aliança ainda não existia. Quando veio a existir, o Império havia mudado suas patrulhas e meu pai ficou preocupado com o risco de o tráfego de naves na área ser detectado. Nós consideramos Crait para ser a nova base principal depois de Yavin. Fizemos reconhecimento e até trouxemos equipamentos. Mas havia complicações.

Poe ergueu as sobrancelhas com curiosidade, mas aquele não era o momento de contar histórias.

— As coordenadas acabaram nos meus arquivos depois da paz com o Império — Leia continuou. — Arquivos que eu guardei, só por precaução.

Isso fez Poe assentir. A maioria dos segredos militares da Aliança foi entregue para a Nova República imediatamente após sua formação e se mostrou crucial na curta e selvagem guerra contra os resquícios do Império. Mas Leia, Ackbar e outros líderes rebeldes haviam mantido algumas coisas em segredo, como uma salvaguarda contra o desastre. Seus arquivos secretos continham dados de navicomputador para rotas secretas do hiperespaço, a localização de mundos rebeldes seguros e muitos esconderijos e depósitos de equipamentos. Sem essas informações, a Resistência teria deixado de existir logo após a sua formação.

— Bom, eu diria que este momento se qualifica como "só por precaução".

— Eu diria que sim — Leia respondeu com um tom sério, apanhando seu comlink. — Agora vamos torcer para que os códigos da porta blindada ainda funcionem. Ou vai ser bem vergonhoso quando a Primeira Ordem chegar e estivermos acampados na frente da porta fechada.

Felizmente, tanto os códigos de Leia como o enorme mecanismo das portas ainda funcionavam. Os transportes voaram baixo sobre uma saliência e Poe avistou as trincheiras que cortavam as planícies de sal, levando a uma enorme torre com um portal na frente.

Os transportes continuaram sobrevoando baixo a planície e aterrissaram no interior escuro da torre. Os últimos soldados descem a rampa do sexto e último transporte quando o primeiro alarme disparou.

Leia correu para a entrada e viu aquilo que temia ver: os pontos de novas espaçonaves descendo através da atmosfera. O sacrifício de Holdo havia deixado a Primeira Ordem de joelhos e garantido tempo para os sobreviventes alcançarem o planeta, mas o alívio tinha sido temporário.

— Eles estão vindo — ela disse sombriamente. — Fechem a porta.

Poe repassou as ordens de Leia, gritando em meio à penumbra do interior da mina. Os membros da Resistência estavam ocupados com uma centena de coisas: desembarcando caixas de equipamentos dos transportes, tentando ativar consoles e passando fuzis e capacetes entre si.

— Fechem a porta blindada e busquem cobertura — Poe gritou.

Um estranho tilintar alcançou seus ouvidos e ele avistou pontos cintilantes nos fundos do interior cavernoso, nas sombras atrás dos transportes. Poe olhou mais de perto, querendo saber se estava imaginando coisas.

Mas não, não era imaginação. Realmente havia animais lá atrás — dezenas deles. Eram pequenos — não passavam da altura dos joelhos de uma pessoa, com orelhas pontudas e longos bigodes marcando o rosto. Seus corpos cintilavam sob as luzes dos transportes e Poe percebeu que aquilo que pensou que eram pelos era, na verdade, uma densa cobertura de cerdas de cristal. Quando as criaturas se moviam, essas cerdas emitiam um som que o lembrava dos sinos de vento do distante planeta Pamarthe.

Fossem o que fossem, eles não representavam ameaça — não eram hostis, estavam apenas desorientados porque o silêncio de sua toca fora quebrado por estranhos invasores de duas pernas. Também não temiam os recém-chegados — após alguns momentos de indecisão, começaram a farejar curiosamente os soldados da Resistência.

Poe deu de ombros. A galáxia era cheia de surpresas. Um dia, talvez, ele poderia analisar uma daquelas criaturas em paz.

Um dia, mas não hoje.

A enorme porta estava descendo. Poe silenciosamente torceu para que não emperrasse ou ficasse sem energia antes de se fechar completamente.

— Poe!

Era Leia quem chamava. Ele atravessou correndo o interior da base, desviando de trabalhadores da Resistência, e chegou perto dela, do outro lado da pesada porta. Suas botas esmagaram o sal do chão e ele sentiu o ar carregado com um cheiro que irritava as narinas.

Uma nave com asas inclinadas se aproximava a toda velocidade sobre o deserto, em uma trajetória direta para a base. Seis caças TIE vinham atrás. Poe não sabia se faziam escolta ou se a perseguiam, mas os soldados da Resistência provavelmente viram algo que ele não enxergava, pois abriram fogo.

Poe esperava que o transporte fosse desviar, mas viu, no último instante, que o piloto estava desesperado demais para fazer isso. Poe recuou rapidamente e se abaixou para se proteger quando uma das asas do transporte acertou a porta blindada, soltando um horrível guincho metálico. A asa se partiu e a nave deslizou pelo chão, espalhando membros da Resistência até finalmente parar com uma chuva de faíscas. Atrás da nave, a porta blindada se fechou com um baque forte.

Leia apanhou um fuzil e começou a atirar contra a frente do transporte. Poe e vários soldados se juntaram a ela, e as janelas do transporte explodiram.

Alguém gritava freneticamente e um par de mãos familiares emergiu na janela quebrada, erguendo-se em um gesto de rendição.

— Não atirem! — Finn gritou. — Somos nós!

Quando os disparos terminaram, ele ergueu a cabeça, ao lado de uma Rose de olhos arregalados.

— Finn! — Poe gritou. — Você não está morto! Onde está o meu droide?

A rampa se estendeu e BB-8 rolou para fora, assobiando energicamente.

— Meu amigo! — Poe tocou a cabeça do astromec e tentou entender a sequência de bipes em resposta. — Sério? Isso parece intenso. Olha, estamos um pouco ocupados, mas você precisa me contar tudo depois.

Finn, ainda abalado, tentou recuperar o fôlego. Rose olhou ao redor do interior da base, seu rosto exibindo choque e desalento. Seis transportes, uma centena de pessoas.

— É só isso que restou? — ela perguntou para Finn.

Mas Finn não tinha conforto algum para oferecer. Ninguém tinha.

— Você sabe usar uma hidrochave — Poe disse a Rose. — Isso a transforma em nosso departamento de engenharia. Siga-me, precisamos de você.

Leia se lembrou do caminho para a sala de controle da base, mas não estava preparada para a péssima condição que encontraria. Anos de corrosão pelo sal haviam deixado os controles enferrujados e esburacados, e o aroma no ar sugeria que aquelas criaturas parecidas com raposas haviam tomado o lugar como seu lar.

Felizmente, as entranhas dos sistemas da base eram blindadas e protegidas. Algumas conexões, improvisações e uma apressada busca por baterias deixaram o equipamento crucial energizado e mais ou menos funcional.

Poe suspirou e assentiu para Finn e Rose.

— Certo — ele disse aos membros da Resistência que foram forçados a trabalhar como técnicos. — Os escudos estão funcionando, então eles não podem atirar da órbita. Usem toda a energia para transmitir um sinal de socorro para a Orla Exterior.

— Usem a assinatura do meu código — Leia disse. — Esta base ficou abandonada por trinta anos. A intenção era que fosse usada como esconderijo, não como fortaleza. Para qualquer aliado da Resistência, é agora ou nunca.

Rose entrou na sala de controle, e Finn podia ver a exaustão em seu rosto e em sua postura. Ela mal conseguia se manter de pé. Aliás, todos estavam assim.

— O que temos? — Poe perguntou, mas a expressão de Rose já mostrava que ele não gostaria da resposta.

— Munição apodrecida, artilharia enferrujada, alguns speeders rasantes meio desmontados — Rose disse com um tom desolado.

Poe assentiu. Não havia nada que pudesse dizer — se a base tivesse um estoque secreto de naves e turbolasers, Leia saberia.

Finn fechou o rosto, e Poe sabia o que seu amigo estava pensando – que eles trocaram a morte no espaço pela morte em um buraco. Na verdade, era o que todos estavam pensando.

– Vamos rezar para que aquela porta gigante dure tempo suficiente para a ajuda chegar – Poe disse.

Como se em resposta, um barulho de explosão sacudiu a sala – grave, profundo e ressonante. Um pó vermelho caiu do teto.

Após um momento, outro baque ecoou através das cavernas. Finn sabia que nenhuma barreira manteria a Primeira Ordem longe por muito tempo. Seus líderes partiriam o próprio planeta em dois para alcançar a Resistência.

CAPÍTULO 31

Várias câmeras externas forneciam uma visão das planícies de sódio que cercavam a base, e algumas delas haviam sobrevivido aos longos anos de inatividade. Finn olhava através de um aparato na sala de controle, relatando aquilo que via.

Leia fora chamada para gravar o pedido de ajuda que seria enviado para a Orla Exterior, e em sua ausência a tensão na sala cresceu, conforme os soldados e trabalhadores exaustos permitiram que seu desespero se mostrasse.

Ao menos Poe e Rose estavam preenchendo aqueles minutos ansiosos tentando encontrar algo – qualquer coisa – que pudesse mudar a situação. A mensagem da general poderia ser ouvida, mas não adiantaria nada se os aliados chegassem para encontrar a base destruída e ninguém para salvar. Poe enviara os droides para encontrar diagramas da base e ordenou que os técnicos aprontassem a decrépita artilharia como uma última linha de defesa, enquanto Rose fazia o inventário de qualquer coisa que pudessem consertar e usar em uma luta, desde motos speeder até speeders rasantes.

Finn, por sua vez, usava as câmeras externas para estudar o que a Primeira Ordem pretendia disparar contra eles em uma luta em solo. Ele tinha certeza de que as máquinas desembarcadas pelos transportes eram walkers pesados – AT-ATs e talvez até os pesados AT-M6s.

Dependendo da avaliação que a Primeira Ordem fizesse de suas defesas, poderia também haver AT-STs e motos speeder como apoio para as tropas.

E caças TIE dando apoio aéreo.

Mas uma coisa intrigava Finn: uma dezena de enormes transportes da Primeira Ordem descia em perfeita formação. Isso não correspondia a nenhum procedimento que lhe fosse familiar – e após um momento ele viu que essas naves estavam desembarcando um gigantesco cilindro. O objeto aterrissou e, um instante depois, Finn sentiu o chão tremer.

Ele aumentou a ampliação da lente e sacudiu a cabeça quando entendeu o que era aquilo.

– Um canhão aríete – ele relatou sombriamente. – É tecnologia miniaturizada da Estrela da Morte. Vai abrir essa porta como uma casca de ovo.

Então era isso – o instrumento de suas mortes.

– Tem que existir uma saída pelos fundos, certo? – Rose perguntou.

BB-8 rolou até eles, emitindo bipes. C-3PO vinha logo atrás do astromec ansioso. Todos os olhos se voltaram para os droides, cheios de qualquer resquício de esperança que ainda pudesse restar.

Atrás dos dois droides, Finn viu os olhos brilhantes de mais raposas de cristal. As criaturas tinham superado seu medo dos membros da Resistência e olhavam curiosas para eles, embora ainda se assustassem facilmente.

– BB-8 analisou os diagramas da mina – C-3PO disse. – Esta é a única saída.

Outro impacto sacudiu a sala de controle quando a Primeira Ordem continuou testando a força da enorme porta. Os rostos ao redor de Finn exibiam uma palidez desesperada – até mesmo o de Poe.

Finn balançou a cabeça. Ele não tinha chegado tão longe para deixar a Primeira Ordem vencer. E sabia que ninguém mais ali tinha. Eles apenas precisavam se lembrar disso.

— Nós temos aliados — ele disse. — As pessoas acreditam em Leia. Eles receberão nossa mensagem. Eles virão. Mas precisamos ganhar tempo.

— Tempo para quê? — um piloto perguntou, desesperado.

— Para a ajuda chegar — Finn disse. — Para Rey retornar com Skywalker, para Leia pensar em um plano, para a Primeira Ordem cometer algum erro, para um milagre. O que faremos, *não* lutar? Nós precisamos destruir aquele canhão.

Poe concordou, sorrindo para Finn. E Rose também sorriu.

— Você usou a palavra mágica — ela disse.

— Qual? *Lutar?* — Finn perguntou.

Ela negou com a cabeça e abriu outro sorriso — um sorriso que mostrava afeto verdadeiro. Os olhos dela, ele percebeu, estavam molhados.

— *Nós.*

— Preparem-se — Poe disse. — Vamos lá.

O hangar dos speeders rasantes se tornou uma linha de montagem, com Rose e vários outros técnicos recém-empossados dirigindo astromecs para checar o sistema de cada veículo e determinar se estavam prontos para voar, se precisavam de reparos ou se serviriam como peças de reposição.

Nenhum speeder entrou na primeira categoria, mas com um pouco de criatividade e improviso Rose e os técnicos conseguiram arrumar treze veículos, mesmo em meio aos estrondos rítmicos dos impactos contra a porta blindada e os relatos de que a Primeira Ordem havia aterrissado walkers rebocadores e começado a arrastar o canhão aríete pelo deserto de sal.

Os speeders rasantes haviam começado sua existência como veículos civis, construídos para aproveitar uma antiga moda de corridas de slalom em asteroides. Um grande motor era montado no meio do casco, com estabilizadores em cada lado – um para a cabine giroscópica, o outro para uma longa haste de equipamentos. Abaixo do motor havia um monoesqui halofólio projetado para manter o speeder ancorado. O veículo era então conectado a um guia no chão que conduzia a uma catapulta lançadora no final do hangar.

O declínio das corridas em asteroides havia condenado a maioria dos speeders rasantes a ser descartados em ferros-velhos. Mas alguns haviam sobrevivido e encontrado vida nova como veículos de exploração em assentamentos de asteroides, e os insurgentes anti-Imperiais os colocaram em uso como veículos de patrulha. Os técnicos de Crait haviam acrescentado canhões laser gêmeos na haste de equipamentos, travado a rotação da cabine e incrementado a defesa dos speeders com sobras de placas de blindagem.

Rose precisava parabenizar os técnicos – eles tinham feito um trabalho muito engenhoso. Mas a intenção dos speeders rasantes era combater piratas e contrabandistas. A vanguarda do exército da Primeira Ordem era muito mais do que qualquer pessoa esperaria que eles fossem capazes de lidar.

Poe ajudava o General Ematt a preparar a última linha de defesa nas trincheiras de Crait. Enquanto esperava por ele no hangar, Rose tentava encontrar um jeito de externar suas preocupações.

Havia apenas começado sua litania quando ele ergueu a mão.

– Eu sei, eu sei – ele disse. – É como se fosse um museu que ninguém queria visitar, em primeiro lugar. Mas é o que temos, então vamos fazer o nosso melhor. De qualquer maneira, treze veículos é bem mais do que pensei que conseguiríamos. Ótimo trabalho.

– Hum, ao menos diga aos seus pilotos que eles precisam escolher bem o alvo – Rose disse, limpando a graxa de motor de suas mãos. – Aquelas conexões dos canhões são frágeis e você pode superaquecê-las, se atirar em tudo o que se mover.

– Boa ideia. Mas por que você não diz isso pessoalmente? Já que vai voar com a gente também.

— Eu? — Rose olhou para ele com incredulidade. — Eu sou uma técnica de manutenção, não um piloto. Lembra?

— Quando foi a última vez que você arrumou um encanamento? — Poe perguntou.

— Há um minuto.

— Certo, certo, a questão não é essa. Você aterrissou aquele transporte com seis caças TIE na sua cola e uma porta gigante se fechando na sua frente, não é mesmo?

— Eu não aterrissei, eu caí.

— Um homem sábio uma vez me disse que qualquer aterrissagem na qual você consegue sair andando depois é uma boa aterrissagem — Poe disse. — Além disso, quem é que vai ficar de olho no Finn?

Rose viu que Finn estava mexendo em um comunicador de piloto. Ele ergueu os olhos, viu a surpresa de Rose e cruzou os braços sobre o peito.

— O que foi? Eu sou o cara que mais sabe sobre o que eles vão jogar contra a gente. E o único que já viu aquele canhão de perto.

— Isso não é a mesma coisa que voar um transporte, e você já não era muito bom nem com isso.

— Vou só seguir tudo o que você fizer. Não pode ser tão difícil assim.

Poe acrescentou, antes que Rose pudesse responder:

— Viu? É por isso que precisamos de você.

Rose começou a protestar, mas Poe pediu silêncio. Leia havia entrado no hangar, com C-3PO logo atrás.

— O Esquadrão Vermelho usou esses mesmos speeders para lutar contra equipes de reconhecimento do Império — Leia disse. — E eu pilotei um naquela missão. De acordo com Poe, isso faz de mim uma especialista.

Alguns dos pilotos e trabalhadores sorriram, embora alguns dos mais jovens parecessem surpresos. Leia viu a reação deles e conseguiu não revirar os olhos.

— O esqui ajuda na estabilidade. Ele garante que o motor produza aceleração e não sustentação – ela disse. – Ajudem o esqui a fazer o seu trabalho. Se decolarem, vocês se tornarão um alvo fácil.

Ela olhou ao redor para ter certeza de que todos entendiam, depois continuou:

— A Primeira Ordem aterrissou vários walkers pesados. Eles estão usando caças TIE para apoio aéreo. Os walkers são puro músculo, criados para destruir artilharia e defesas terrestres. Vocês não conseguirão derrubá-los, nem tentem. Mas podem correr mais do que eles. Os caças TIE são uma ameaça maior. Essa é outra razão para se manter perto do solo.

Os pilotos assentiram, embora Rose tivesse notado que alguns estudavam os esquis com desconfiança.

— Nosso objetivo é aquele canhão – Leia disse. – É a única coisa que pode abrir nossa porta, então vamos tentar mantê-lo fora de alcance. O canhão está sendo puxado por walkers rebocadores. Eles são quadrados, feios e cheios de pernas. Se destruirmos os rebocadores, o canhão para de avançar. Se rompermos os cabos que estão usando, o canhão para de avançar.

Os pilotos ouviam atentamente.

— Nós transmitimos nossa mensagem – Leia continuou. – Não sei quem vai responder, ou quando. Mas sei que não estamos sozinhos nesta luta. E cada minuto que pudermos roubar da Primeira Ordem aumenta nossas chances. Alguma pergunta?

Não havia nenhuma. Poe estava ao lado de Leia, olhando para os pilotos. Quando ela assentiu para todos, ele deu um passo adiante.

— Bom, pedi uma dúzia de X-wings T-85 com dispositivos de camuflagem – ele disse aos pilotos. – Acho que se perderam na alfândega.

Nien Nunb riu, mas foi o único. Os outros apenas olhavam petrificados para Poe.

— Mas vocês acabaram de ouvir que o Esquadrão Vermelho voou com essas belezinhas – ele continuou. – Cresci ouvindo histórias sobre esses homens e mulheres e sonhando que talvez eu pudesse voar como eles um dia. Ninguém achava que aqueles pilotos tinham alguma chance também. E vocês sabem o que eles fizeram? Destruíram uma Estrela da Morte.

Rose sorriu. Assim como alguns outros pilotos.

— Boa sorte — Leia disse. — E que a Força esteja com vocês.

Os pilotos se levantaram e começaram a pôr seus capacetes, checar os comunicadores e calçar as luvas. Enquanto isso, técnicos e astromecs começavam a acionar os speeders rasantes. O som de seus motores aumentou de um ronco grave para um zumbido estável.

Poe subiu na cabine aberta do primeiro speeder da fila. Finn se acomodou no seguinte, e depois Rose. Ela apertou a correia do capacete no queixo, verificou que estava sintonizada no canal do esquadrão e checou o console. Todos os sistemas estavam verdes — ao menos por enquanto.

— Está tudo certo, Finn? — ela perguntou.

Finn se virou e levantou o polegar.

— O seu comlink funciona, sabia? — ela respondeu.

Outro polegar levantado. Tudo bem, então.

— Decolar — Poe disse. — Sigam o meu comando.

Seu speeder rasante deslizou adiante, ao longo do trilho da catapulta lançadora no final do hangar, e então se perdeu de vista. Mas um momento depois todos ouviram Poe gritar alegremente no canal do esquadrão. Rose, já familiarizada com pilotos, não resistiu a um sorriso — pelo menos Poe teria uma última aventura atrás de um manche, onde ele se sentia mais feliz.

Paige também estaria exultante, Rose sabia. Ela tocou o medalhão Otomok e sorriu tristemente.

Se você está aí em algum lugar, Pae-Pae, sua ajuda seria bem-vinda.

O speeder de Finn deslizou pelo trilho. E então Rose se moveu com um solavanco, hesitou e depois começou a avançar mais suavemente. A escuridão a envolvia, e então o speeder rasante começou a se mover mais rápido, o ronco do motor aumentando até se tornar um rugido enquanto as paredes da catapulta lançadora passavam como um borrão por ela.

Bom, aqui vamos nós.

CAPÍTULO 32

O General Ematt emergiu de uma porta estreita que saía da mina para as trincheiras rebeldes, piscando diante da luz refletida pelo deserto de sal. Atrás dele veio o Sargento Sharp, mexendo em seu capacete.

As paredes da trincheira exibiam um profundo vermelho salpicado com poeira branca. Placas de metal forravam o chão, encrustadas com uma camada de sal e poeira esmagados. Um par de canhões de artilharia se estendia acima das trincheiras. Poe havia assegurado a Ematt que os canhões funcionariam. Ematt decidiu que só acreditaria vendo – parecia que o coice do primeiro tiro ia transformá-los em uma pilha de metal enferrujado.

Lá dentro, eles passavam fuzis blaster e armas menores para qualquer um que parecesse mais um perigo para o inimigo do que para a pessoa ao lado e checavam um estoque de velhas munições dos rebeldes para ver se ainda tinham alguma carga.

Eles seriam a última linha de defesa, depois dos speeders e da artilharia. Ematt torcia para que não chegasse a tanto, embora soubesse que provavelmente chegaria.

Bom, se fosse o caso, eles fariam a Primeira Ordem pagar um preço por cada milímetro de território.

Ematt subiu a trincheira até o nível do deserto, a enorme porta blindada logo atrás dele. Enquanto vasculhava o horizonte com seus quadnocs, Sharp se abaixou para apanhar uma pitada daqueles flocos brancos. Ele experimentou e depois cuspiu.

Sharp olhou para trás e viu que suas pegadas haviam esmagado o sal poeirento, que agora grudava nas solas de suas botas. Onde pisavam, o solo vermelho cristalizado se revelava.

Ematt baixou os quadnocs e falou no comlink de seu pulso.

— Forças terrestres se aproximando — ele alertou.

— Entendido — Poe respondeu. — Estamos a caminho.

Aberturas na porta blindada se abriram e os speeders rasantes foram lançados, seus estabilizadores se dobrando com o vento. A descida foi metade voo planado, metade voo motorizado, e Rose lutou para manter seu veículo estável. Ela sentiu um frio no estômago quando olhou para os arredores, desde o deserto de sal até os distantes pontos das forças terrestres da Primeira Ordem.

Então olhou para o lado e viu Finn sorrindo, aparentemente hipnotizado pela experiência do voo — e não pensando sobre o que aconteceria se atingisse o chão.

— Ei, bobão! — ela gritou no comunicador. — Acione o seu monoesqui!

Finn olhou ao redor, assustado, e procurou pelo botão. Quando Rose já tinha certeza de que ele ia cair, Finn encontrou o controle que estendia o monoesqui. A haste de metal emergiu da barriga do estabilizador do motor um momento antes de o esqui tocar a crosta de sal.

O impacto de seu próprio speeder no solo forçou o ar para fora dos pulmões de Rose, e por um momento ela teve certeza de que o veículo se desmontaria, deixando canhões, cabine ou ambos para trás. Mas então o speeder saltou de volta sobre o esqui e ela começou a correr pela extensão branca ao lado de Finn, fazendo parte de uma linha de speeders que avançavam pelo deserto.

Os esquis cortavam através da camada de sódio sobre o solo, levantando uma onda de poeira cristalina e dando a cada speeder uma cauda vermelha brilhante que se estendia como uma bandeira.

Poe precisou puxar o pé de volta quando um painel cedeu e caiu debaixo dele, enviando um pedaço de blindagem pelos ares sobre o deserto.

— Mas que droga foi essa? — ele disse. Depois, no comunicador: — Não gosto desses baldes de ferrugem e não gosto das nossas chances. Mantenham a formação e não se aproximem muito antes de eles puxarem aquele canhão até a nossa frente.

Rose avistou os walkers da Primeira Ordem ao longe, mas não o canhão de sítio. Ela levou a mão para dentro do macacão e puxou o medalhão Otomok, pendurando-o em uma alavanca do console.

— Força terrestre, comece a disparar — Poe pediu.

As forças da Resistência nas trincheiras ouviram sua ordem e os canhões da artilharia dispararam, seus tiros blaster riscando o céu sobre o deserto de sal, na direção das linhas da Primeira Ordem. Alguns tiros acertaram os walkers, mas não causaram danos que Poe pudesse enxergar.

Com o vento entrando em sua cabine, ele considerou a situação — e não gostou das conclusões. A maior parte das forças terrestres da Primeira Ordem eram walkers pesados de combate. Cada leviatã carregava um enorme canhão turbolaser sobre as costas e tinha membros dianteiros reforçados para aguentar o coice. Suas armaduras eram pesadas demais para os blasters dos speeders rasantes da Resistência.

Acima dos walkers, caças TIE circulavam como aves de rapina. E, acima deles, os sensores de Poe mostravam um único transporte de comando — certamente a nave de onde o ataque seria coordenado. As armas dos speeders eram poderosas o bastante para destruir um caça TIE ou um transporte, mas Poe sabia que os veículos da Resistência seriam destroçados se tentassem ganhar altitude para atacá-los.

O canhão de sítio seria mais vulnerável – ou ao menos Poe devotamente torcia para que fosse. Mas a Primeira Ordem estava sabiamente mantendo o canhão atrás das linhas, protegido pelos walkers. Qualquer ataque contra ele teria de enfrentar tanto os walkers como os caças TIE – praticamente um suicídio.

Poderia chegar a isso, Poe sabia. Mas ele não jogaria fora a vida de seus pilotos a menos que não enxergasse alternativa. Então, por enquanto, apenas examinaria a linha da Primeira Ordem para manter seu esquadrão intacto e esperaria um erro do inimigo – ou algo que mudasse suas chances.

Poe estava certo sobre o transporte de comando – abrigava Kylo, Hux e vários outros oficiais de alto escalão da Primeira Ordem, todos olhando para o campo de batalha e monitorando informações em sensores.

Kylo teria preferido supervisionar o ataque sozinho – Hux, ele sabia, enxergaria aquela operação relativamente simples como uma oportunidade para se engrandecer. Mas era crucial segurar as rédeas do ambicioso general. Hux havia eliminado vários rivais durante sua ascensão ao poder – incluindo seu próprio pai –, e Kylo não tinha intenção nenhuma de se juntar a esse grupo. Com Hux ao seu lado, não havia chance de um acidente acontecer com o transporte de comando – mas havia uma grande oportunidade de lembrar ao general e aos outros oficiais quem estava no comando.

– Treze veículos ligeiros se aproximando – Hux disse. – Devemos adiar o avanço enquanto nos livramos deles?

– Não – Kylo respondeu. – Prossiga. A Resistência está dentro daquela mina. Tudo termina aqui.

A Primeira Ordem decidiu o que fazer ainda com o speeders rasantes a alguma distância de suas linhas, ordenando aos caças TIE que abandonassem suas posições sobre os walkers e iniciassem combate. Tiros de blaster atingiram a crosta de sódio, enviando plumas vermelhas que lembravam a Poe sangue espirrando, e um dos speeders foi envolvido em chamas.

– Pilotos! – Poe gritou. – Separar!

Os speeders se espalharam, com caças TIE seguindo o movimento. Uma dezena de perseguições se entrecruzaram sobre o deserto, deixando o solo marcado com pontos vermelhos e cortes causados pelos halofólios dos speeders.

Poe fez uma curva fechada, o casco de seu estabilizador emitindo um gemido de estresse do metal, e então mirou em um caça TIE que buscava uma oportunidade para atirar em um dos speeders. Estando baixo demais para disparar, Poe puxou o manche, fazendo o speeder saltar sobre o deserto.

Ainda baixo demais. Vamos lá, garota, suba só mais um pouco.

O speeder rasante saltou um pouco mais alto e Poe apertou o gatilho, seu canhão laser cuspindo fogo. O TIE se partiu em dois, seus painéis solares rodopiando em diferentes direções.

O grito de triunfo de Poe foi interrompido quando precisou desviar de outro caça TIE que voava acima dele, onde suas armas não conseguiam alcançar.

– Não podemos igualar esse poder de fogo! – C'ai Threnalli alertou em sua língua nativa.

– Precisamos segurá-los até trazerem o canhão – Poe respondeu.

Um piloto gritou quando seu speeder foi destroçado por tiros de canhão, enquanto o caça TIE que o destruiu fazia uma curva alta sobre o deserto. A artilharia da Resistência o acompanhou e o explodiu, mas os outros caças responderam dando a volta e bombardeando os soldados, vulneráveis nas trincheiras.

Finn se assustou quando o speeder ao seu lado foi atingido. Ele olhou através do para-brisa, piscando com a claridade, e tentou encontrar o canhão da Primeira Ordem entre as formas imponentes dos walkers de combate.

Tiros atingiram o chão perto dele e Finn lançou seu speeder em ziguezague, tentando atrapalhar a mira dos caças. Eles estavam perdendo speeders – por que Poe não ordenava o ataque contra o canhão?

Outro speeder desapareceu em chamas, o grito de seu piloto dissolvendo-se na estática.

Estamos perdendo.

E então seus olhos se arregalaram.

– Rose! Atrás de você!

Três caças TIE perseguiam o speeder de Rose através do deserto, seus canhões laser disparando tiros mortais. Antes que Finn pudesse se virar para ajudá-la, o primeiro TIE foi incinerado. Depois o segundo desapareceu em uma bola de fogo. E então o terceiro foi destruído.

Rose desviou dos destroços que caíam do céu, depois olhou para cima para localizar o seu salvador. Seus olhos se arregalaram diante da visão de um cargueiro velho voando acima. A nave não parecia estar em condições melhores que a dos speeders rasantes – mas, de algum modo, conseguia manobrar como um X-wing.

Ela não reconhecia a nave, mas aparentemente Finn reconhecia, pois soltou um grito de alegria.

A bordo da *Millennium Falcon,* Chewbacca viu os caças TIE explodindo e soltou um grito de guerra Wookiee – um grito imitado pelo porg sentado no console ao seu lado.

Enquanto isso, na artilharia dorsal, Rey girou e disparou sobre mais caças TIE. Outro explodiu e ela cerrou os dentes em um sorriso predatório. Os pilotos da Primeira Ordem tinham estado tão ocupados aterrorizando suas presas em solo que esqueceram que o céu podia esconder outros caçadores.

– Oh, eu gosto disso – ela disse, destruindo mais um TIE.

Dentro de seu transporte de fuga roubado, Rey havia esperado com uma frustração cada vez maior enquanto os Destróieres Estelares da Primeira Ordem formavam um cordão acima do planeta e soltavam transportes carregando walkers e um misterioso cilindro que ela não reconhecia.

Esperava que Finn e a General Leia estivessem lá embaixo e não tivessem sido pegos a bordo de um dos transportes que ela vira ser destruído. Foi terrível pensar que eles poderiam já estar mortos – ou que poderiam morrer enquanto ela esperava indefesa pelo retorno da *Falcon*. Quando o cargueiro emergiu do hiperespaço, ela se empolgou – ao ponto de irritar Chewbacca o suficiente para ele a silenciar com um uivo firme enquanto ela corria pela escotilha de descompressão.

O Wookiee agora dava uma pirueta com a *Falcon*, fugindo de um par de caças TIE e deixando Rey perfeitamente posicionada para mirar em um deles. Ela tomou um instante para admirar a graciosidade da pilotagem de Chewbacca, deixando a si mesma mergulhar na Força e permitindo que ela guiasse suas ações. Quando mais dois caças TIE desapareceram em chamas, ela avistou mais deles se aproximando, após deixarem suas posições acima dos walkers da Primeira Ordem. Os caças formaram uma linha atrás da *Falcon*, procurando uma abertura para atirar em sua popa.

– Chewie! – Rey gritou em seu comunicador. – Afaste-se do combate! Atraia os caças para longe dos speeders!

Chewbacca acelerou para longe do campo de batalha, e os caças TIE seguiram atrás dele como a cauda de uma pipa. Lá embaixo, Rey observou criaturas de pele cristalina correndo sobre a planície de sódio, com os olhos fixos sobre as estranhas aves acima delas.

Adiante, uma fenda dividia o deserto de sal como um grande

ferimento vermelho. O cargueiro mergulhou na fenda e Rey observou as paredes do cânion maravilhada – elas eram encrustadas com formações cristalinas que refletiam o sol.

Atrás deles, dois caças TIE colidiram, os pilotos entendendo mal a intenção um do outro quando buscaram uma rota segura através da caverna cada vez mais estreita. A explosão arrancou pedaços de cristais das paredes. Um bloco perfurou o para-brisa principal de um caça, lançando-o em pirueta até uma parede. E Rey disparou uma saraivada de fogo mortal sobre os outros caças TIE.

Da cabine de seu speeder rasante, Poe observou espantado quando todos os caças TIE começaram a perseguir a *Falcon*, desaparecendo nos céus ao norte.

— Ela atraiu todos para longe! Todos! — ele disse com admiração.

— Ah, eles *odeiam* aquela nave — Finn respondeu.

— Lá está! — Rose gritou no comunicador.

Poe viu o que chamou a atenção dela: dois walkers rebocadores arrastavam o canhão de sítio na frente da força principal. Os rebocadores lembravam Poe de grandes besouros, avançando sobre múltiplas pernas hexagonais. Grossos cabos conectavam os rebocadores ao canhão, arrastando-o com uma mínima ajuda de seus repulsores.

Despojados de seu cordão de caças, os comandantes da Primeira Ordem aparentemente haviam decidido avançar com o ataque. Os walkers disparavam tiro após tiro na direção do reduto da Resistência, dispersando os soldados nas trincheiras.

— Nossa única chance é acertar bem no meio da garganta — Finn disse quando os seis speeders restantes aceleraram na direção do canhão.

Dentro do transporte de comando, Kylo estava fumegando.

A visão do cargueiro de seu pai o havia enchido de fúria e ele gritara para os artilheiros derrubarem a nave do céu. Hux prontamente enviara todos os caças para essa tarefa, tirando a cobertura aérea dos walkers e deixando os artilheiros sobrecarregados tentando acertar os ágeis speeders – que agora corriam na direção do canhão.

Kylo não achava que os speeders pudessem danificar o enorme canhão, que já estava quase pronto para iniciar a sequência de disparo. Mas ele também havia pensado que a Base Starkiller era impenetrável – e os vermes de sua mãe haviam transformado a superarma em um anel de destroços nas Regiões Desconhecidas.

– Todo poder de fogo naqueles speeders! – ele ordenou.

– Concentrem todo o fogo nos speeders – Hux gritou.

Kylo olhou para ele com desgosto.

– Segurem-se! – Poe gritou quando os walkers voltaram sua atenção das distantes trincheiras e abriram fogo contra os speeders, lançando gotas vermelhas no ar onde os tiros criavam crateras no solo. Parecia que seu speeder estava prestes a se desintegrar mesmo se nenhum tiro o acertasse.

– Realmente é uma arma *grande* – Rose disse, impressionada.

Ele podia apenas concordar. O canhão de sítio o lembrava de um enorme cano de revólver, com duzentos metros de comprimento e um núcleo que brilhava em tons laranja. Poe inclinou seu speeder e disparou sobre o cabo que conectava o canhão a um dos walkers rebocadores, esperando vê-lo se partir sob o fogo. As armas nas costas dos walkers dispararam, forçando Poe a desviar.

Sem se abalar, ele deu a volta para outra passada, sob fogo pesado por todos os lados, e olhou desolado para o cabo. Ele havia meramente queimado a superfície.

O núcleo do canhão de sítio começou a brilhar e Poe avistou fumaça escapando. Enquanto olhava sem acreditar, o sódio começou a derreter na frente do canhão, a crosta fluindo como líquido. Mesmo àquela distância, ele podia sentir o calor.

Outro speeder explodiu, atingido pelos tiros de um dos walkers. Poe viu Nien Nunb deslizar seu speeder para preencher o buraco na formação e admirou a eficiência calma da manobra do velho veterano rebelde.

Mas aquilo não era suficiente para mudar o resultado, Poe percebeu. Nada mais poderia fazer isso agora. Eles tinham falhado.

O canhão estava apenas a alguns metros, mas Poe não se deixou cair na tentação. Seu speeder seria cozinhado antes de chegar perto o bastante.

— Recuar! — ele ordenou.

— *O quê?* — Poe percebeu a incredulidade na voz de Finn.

— O canhão está carregado. É um voo suicida! Todos os veículos, recuar!

— Não! Estou quase lá!

— Recuar! Isso é uma ordem!

Os outros três speeders se afastaram seguindo o líder, mas Finn continuou a correr na direção do canhão.

— Finn, é tarde demais! — Rose gritou. — Não faça isso!

— Não vou deixá-los ganhar! — Finn disse, com um tom feroz.

— Não! — Rose gritou. — Finn, ouça o que...

Ela viu Finn tirar o comunicador do ouvido e jogá-lo de lado. Ele estava a apenas cinquenta metros do canhão, tentando voar diretamente para dentro de sua boca — mas seu speeder já estava queimando e fumegando. E diante dele o próprio ar parecia ferver com o terrível calor do feixe rastreador do canhão.

Não, Rose pensou, os dentes cerrados. Eles chegaram longe demais juntos para ela assistir enquanto ele jogava a vida fora. Ela inclinou seu speeder com força, seguindo na direção de Finn. Seu medalhão balançava freneticamente sobre o console. Ela o agarrou, jogando-o ao redor do pescoço um momento antes de seu speeder atingir o de Finn, a poucos metros da enorme boca do canhão.

O impacto lançou o speeder de Finn para fora do caminho do canhão enquanto o de Rose deslizou sem controle, com seu estabilizador se desfazendo com o atrito. E então o chão a alcançou, transformando-se em um turbilhão branco e vermelho.

Som.

Rose não sabia de onde ele vinha em meio à escuridão ao seu redor, mas sabia que era importante. Importante e ligado a ela.

Rose tentou se concentrar no som, mas sua cabeça doía muito. Na verdade, tudo doía. Ela apenas queria dormir, na esperança de que a dor e o barulho sumissem, que a deixassem em paz.

Ela ouviu o som novamente e percebeu que era seu nome.

Era a voz de Finn chamando seu nome. Com urgência, a voz cheia de medo.

Rose forçou os olhos a se abrirem. Ela estava caída na cabine retorcida de seu speeder rasante, ou daquilo que sobrara dele. A superfície ao redor era uma caótica mistura de pedaços de sal e terra vermelha. Finn corria na direção dela. E atrás dele, um turbilhão de fumaça se erguia no ar.

Ela tentou acalmá-lo, dizer onde estava e que estava bem. Mas sua voz não saía. E ela tinha certeza de que, na verdade, estava longe de estar bem.

Ela abriu os olhos e viu seu rosto perto dela, os olhos arregalados.

— Por que você me impediu? — ele perguntou.

Rose forçou a voz a funcionar. E a próxima parte era importante. Ela precisava fazê-lo entender.

— *Salvei* você, bobão — ela disse. — É assim que vamos vencer.

Não lutando contra aquilo que odiamos. Mas salvando aquilo que amamos.

O canhão da Primeira Ordem disparou como um brilhante sol científico. Um enorme raio de energia cruzou o deserto até a porta blindada, queimando o ar com um rugido e lançando um vento quente sobre a planície de sal.

Quando a blindagem da porta se desfez, Rose inclinou a cabeça e beijou Finn – só por precaução, caso ele não tivesse ouvido ou não tivesse entendido a mensagem.

O grande bobão tinha um grande coração. Mas também vivia perdendo o óbvio.

CAPÍTULO 33

Muito acima do campo de batalha, seguro no abrigo do transporte de comando, Kylo observou impassivelmente quando o canhão de sítio escureceu, com sua energia esgotada. O centro da enorme porta que protegia os restos da Resistência estava partido por uma fissura, e grandes pedaços de pedra caíam das bordas da ferida.

Ao lado de Kylo, Hux analisava os danos com uma mistura de admiração e prazer.

Este era o futuro, ele sabia – as sobras da Resistência e os revanchistas da Nova República fugindo do poderio da Primeira Ordem até não haver mais para onde ir, depois se encolhendo em buracos de mundos esquecidos. Não adiantaria nada para eles – seriam desenterrados pelas máquinas de Hux e arrastados para fora por suas tropas.

Seria um trabalho lento – mas nunca entediante. Pois ele apreciaria cada combate, cada rendição e cada execução. A galáxia vinha se arrastando com essa doença por tempo demais, mas Hux havia esterilizado a infecção. Agora extirparia o tecido morto.

Ren, ele sentia, compartilhava sua satisfação ao ver o objetivo que eles perseguiram por tanto tempo finalmente ao alcance.

— General Hux, avance – ele disse. – Sem clemência. Sem prisioneiros.

Os oficiais da Resistência dentro da mina deram as costas para a enorme luz e o calor da explosão, protegendo o rosto até o final do tremor e do estrondo das rochas que caíam.

Leia baixou as mãos e encontrou a luz do sol invadindo através da rachadura na porta. O brilho emprestava uma estranha beleza à penumbra da câmara, como se o lugar tivesse sido transformado em uma catedral.

Connix ergueu os olhos de seu console, no qual monitorava as transmissões.

— Nenhuma resposta.

D'Acy parecia solene.

— Nosso sinal de socorro foi recebido em múltiplos pontos — ela disse. — Mas não veio nenhuma resposta. Eles nos ouviram, mas ninguém está vindo.

A desolação atingiu o rosto de Leia. Ela se recompôs, instintivamente vasculhando em sua memória centenas de discursos que fizera durante uma centena de batalhas desesperadas, procurando palavras que dariam àqueles bravos guerreiros a força e a coragem que precisavam para continuar.

Mas não havia nada. E ela não venderia falsas esperanças para aqueles homens e mulheres. Eles mereciam coisa melhor.

— Nós lutamos até o fim, mas a galáxia perdeu sua esperança — ela disse. — A fagulha se apagou.

Um terrível silêncio pairou no ar. E então foi quebrado por lentos e deliberados passos, vindos de um túnel escurecido nos fundos da câmara.

Luke Skywalker entrou na sala, vestido com uma túnica Jedi negra. Suas mãos — uma de carne e osso, a outra mecânica — alcançaram seu capuz e o puxaram para trás. Sua barba escura estava apenas começando a se tornar grisalha e seus olhos exibiam um azul brilhante, estudando cada um dos guerreiros da Resistência.

Leia observou com incredulidade seu irmão se aproximar. Ela estava sonhando, e por um momento isso a deixou com raiva. Ali, no fim, sua mente se despedaçava, e ela agora via coisas.

Mas não, todos na sala olhavam para onde ela estava olhando, com expressões de espanto.

— Luke! — ela disse.

— Mestre Luke! — C-3PO disse com evidente alegria, ganhando um aceno de cabeça e um sorriso de seu antigo mestre.

Foi isso o que, finalmente, convenceu Leia — droides não alucinam. Aparentemente os bancos de dados de C-3PO não tinham nenhuma recomendação sobre a etiqueta ideal para receber mestres há muito perdidos que de algum modo conseguiam atravessar metade da galáxia sozinhos: pela primeira vez, o droide de protocolo escolheu permanecer em silêncio. Seus fotorreceptores seguiram Luke enquanto ele cruzava a sala até chegar diante de sua irmã.

— Eu sei o que você vai dizer — Leia disse. — Mudei meu cabelo.

— Ficou bom assim — Luke respondeu, e então seu sorriso desapareceu. — Leia... eu sinto muito.

— Eu sei. Eu sei que sente. Só estou feliz por você estar aqui, no fim.

A expressão de seu irmão era sombria.

— Eu vim para enfrentá-lo, Leia. Mas não posso salvá-lo.

Não muito tempo atrás, ela sabia, isso teria partido seu coração. Mas agora não havia nada além de uma dor eterna.

— Eu sei — ela disse. — Tive esperança por tanto tempo, mas agora eu sei. Meu filho se foi.

Os olhos de Luke mostravam afeto — com compreensão e amor, mas também algo mais. Era conhecimento, ela sentiu — um vasto conhecimento, profundo e estranho, mas reconfortante. Esse conhecimento o transformara — o refizera por inteiro —, mas o Luke de sua juventude permanecia, no coração daquilo em que ele havia se tornado.

— Ninguém realmente vai embora para sempre — ele disse suavemente, chegando mais perto para beijar sua testa enquanto tomava suas mãos.

Quando eles se tocaram, ela imediatamente entendeu. Um leve sorriso surgiu no canto de sua boca e seus olhos brilharam com o segredo que os dois agora compartilhavam.

Irmão e irmã ficaram ali por um momento. E então Luke soltou as mãos de Leia. Oferecendo uma piscadela para C-3PO, ele andou com os mesmos passos decididos para dentro da luz que invadia o refúgio da Resistência, saindo pela porta destruída e ganhando o deserto lá fora.

Leia olhou para baixo e sorriu ao ver os dados de Han Solo na palma de sua mão.

Trabalhando rápido, Finn improvisou uma maca usando uma placa de blindagem e fios e amarrou Rose sobre ela. Não teve tempo de processar o que ela havia dito antes de beijá-lo, nem de se preocupar com a gravidade de seus ferimentos. Precisava se concentrar em levá-la para um lugar seguro. Felizmente, lembrou-se de seu treinamento de sobrevivência – ou, mais precisamente, havia treinado tanto que aquilo se tornara memória muscular; suas mãos sabiam o que fazer enquanto seu cérebro se atrapalhava todo.

Ocorreu-lhe que, ironicamente, ele precisava agradecer a Phasma por aquilo.

Havia uma longa rachadura na porta da antiga base rebelde agora. Finn checou duas vezes para ter certeza de que Rose não cairia da maca improvisada e então começou a puxá-la como um trenó, atravessando o deserto com pressa na direção das distantes linhas das trincheiras.

Ele olhou repetidas vezes para os imponentes walkers, temendo que a qualquer momento uma daquelas enormes cabeças viraria em sua direção para disparar. Mas os walkers simplesmente continuaram sua trajetória sem prestar atenção neles.

E um momento depois ele entendeu a razão.

Eles não acham que somos importantes. Porque sabem que ganharam.

O maior problema era algo mais mundano – atravessar o deserto. A batalha havia deixado crateras na crosta salina – grandes tigelas vermelhas, algumas ainda soltando fios de fumaça. Ao redor delas, a camada de sódio fora quebrada em vários pedaços que se agarravam sob os pés de Finn e atrapalhavam o arrastar da maca. Nos outros lugares, a crosta estava intacta, mas perigosamente escorregadia. O vento havia acelerado e pequenos nódulos de sal picavam o rosto de Finn.

Ele começou uma marcha determinada – um ritmo que esperava que não fosse deixá-lo exausto ou causar muita dor a Rose – e tentou não pensar sobre o que aconteceria se ele a levasse de volta para a base avariada. O cenário mais provável era que qualquer droide médico que fosse tratar de Rose pertenceria à Primeira Ordem, e então ele não teria feito nada além de mantê-la saudável até o dia de sua execução.

Mas o que mais poderia fazer? Deixá-la para morrer?

E, além do mais, Rey ainda estava por aí, em algum lugar. Desde que isso continuasse sendo verdade, haveria esperança. Ele não deixaria de acreditar nisso, nem em Rey.

As trincheiras agora estavam perto, linhas de um vermelho mais profundo encravadas na encosta da montanha.

– ... me arrastando – Rose murmurou atrás dele.

– O quê? – ele perguntou. Finn agora respirava com mais dificuldade e então parou por um momento, para ter certeza de que não estava machucando Rose mais do que o inevitável.

Rose olhou para ele, os olhos desfocados.

– Quando nos conhecemos, eu estava arrastando você – ela disse quase sem voz, depois sorriu. – Agora é você que está me arrastando.

Ele assentiu e sorriu de volta, depois retomou a caminhada.

– Nós já passamos por muita coisa, não é mesmo? – ele disse.

Finn chegou à trincheira e praticamente desabou lá dentro, depois deslizou a maca para baixo com a maior gentileza possível. Rose olhava para a porta blindada, confusa.

— Quem é aquele ali? — ela perguntou.

Finn olhou e viu um homem vestindo uma túnica atravessando o deserto de sal. Ele andava na direção da linha de walkers, como se estivesse convencido de que aquele campo de batalha era o melhor lugar da galáxia para dar um passeio.

Hux viu a figura solitária no deserto e olhou mais de perto, incrédulo, enquanto o homem andava, aparentemente despreocupado, para dentro das garras de um poder de fogo suficiente para arrasar uma cidade inteira. Será que o homem era cego e estava prestes a se revelar incrivelmente azarado? Será que algum membro da Resistência havia escolhido cometer suicídio de um jeito dramático?

Achando graça, ele olhou para Ren — e a piada em seus lábios morreu imediatamente. Pois o novo Líder Supremo parecia olhar para um fantasma.

— Pare — Kylo disse.

Sua ordem foi prontamente atendida e a poderosa linha de walkers da Primeira Ordem interrompeu seu avanço. Eles estavam a pouco mais de quatrocentos metros da porta danificada e dos soldados da Resistência lá dentro.

O homem parou. Ele olhou para cima, para o céu, e repentinamente Hux sentiu um arrepio na nuca. De algum jeito ele sabia que o homem lá embaixo na superfície marcada pelos tiros olhava diretamente para eles, seu olhar certamente fixo não apenas no transporte, mas numa pessoa em seu interior.

Hux olhou para o rosto de Ren e enxergou terror — desnudo e indisfarçável.

Aquele medo significava fraqueza — *e oportunidade.*

— Líder Supremo — Hux perguntou, tomando cuidado para que o tom de voz fosse o de um humilde subordinado. — Devemos avançar?

— Eu quero cada canhão disparando sobre aquele homem — Ren disse. — Agora!

O primeiro walker a receber a ordem abriu fogo, suas metralhadoras disparando em sucessão. Quando as chamas envolveram o homem solitário no campo de batalha, os outros walkers começaram a atirar.

Enquanto Ren assistia com olhos arregalados ao tumulto dos disparos lá embaixo, Hux o observava, sua mente calculando.

Seu pai, Brendol, havia contado a ele sobre como os Jedi mantiveram seu poder tomando crianças sensíveis à Força e treinando-as como guerreiros. Os Jedi haviam concordado em liderar o exército de clones da República, mas se voltaram contra o Chanceler Palpatine e tentaram tomar o controle do Senado. Os clones — ironicamente, outro grupo de soldados treinados desde a infância — haviam impedido essa traição, voltando as armas contra seus ex-generais.

Os Jedi mereceram seu destino, Brendol disse — mas era possível aprender muito com seus métodos. E também com seus regimes de treinamento para os clones da República. Hux sênior havia misturado elementos dos dois grupos para criar um exército de soldados que começavam a ser treinados assim que deixavam o berço — um exército que havia se originado sob o Império, mas que alcançou a glória plena sob a Primeira Ordem e o jovem Hux.

Então, de certo modo, os stormtroopers da Primeira Ordem eram um legado dos Jedi.

Hux sorriu ante o pensamento. Então esse seria o legado final daqueles feiticeiros. A Primeira Ordem havia prosperado, apesar da fraqueza de Snoke por bobagens místicas, mas isso porque Snoke se mantivera longe da vista, deixando que suas diretrizes falassem por ele.

Ren nunca foi tão sábio. Ele era incapaz disso — um escravo de suas emoções. Isso não serviria para um Líder Supremo. Colocaria em perigo tudo aquilo que Hux e seus tecnólogos haviam criado.

Bom, Hux não permitiria isso. E, quanto mais ilusões Ren tivesse, mais fácil seria arranjar sua eliminação.

Com a *Falcon* acelerando de volta na direção do campo de batalha, Rey subiu correndo a escada da artilharia e se juntou a Chewbacca na cabine. Um medo torceu seu estômago quando ela viu a enorme rachadura na porta blindada e as linhas de máquinas de guerra da Primeira Ordem tão perto da base. E então todos os canhões dos walkers começaram a disparar ao mesmo tempo, concentrando fogo em um único ponto.

Rey e Chewbacca trocaram um olhar perplexo.

— É melhor dar a volta pelos fundos — Rey sugeriu.

O Wookiee concordou com um uivo.

Não havia sinal do homem que começara a atravessar o deserto — apenas um enorme pilar de fogo e fumaça, uma conflagração renovada pela energia despejada naquele ponto em meio ao contínuo trovejar das armas da Primeira Ordem.

No transporte de comando, Kylo Ren havia se levantado e agora olhava para o estranho espetáculo lá embaixo. Seus punhos estavam cerrados e havia lágrimas em seus olhos.

— Mais! — ele gritou.

Hux olhou para ele com inquietude.

— Nós certamente já... — Hux começou a dizer, mas Kylo o interrompeu.

— Mais! — ele berrou novamente.

Os disparos continuaram, a saraivada de energia manchando o sal branco ao redor do ponto de impacto com tons laranja e vermelhos.

— Já chega — Hux disse. — *Já chega!*

Os comandantes da Primeira Ordem olharam entre si sem saber o que fazer. Kylo não disse nada, desabando em sua cadeira. Após um momento, a ordem de Hux foi obedecida e os disparos cessaram.

— Você acha que o pegou? — Hux perguntou com um tom ácido, sem se dar ao trabalho de esconder o sarcasmo.

Muito abaixo do transporte, a coluna de fumaça e chamas continuou a subir e se retorcer. Kylo observava o deserto, mas seu olhar não conseguia penetrar o resultado da destruição.

Hux olhou para Ren com desdém.

— Agora, se estamos prontos para avançar, podemos acabar com isso.

— Senhor... — o comandante do transporte disse com hesitação.

Ao seu lado, Kylo ergueu os olhos quase relutantemente. Como se aquilo que acontecia lá embaixo pudesse não se transformar em realidade se ele não olhasse.

Mas isso funcionava apenas em mitos antigos, o tipo de história contada para entreter crianças.

Para fora da coluna de fogo saiu Luke Skywalker, sua túnica sem um único arranhão, seu olhar ainda fixo sobre o transporte. Ele limpou uma poeira invisível dos ombros, seu rosto irradiando desprezo.

Kylo se levantou, olhos grudados sobre seu tio.

— Leve-me até ele — Kylo ordenou ao piloto. — E não avance nossas forças até eu mandar.

— Líder Supremo, não se distraia — Hux pediu. — Nosso objetivo é matar a Resistência! Eles estão indefesos naquela mina, mas cada momento que desperdiçamos...

Kylo concentrou a Força, usando-a para agarrar Hux e jogá-lo contra a parede do transporte de comando. Forte o bastante para silenciá-lo, certamente, talvez até para matá-lo. Ele não se importava com nenhuma das possibilidades.

— Agora mesmo, senhor — o comandante do transporte disse.

CAPÍTULO 34

Finn entrou na mina com Rose nos braços, gritando por um medpac. Membros da Resistência correram e a tomaram gentilmente dele, movendo Rose para uma maca flutuante que havia sido trazida para a batalha. Finn observou os soldados levando-a embora, a cabeça baixa de tanta exaustão. Ao redor deles, as raposas de cristal tilintavam na penumbra.

Finn olhou através da grande rachadura na porta, por onde um homem com uma espada laser saíra para enfrentar a Primeira Ordem inteira. Entre a chegada da *Millennium Falcon* e aquilo que ele descobrira sobre a missão de Rey, ele entendeu quem era aquele homem – uma lenda que ganhava vida quando a Resistência mais precisava.

– Aquele é o... – ele perguntou a Poe.

– Eu acho que... sim – Poe respondeu.

Poe sabia que Luke Skywalker não era apenas um mito, mas um homem real – sua própria mãe, Shara Bey, havia escoltado o transporte dele para longe da segunda Estrela da Morte e o acompanhado em uma missão após a destruição da estação de batalha.

Mas depois Poe crescera em Yavin 4, brincando sob a sombra de uma árvore uneti que sua mãe recebera de presente do próprio Skywalker – e cuja semente ele havia contado que viera de uma das árvores do Templo Jedi de Coruscant. E havia aperfeiçoado suas habilidades de voo nos anéis de destroços de Yavin, desviando de pedaços queimados da blindagem da Estrela da Morte descartados pelos sucateiros.

Mesmo assim, Skywalker já havia desaparecido quando Poe era adolescente, perseguindo antigos segredos Jedi entre estrelas estranhas. O que estava acontecendo no deserto de Crait, Poe sentia, pertencia a uma era esquecida da galáxia. Algo que talvez nunca mais fosse testemunhado.

O transporte de comando desceu, os motores roncando quando suas asas se dobraram para cima. A nave permaneceu em silêncio na frente de Luke por um momento, como um grande predador a estudá-lo. Então, com um silvo hidráulico, a rampa se estendeu e Kylo Ren desceu até o caos da planície salina.

Luke não havia registrado nada além da presença de seu sobrinho quando o encontrara com Rey, em Ahch-To. Agora ele queimava em sua percepção da Força, quase radiante com o poder. Era o tipo de poder que Luke havia previsto para ele – primeiro como uma promessa quase infinita, depois como um perigo equivalente.

Esse poder era alimentado por emoções tão fortes que pareciam quase poluir a Força ao redor de Kylo. A raiva se derramava dele, além de uma crueldade quase maligna – um desejo de deformar e destruir tudo ao seu redor, de apagar tudo da existência.

Mas essas emoções não eram as mais poderosas que Luke sentia em seu sobrinho. Até mais fortes do que a raiva eram a dor e o medo de Kylo. Essas emoções o preenchiam, ameaçando devorá-lo.

Ben Solo abandonou tudo o que ele foi, até mesmo seu nome. Mas Luke sentia que Kylo Ren era apenas uma casca ao redor do mesmo garoto perdido que ele tanto havia tentado alcançar.

No passado, Luke pensara que seria a pessoa que emendaria o que estava quebrado dentro de Kylo. Mais tarde, ele se culparia por ter causado o dano.

Os dois pensamentos eram vaidade, ele agora entendia. Seja lá o que havia se quebrado dentro de Kylo, estava muito além da capacidade de Luke consertar.

Kylo também estudava Luke. E então ele falou, com a voz cheia de veneno.

— Velho homem — ele disse. — Você veio aqui para dizer que me perdoa? Veio para salvar a minha alma, assim como meu pai?

— Não.

Quando percebeu que seria a única resposta de Luke, Kylo apanhou seu sabre de luz. A lâmina vermelha rugiu e estalou, flocos de sal atingindo-a e sumindo em faíscas.

A mão de Luke se moveu lenta e deliberadamente até seu próprio sabre de luz, uma faixa de energia azul emergindo do cabo. Ele e Kylo assumiram posturas de combate, olhos fixos um no outro.

Pelos seus quadnocs, Poe observou o confronto. O sol mergulhava no horizonte, esticando as sombras de Kylo e Luke sobre o deserto.

— Kylo Ren — Poe disse a Finn. — Luke vai enfrentá-lo sozinho.

— Temos que ajudá-lo! — Finn respondeu. — Vamos!

Poe quis sorrir — aquele era o mesmo Finn que insistira que não estava ali para se juntar a outro exército? Não muito tempo atrás, ele teria reagido da mesma maneira — encontrando qualquer coisa que voasse e decolando para o deserto. Mas Poe aprendera que havia outras maneiras de lutar — e que aqueles que as escolhiam não eram menos corajosos.

Poe estudou demoradamente as duas figuras na frente do transporte de comando.

— Isso não é apenas uma reunião de família — ele disse para os guerreiros da Resistência. — Skywalker está fazendo isso por um motivo. Ele está ganhando tempo para que nós possamos escapar.

— Escapar? — Finn perguntou, incrédulo. — Ele é um homem contra um exército. Temos que ajudá-lo! Temos que lutar!

Leia se juntou a eles, seguida como sempre por C-3PO. Ela e Poe trocaram olhares.

— Não — Poe disse. — Nós somos a fagulha que acenderá o fogo que queimará a Primeira Ordem. Luke está fazendo isso para que possamos sobreviver. Tem que existir outra saída dessa mina. Maldição, como é que *ele* entrou aqui?

— Senhor, é possível que existam saídas naturais não mapeadas — C-3PO disse. — Mas essa instalação é um labirinto tão cheio de túneis que as chances de encontrar uma saída são quinze mil, quatrocentos e vinte e oito...

Enquanto oferecia a notícia desoladora, a análise que C-3PO fazia da postura e da expressão facial de Poe indicava que o piloto ouvia atentamente. Isso era um alívio — na experiência de C-3PO, a maioria dos orgânicos notoriamente era péssima ouvinte.

Mas Poe também erguia um dedo para ele.

— Shh. Shh. *Silêncio!*

— ... para uma — C-3PO concluiu, sentindo que seria irresponsabilidade deixar um cálculo tão importante incompleto. Estritamente falando, ele não precisava parar para ouvir, nem mesmo enquanto seu sintetizador de voz estava ativo. Ele simplesmente reorganizava suas entradas sensoriais de acordo com a importância aparente. O que foi facilmente feito.

— Oh — C-3PO disse. — Meus sensores auditivos não detectam mais...

— Exatamente — Poe o interrompeu.

Ele se afastou alguns passos do grupo, olhando para dentro dos túneis escuros que saíam da câmara principal. Tudo estava quieto — um silêncio perturbador.

Os olhos de Finn se arregalaram quando ele entendeu a implicação.

— Para onde foram as criaturas de cristal?

C-3PO pensou em lembrar ao Capitão Dameron que as criaturas semelhantes a raposas eram chamadas vúlptices, mas decidiu que essa informação seria dispensada como desimportante, dada a situação atual. Da mesma forma, os membros da Resistência provavelmente não estariam interessados em saber que o mais correto era usar o termo coletivo *raposada de vúlptices*.

O que era uma pena. Termos coletivos eram uma dessas excentricidades da linguagem orgânica que C-3PO achava fascinante. Apenas no idioma Básico ele conhecia 512 termos coletivos, incluindo os adoráveis *manada de rancors* e *bando de mynocks*.

O Capitão Dameron ainda estava tentando ouvir alguma coisa. Mas os sensores auditivos de C-3PO não detectavam nenhum som semelhante ao tilintar causado pelos vúlptices e sua pelagem cristalina.

Bom, isso não era exatamente verdade – ele *detectou* um leve som, cuja origem provavelmente vinha da proximidade de um único vúlptex. E, de fato, lá estava a criatura, seus olhos brilhando na escuridão.

Enquanto C-3PO observava, o vúlptex se virou e correu para dentro do túnel, sua pele tilintando como sinos. A informação pareceu altamente relevante para C-3PO, considerando o súbito interesse de Poe nas criaturas, embora esse interesse definitivamente fosse estranho.

Mas C-3PO há muito tempo já havia desistido de entender o comportamento humano.

Ele começou a informar o piloto sobre a saída da criatura, mas Poe já havia notado.

– Venham comigo – ele disse, correndo atrás da raposa.

Todos os olhos se voltaram para Leia, que olhou de volta para eles e acenou na direção de Poe.

– Por que estão olhando para mim? Vamos com ele.

O perfil rochoso no topo da mina fora esculpido durante milênios por gigantescas massas de sal, atritando-se contra as montanhas e deixando para trás uma paisagem fraturada com penhascos e saliências separados por profundas fissuras.

A *Falcon* voava devagar sobre a mina; a bordo, R2-D2 havia se conectado a um dataport da cabine para ter acesso aos sensores do cargueiro.

O astromec piou descontente.

– O sinal está logo abaixo de nós – Rey disse. – Eles têm que estar em algum lugar. Continue tentando detectar formas de vida.

O droide emitiu um bipe de assentimento e urgiu ao cargueiro que alterasse os sensores para o modo de foco, sondando a rocha abaixo deles em busca de sinais de energia humana.

A *Falcon* respondeu mal-humorada, depois começou a reclamar sobre as inadequadas rectenas dos seus sensores, que alimentavam a antena e permaneciam desalinhadas mais de três décadas depois do incidente que as tirou do lugar, e também criticou a óbvia recusa de Chewbacca de priorizar reparos do jeito que o cargueiro achava que era necessário.

Quando a *Falcon* mencionou algo sobre mal conseguir detectar o traseiro de um bantha ao meio-dia, R2-D2 segurou um suspiro eletrônico. A *Falcon* sempre fora irritadiça, com seus três cérebros droides brigando eternamente, a menos que forçados a trabalhar juntos. Mas, mesmo assim, R2-D2 geralmente se dava bem o suficiente com a nave. Um motivo era que nenhum dos cérebros suportava C-3PO; outra razão era que um deles gostava de fofocas românticas e piadas sujas, duas coisas que R2-D2 aprendera a fornecer em grandes quantidades.

R2-D2 gentilmente sugeriu – meramente como experimento – que a *Falcon* realizasse uma varredura radial centralizada no gêmeo do sinal de Rey. Após relutar um pouco, a nave obedeceu.

O astromec emitiu um bipe para chamar a atenção de Rey – a varredura havia encontrado muitas assinaturas de vida.

Rey olhou para o topo das montanhas, tentando equiparar aquilo que R2-D2 encontrara com aquilo que estava vendo.

– Chewie! – ela disse, apontando. – Ali!

Embaixo deles, dezenas de raposas de cristal escapavam da montanha através de uma fissura na rocha.

Os guerreiros da Resistência seguiram a raposa através do labirinto de túneis. Poe ficou preocupado com a possibilidade de que tivessem assustado a criatura e de que ela estivesse tentando se esconder, mas parecia que a raposa entendia que eles precisavam segui-la, e até mesmo os esperava quando começavam a ficar para trás. Rose estava na parte de trás do grupo, inconsciente graças a um coquetel de sedativos e medicação contra a dor, com Finn acompanhando ansioso ao lado da maca. No fim do grupo estavam BB-8 e C-3PO, este alertando todos ao alcance de sua voz sobre os perigos do complexo de cavernas.

C-3PO já havia falado sobre desabamentos, erosões, quedas debilitantes, quedas fatais, envenenamento por cristais e inanição quando o grupo emergiu de um túnel estreito para dentro de uma caverna natural que cintilava com formações cristalinas. A raposa de cristal estava em cima de uma grande rocha, os olhos brilhantes em meio à penumbra. A criatura os estudou por um momento, depois saltou para um conjunto de pedras caídas que preenchia os fundos da caverna. Lá, de algum jeito, a raposa se enfiou em uma rachadura com menos de um terço de metro de largura, sua pele raspando e tinindo contra a pedra.

– Oh, não – Poe disse, olhando para a estreita saída. Ele podia ver luz, mas de jeito nenhum eles poderiam se esgueirar através daquele pequeno espaço.

Rey desceu correndo a rampa de desembarque da *Falcon* e deslizou por um declive coberto com cacos de cristal e pedaços de sal. Uma raposa passou correndo por ela, sua pele cantando ao vento, e saltou entre formações rochosas até alcançar o topo da montanha.

Procurando na direção da qual o animal havia saído, ela encontrou uma pequena abertura em uma enorme parede de rochas firmemente comprimidas umas sobre as outras.

Rey recuou um passo para estudar o cenário de pedras empilhadas e então sorriu.

– Levitar rochas – ela disse.

CAPÍTULO 35

Kylo e Luke se olhavam, seus sabres de luz zumbindo entre eles. Cada um ajustou metodicamente sua postura, olhos fixos sobre o outro. Ao redor deles flutuavam flocos de sal, leves como cinza.

— Eu fracassei com você, Ben — Luke disse. — Sinto muito.

— Tenho certeza de que sente. A Resistência está morta. A guerra acabou. E, quando eu matar você, terei matado o último Jedi.

Ele esperou para ver o que seu antigo Mestre diria, preparando-se para defender um ataque relâmpago. Mas Luke simplesmente ergueu uma sobrancelha.

— Incrível — ele disse. — Cada palavra do que você disse está errada. A Rebelião renasceu hoje. A guerra está apenas começando. E eu não serei o último Jedi.

Começou com um tremor e uma leve chuva de poeira e pedaços de pedra.

Poe, mal ousando acreditar, fez um gesto para os soldados da Resistência se afastarem da pilha de rochas que os isolava dentro da mina. Mas era verdade — as pedras estavam se movendo, primeiro uma a uma, depois várias ao mesmo tempo. Finn observava, segurando a mão de Rose, quando a luz do dia apareceu no topo da pilha de pedras. Leia sorria enquanto pedra após pedra subia ao ar, revelando um túnel. C-3PO andava de um lado a outro com nervosismo quando os soldados da Resistência começaram a passar por ele, correndo para a fenda que se revelava.

Finn emergiu do túnel para descobrir Rey de pé na entrada, com pedras flutuando ao seu redor. Seus olhos estavam fechados e ela sorria levemente; sua face estava serena.

Ela abriu os olhos e as pedras desabaram no chão.

Com os outros soldados da Resistência olhando para Rey com espanto, Finn correu adiante, chamando seu nome. Por um momento ele teve medo de que Rose estivesse certa — que aquela Rey que podia levitar pedras também fosse completamente diferente de outras maneiras, sem que tivesse sobrado algum traço da jovem que ele seguira de Jakku através da galáxia.

E ela *estava* diferente. Mas a velha Rey não havia desaparecido. E foi essa Rey que caiu nos braços de Finn, soluçando e rindo ao mesmo tempo, abraçando-o com força.

— Rey — Kylo disse, pronunciando o nome dela como se fosse veneno. — A sua escolhida. Escolhida em vez de mim. Ela se alinhou com as velhas maneiras que têm de morrer. Chega de Mestres. Vou destruí-la, vou destruir você e tudo o mais. Saiba disso.

Luke buscou os olhos de Kylo e os encontrou cheios de fúria e dor.

Então ele desativou o sabre de luz. Seu rosto estava calmo, resignado.

— Não — ele disse. — Se você me derrubar sentindo raiva, eu sempre estarei junto de você. Como aconteceu com seu pai.

Gritando, Kylo ergueu o sabre de luz acima da cabeça e avançou correndo contra seu tio indefeso. Ele desceu a lâmina sobre a cabeça de Luke e a arma atravessou o Mestre Jedi sem encontrar resistência.

Como se atravessasse um fantasma.

Em Ahch-To, os sóis estavam se pondo, banhando o pico da montanha que abrigava o templo Jedi com um laranja luminoso.

Na pedra de meditação cuja vista se abria para o mar, Luke Skywalker flutuava alguns centímetros sobre a plataforma. Pequenos pedregulhos voavam ao seu redor. Seus olhos estavam fechados, e as pernas, cruzadas. Seu rosto exibia esforço, e embaixo da barba grisalha os tendões do pescoço se projetavam. Lágrimas desciam pela sua face enquanto ele derramava sua energia, sua própria essência, para dentro da Força.

Atrás dele o pico da montanha tremia, derrubando poeira e destroços.

Kylo cambaleou, mas recuperou o equilíbrio e mirou outro feroz golpe contra Luke. Mais uma vez, o sabre de luz encontrou apenas o vazio.

Luke sorriu tristemente para seu sobrinho.

— Vejo você por aí, garoto.

E então ele desapareceu, deixando Kylo sozinho no deserto arruinado, enquanto flocos de sal caíam ao seu redor como neve.

Os olhos em chamas de Kylo se voltaram para a mina e a porta blindada que o canhão da Primeira Ordem havia destroçado.

— Não! — ele uivou. — Não!

Luke abriu os olhos e caiu sobre a plataforma, os pedregulhos desabando ao seu redor. Permaneceu deitado de costas, respirando com dificuldade por causa da exaustão. Os sóis gêmeos haviam tocado o horizonte e agora mergulhavam no oceano.

Ao seu redor a ilha estava selvagem e viva, um tumulto de correntezas e ondulações na Força. Suas energias eram alimentadas pelos pássaros e insetos do ar, os peixes e as criaturas sob as ondas, a grama e o musgo que se prendia ao chão. Tudo isso gerava a Força, mas nada era um recipiente dela. Sua energia escapava dos frágeis e temporários limites de seus corpos e se espalhava até cercar e permear tudo.

Luke ouviu o lamento do vento e os chamados dos pássaros. Ouviu sua própria respiração ofegante enquanto tentava se levantar e o baque rítmico de seu coração no peito.

E ouviu uma voz familiar. Talvez fosse real, talvez fosse apenas sua memória.

Liberte-se, Luke.

Ele se libertou e seu corpo desvaneceu, deixando a plataforma vazia. No lugar onde estivera, a Força ondulou e tremeu. Mas um momento mais tarde o distúrbio se perdeu entre incontáveis correntes de uma noite de outono na ilha – e a Força continuou como sempre, luminosa, vasta e eterna.

As mãos de Rey tremeram e ela se ajoelhou; seus olhos encaravam o vazio. Os cansados soldados da Resistência que corriam para a rampa da *Millennium Falcon* pararam, olhando para a mulher que os havia salvado.

Mas a General Organa imediatamente chegou ao seu lado, tomando sua mão. Rey aceitou como se estivesse cega, de queixo caído. Então a general a ajudou a se levantar.

– Precisamos ir – Leia disse, com olhos tristes, mas calorosos.

Kylo invadiu a mina através da rachadura na porta, stormtroopers apressando-se atrás dele com os fuzis de prontidão, caçando inimigos.

Mas não havia ninguém lá – apenas transportes vazios e equipamentos descartados.

Kylo, seu rosto uma máscara de fúria, adentrou a sala de controle. Também estava vazia – deserta. Ele andou ao redor da sala, com os dentes cerrados, e os stormtroopers logo encontraram razões para não ficar ali.

Algo no chão chamou a atenção de Kylo. Ele se ajoelhou, os dedos dentro da luva se fechando sobre um par de dados dourados unidos por uma corrente pequena.

Quando Kylo observou os dados, ele sentiu outra coisa – um tremor na Força, o prelúdio de uma conexão familiar.

Ele encarou Rey. Ela o encarou de volta, o olhar fixo e sem medo. Não havia raiva nos olhos dela, como já houvera. Mas também não havia compaixão.

Um momento depois, Rey interrompeu a conexão, deixando Kylo sozinho na penumbra com os dados de seu pai na palma da mão. Um momento depois, os dados desapareceram.

A *Falcon* se ergueu sobre seus repulsores, o motor zumbindo, depois girou graciosamente e desapareceu nos céus de Crait, a onda de choque causada por sua passagem provocando ondas na pele de várias raposas que observavam sobre uma formação rochosa.

Alguns minutos depois e o velho cargueiro emergiu do envelope atmosférico do planeta. Antes que alguém a bordo dos Destróieres Estelares da Primeira Ordem pudesse fazer alguma coisa, a nave havia desaparecido no hiperespaço.

Leia ficou confusa ao descobrir que o decrépito cargueiro estava infestado com aves roliças e de olhos grandes. Pareciam estar em toda parte: aninhando-se em emaranhados de fios, surgindo no meio de escotilhas de acesso e até mesmo grasnando um alerta territorial para os soldados da Resistência que ousaram se sentar ao redor da mesa de jogo.

— Xô — ela disse, desviando de mais uma ave quando entrou na cabine. — Desde quando esta lata-velha se tornou uma gaiola?

Chewbacca sentava-se no assento do copiloto, suas mãos peludas passando pelos controles com uma graça que desmentia seu tamanho. O Wookiee riu da piada de Leia, depois indicou a ela que se sentasse no assento do piloto.

O assento de Han.

Os passos de Leia a levaram até a parte de trás da cadeira, mas não adiante. Ela parou e pousou a mão sobre o encosto.

— Chewie... — ela disse, depois parou, precisando de um momento para controlar as emoções. — Luke... deu a vida por nós. Para nos dar tempo. Para nos salvar.

As mãos de Chewbacca ficaram mais lentas sobre os controles, depois pararam. O Wookiee lamentou, um pequeno som quase perdido em sua garganta. As mãos caíram sobre seu colo e ele murchou no assento.

Leia pousou a mão sobre o ombro dele enquanto olhava para a janela, rememorando.

Chewie estivera naquele mesmo assento na primeira vez que ela entrou na cabine da *Falcon*. Ela se lembrava do caos, de ser convocada para servir como um par extra de olhos e ouvidos durante a frenética fuga da Estrela da Morte. Com o último dos caças Imperiais destruído, ela se lançara nos braços do assustado Wookiee, feliz pela fuga improvável.

Eles se sentaram lado a lado durante muitas e longas vigílias na agonia da lenta jornada de Hoth até Bespin, sem saberem se a Aliança Rebelde havia sobrevivido. E outra vez quando deram a volta para resgatar Luke.

E ali estavam eles novamente, tantos anos depois. Tantos anos e tantas perdas.

— Somos só nós agora — Leia disse. — Mas encontraremos um caminho.

Ela percebeu que lágrimas se acumulavam no canto de seus olhos e tentou impedi-las, irritada consigo mesma. Mas foi em vão. Ela se levantou, quieta e imóvel, quando duas linhas gêmeas desceram por seu rosto.

Chewbacca olhou para ela, seus olhos azuis brilhando. Ele viu o rosto dela e se levantou, agigantando-se sobre Leia.

Ela tentou dizer que estava tudo bem, mas as palavras não saíram. Ele chegou mais perto e a abraçou contra seu peito.

Leia mergulhou o rosto nos pelos quentes do Wookiee, agarrando-se nele e finalmente permitindo-se chorar, entregando-se à tristeza que transbordava dentro dela. Chorou por Luke, por Han e por Ben. E por todos aqueles que perderam alguém.

Chewbacca não fez nenhum som, simplesmente a envolveu em um abraço surpreendentemente gentil. Eles permaneceram ali, o peito de Leia ofegando, até ela conseguir se controlar e desfazer o contato. Ela olhou para o infinito do hiperespaço até sua respiração voltar ao normal e ter certeza de que estava pronta para ser aquilo que as pessoas na *Falcon* esperavam que ela fosse.

Leia e Chewie encontraram o convés principal repleto de soldados e pilotos da Resistência. C-3PO contava para R2-D2 as muitas indignidades que passou desde que os dois se separaram em D'Qar, enquanto BB-8 ouvia e ria. Quando Leia e Chewbacca chegaram, Poe tirou os olhos de sua conversa com Rey, sorrindo quando o Wookiee estendeu seu longo braço para puxar o piloto para mais perto.

Do outro lado do convés, Rose estava deitada na maca de assistência da *Falcon*, com um scanner de diagnóstico monitorando seus sinais vitais, enquanto Finn vasculhava os compartimentos abaixo. Estavam repletos de lixo, é claro — sob o olhar de Leia e Rey, ele jogou de lado baterias, ferramentas velhas e um punhado de livros antigos até finalmente encontrar aquilo que procurava, extraindo um cobertor e gentilmente cobrindo Rose enquanto ela dormia. Rey tirou os olhos de Finn para mostrar a Leia aquilo que vinha segurando nas mãos – as metades do sabre de luz destruído de Luke.

— Luke Skywalker se foi – Rey disse. – Eu senti. Mas não havia tristeza ou dor. Havia paz. E propósito.

Leia concordou.

— Eu também senti.

Seu irmão havia passado para a Força. Assim como ela passaria, algum dia. Assim como todos passariam. Mas a Força permaneceria. Estava em todo lugar ao redor deles, conectando e apoiando a todos. E, onde quer que a Força estivesse, uma parte de Luke também estaria.

Ninguém realmente vai embora para sempre.

Rey passou os olhos do sabre de luz de Luke para o punhado de guerreiros da Resistência, exaustos e feridos.

— Kylo está mais forte do que nunca – ela disse. – Ele possui um exército e um domínio de ferro sobre a galáxia. Como poderemos reconstruir a rebelião só com isso?

Mas Leia apenas tocou a mão de Rey e sorriu.

— Temos tudo de que precisamos.

Todos os dias em Ahch-To, as Lanais cortavam o musgo e os arbustos uneti que ameaçavam retomar a escadaria de pedra da ilha sagrada, varriam a área comum entre as cabanas e reparavam o que era preciso. E, se algum Forasteiro estivesse em residência, cozinhavam sua comida e limpavam suas roupas, para que ele pudesse devotar suas horas à contemplação.

Alcida-Auka havia supervisionado essas tarefas por muitas estações, desde o dia em que sua mãe passara a ela o título de matriarca e suas responsabilidades. Assim como um dia ela passaria, por sua vez, o título para sua filha mais velha.

Se havia um padrão para a chegada dos Forasteiros, as Lanais nunca identificaram. Já houve longos períodos nos quais nenhum Forasteiro apareceu, e breves intervalos em que alguns deles habitaram a ilha juntos. Alguns dos Forasteiros eram gentis, tão devotados às Lanais quanto elas a eles. E alguns eram loucos – as canções secretas das Lanais contavam sobre anos de fogo e ruína que as expulsaram de seus lares até as coisas voltarem ao rumo certo. Mas a maioria não deixou impressão particular, mantendo-se isolados e dedicando-se aos estudos.

O último Forasteiro foi um caso curioso. Ele chegara trazendo artefatos, alguns lembrados nas canções das Lanais como tendo sido retirados da ilha há muito tempo. Em vez de se manter isolado, ele aprendera a língua e os costumes das Lanais, aparecendo todo mês no Festival do Retorno. E insistira em fazer suas tarefas por si próprio, juntando comida e realizando reparos junto com elas.

Eventualmente Alcida-Auka aceitou que tais atividades faziam parte de sua devoção, e então ela o acomodou na rotina. Ele causara poucos problemas desde então – embora o mesmo não pudesse ser dito sobre sua rude e destrutiva aprendiz, aquela que ele dissera ser sua sobrinha.

Os dois haviam partido agora. A aprendiz embarcara em seu barco do céu com seus dois companheiros, enquanto o Mestre simplesmente desaparecera; suas túnicas foram descobertas na plataforma acima do mar. Talvez tivesse saltado do pico e entregado seu corpo às ondas. Ou talvez tivesse se rendido e se tornado sombra, dispersando-se para dentro da luz e das trevas de onde tudo era criado. As canções das Lanais contavam que ambos os caminhos já haviam sido escolhidos antes.

Fosse qual fosse a verdade, ele havia partido e não era mais responsabilidade de Alcida-Auka. Mas ainda havia muito trabalho a fazer. Havia uma cabana a ser reconstruída, um para-raios caído a ser devolvido a seu teto – um relâmpago havia acabado de destruir a biblioteca na antiga árvore uneti, afinal de contas – e os outros danos provocados pela sobrinha desastrada. Havia degraus para reparar e musgo para limpar. E havia as tarefas rotineiras da ilha. Logo seria inverno, quando as Lanais e qualquer novo visitante dependeriam de peixe salgado, algas secas e leite de thala-siren ordenhado durante os bondosos dias em que havia verde e bonança.

Alcida-Auka verificou que uma de suas filhas havia lavado as túnicas do Forasteiro e guardado na cabana de armazenagem, junto com suas lãs, mala e botas. Ela mandou outra filha levar sua arma, seu compasso estelar e os outros estranhos objetos para o repositório, onde se juntariam a outros itens acumulados durante gerações.

Alcida-Auka checou o trabalho das filhas e viu que tudo fora cumprido adequadamente. Apertou seu hábito contra o vento, que havia se tornado frio, cantando a ela sobre a neve que se anunciava. Quando viesse, as Lanais a varreriam das cabanas e da escadaria. Alcida-Auka não sabia se o próximo Forasteiro chegaria durante seu tempo, ou o tempo de sua filha, ou o tempo de outra matriarca que ainda não havia nascido.

Mas outro viria e encontraria tudo no lugar. Porque as Lanais cumpririam sua função.

Em um mundo quente e desértico, três crianças sentavam-se em uma sala de suprimentos suja.

Temiri não gostava de Oniho – o garoto mais velho relaxava sempre que Bargwill Tomder não estava por perto, forçando Temiri e as outras crianças a trabalhar mais para cumprir todas as tarefas. Se não cumprissem, Bargwill gritaria e chutaria, e talvez até os perseguisse com seu chicote.

O ranzinza tratador estava com um péssimo humor desde que o fathiers escaparam – e Temiri suspeitava que Bargwill não acreditava na história de que foram os intrusos que libertaram os animais e causaram todo aquele problema.

Mas Arashell Sar gostava das histórias de Oniho e havia convidado Temiri a acompanhá-la para ouvir sua mais nova história. E Temiri faria qualquer coisa se isso significasse sentar-se perto de Arashell.

Felizmente, a história de Oniho era boa, representada com os bonecos que as crianças fizeram com palha, pedaços de madeira descartada e fios. E ele também estava se esforçando – não havia apenas soldados, mas também walkers e naves de brinquedo naquela história.

Temiri não conseguiu acompanhar toda a história – tinha muitas reviravoltas e surpresas –, mas o clímax foi muito bom. Tudo recaiu sobre um homem com algo que Oniho chamava de sabre de luz, e aquele homem encarou um exército inteiro.

Antes que Temiri pudesse descobrir o que aconteceu com o herói de Oniho – aquele tal Luke Skywalker, Mestre Jedi –, a porta explodiu para dentro e Bargwill apareceu gritando abusos em sua língua cloddograna, cobrindo-os com saliva de sua boca cavernosa e muco de suas narinas voltadas para dentro.

Oniho já havia sumido. Temiri tentou manter seu corpo entre Bargwill e Arashell, esperando que ela notasse aquilo que ele fazia por ela, e quase ganhou um chute no traseiro por ter feito isso. De qualquer maneira, Arashell não precisava de sua ajuda – ela passou agilmente pelo tratador e partiu em segurança.

Enquanto Bargwill gritava e discutia com ninguém em particular, Temiri apanhou sua vassoura e voltou a varrer os estábulos dos fathiers. Os animais estavam correndo, mas logo seriam conduzidos de volta, quando seriam banhados e escovados. Haveria muito a fazer antes que eles pudessem ir para a cama dormir – e talvez Oniho ficasse cansado demais para terminar a história e contar o que havia acontecido com o Mestre Jedi que encarou sozinho um exército inteiro.

As portas do estábulo estavam abertas e as estrelas brilhavam no céu noturno de Canto Bight, acima do hipódromo. Temiri continuou varrendo, mas era como se as estrelas o chamassem. As varridas diminuíram, depois pararam. Ele olhou para o anel em seu dedo que a mulher que ele ajudara havia lhe dado, o presente que ele conseguiu esconder de Bargwill desde então.

Estudando a insígnia rebelde, ele imaginou o que havia acontecido com ela. Talvez estivesse participando de suas próprias aventuras lá fora, entre as estrelas. Iguais àquelas que Temiri sempre dizia a Arashell que um dia eles teriam.

Enquanto olhava para as estrelas, o garoto distraidamente atraiu a vassoura para a sua mão até erguê-la ao lado do corpo, como um sabre de luz.

TIPOGRAFIA	SERIF GOTHIC E GARAMOND
PAPEL DE MIOLO	HOLMEN BOOK 55g/m²
PAPEL DE CAPA	CARTÃO 250g/m²
IMPRESSÃO	RR DONNELLEY